밤새 안녕하셨습니까

밤새 안녕하셨습니까

홍사중의 오늘을 사는 이야기

도서출판 사람과사람

책머리에

시간의 흐름과 함께 대부분의 글도 색이 바래고 소리를 잃게 되기 쉽다. 처음에는 제법 읽는 사람들의 마음을 흔들어 놓는 듯한 글도 일 년이 못 가서 마치 바스락거리는 낙엽처럼 생기를 잃게 된다. 여기 엮어 놓은 글들은 그 동안 조선일보의 '문화마당'에 매주 써 왔던 글 중에서 시사성이 적은 것들이다.

우리는 매일같이 쏟아져 나오는 뉴스의 탁류 속에서 살고 있다. 때로는 세찬 물결에 밀려 정신 차릴 사이도 없이 마냥 떠내려가기만 한다. 그렇게 떠내려가면서도 마치 제힘으로 물결을 헤쳐 나가고 있는 듯이 엉뚱한 착각을 할 때도 있다.

그러는 동안에 우리는 우리가 과연 어디로 가고 있는지, 어디로 가야 하는지도 모르면서 그저 앞으로 걸어나가고 있는 것인지도 모른다. 이처럼 우리의 좌표를 잃은 채 오늘을 사는 우리의 가장 큰 불행은 우리가 마음놓고 따라갈 수 있는 지도자가 없다는 데 있다.

우리는 애국심에 불탄다면서 추악한 범죄자로 전락하는 권력자들을 수없이 보아 왔다. 정의와 자유와 인권을 위한다면서 권력의 단맛에 도취되어 스스로 법 위에 군림하려 드는 권위주의자도 우리는 싫도록 보고 있다.

우리는 아직은 정말로 자유롭게 숨쉬고 있는 것이 아니다. 하고 싶은 말, 해야 할 말을 다 하면서 살고 있는 것이 아니다.
지금 우리의 자유를 누리고 있는 것은 눈에 보이는 폭력만이 아닌 것이다. 그러기에 우리는 그저 자유의 허상만을 안고 있을 뿐이라고 실감할 때가 많다. 그런 때면 나는 내가 할 일을 다하고 있느냐는 자책어린 회의를 느끼기도 한다.
'문화마당'을 쓰는 동안, 나는 미지의 많은 독자들로부터 때로는 잘못을 지적받기도 하고, 때로는 우리가 어떻게 살아가야 하는가, 왜 좀더 시원스레 말해 주지 못하느냐고 나에게는 힘에 부치는 당부 아닌 질타를 받기도 했다. 때로는 또 계속 더 잘 써 달라는 격려의 선물을 받아 보기도 했다.
그것들은 모두 왜 글을 써야 하느냐는 회의로 자칫 움츠러드는 나에게는 더없이 고마운 채찍질이 되었다. 이 자리를 빌려 그분들에게 깊이 감사드리고 싶다.

한강을 내려다 보며 홍사중

홍사중의 '오늘을 사는 이야기'

밤새 안녕하셨습니까

차 례

일곱마당 ● **내일을 사람답게 사는 지혜**

한미당 ● **지금 우리가 서 있는 자리**

사람을 사람답게 만드는 것은 '무엇'이란 의문이고 지혜를 주는 것은 '왜'라는 의문이다

한국인의 초상화

이상적인 세계인이란 어떤 것인가?

그것은 영국인처럼 요리를 잘하고, 이탈리아인처럼 자제력이 강하고, 프랑스인처럼 신중하게 자동차 운전을 하고, 독일인처럼 유머 감각이 풍부하고, 네덜란드인처럼 인심이 좋고, 벨기에인처럼 출근율이 높고, 룩셈부르크인처럼 안면이 넓고, 아일랜드인처럼 늘 맨송맨송하고, 희랍인처럼 깔끔하게 정돈을 잘하고, 포르투갈인처럼 기계를 잘 만지고, 러시아인처럼 절주(節酒)를 잘하고, 스위스인처럼 정이 두텁고, 미국인처럼 어학에 능통하고, 스페인 사람처럼 부지런하고, 브라질 사람처럼 정의감이 강하고, 멕시코인처럼 정직하고, 일본인처럼 개성이 풍부하다. 두말할 것 없이 역설적인 비유이다. 물론 20년쯤 전에 나돌던 유머이다. 요새는 다르다. 요새는 한국인처럼 알뜰하고 검소하다는 게 덧붙는다.

데이비드 프로스트가 『영국인』에서 그려낸 '지옥'이란 다음과 같다. 그것은 독일인이 경찰관 노릇을 하고, 스웨덴인이 희극 배우가 되고, 이탈리아인이 경비원이 되고, 프랑스인이 도로와 다리를 만들고(그는 한국인의 솜씨를 모르고 있었다), 벨기에인이 팝 가수가 되고, 스페인인이 철도를 운영하고, 터키인이 요리를 하고, 아일랜드인이 웨이터 노릇을 하고, 희랍인이 정부를 움직이고, 모두가 네덜란드 말을 공통어로 쓴다.

언젠가 유엔이 이상적인 생활에 대한 세계 여론조사를 한 적이 있다. 여기에 따르면, 브라질의 땅에 미국의 집을 짓고, 독일의 연금(年金)을 받고, 프랑스 패션의 옷을 입고, 중국인 요리사를 두고, 아랍의 석유로 한국제 자동차를 타고, 일본 여자를 아내로 갖고, 이탈리아인 애인과 함께 러시아의 캐비아를 안주로 하고, 불가리아의 와인을 마시는 생활이었다. 최근 조사에서는 한국제 자동차가 빠졌다.

유네스코가 코끼리에 관한 연구 논문을 세계 각국에 모집했다. 그러자 영국에서는 코끼리의 실용적 가치에 대한 논문이 왔다. 독일은 코끼리 연구의 과학적 방법론을 써 보내 왔다. 일본으로부터는 코끼리에 대해서 다른 나라들이 어떤 연구를 해왔는가에 대한 조사 결과가 왔다. 한국으로부터는 코끼리의 어느 부분이 가장 정력에 좋은가에 대한 중간조사 결과가 왔다.

미국은 이상과 같은 농담을 만들어 왔다. 어느 미국의 억만장자 이야기를 또하나 소개해야겠다.

그는 파란 주름 말을 발견하는 사람에게 1백만 달러를 주겠다는 광고를 냈다. 그러자 독일인은 도서관으로 달려갔다. 영국인은 아프리카의 지도를 샀다. 프랑스인은 당나귀에 파란 페인트칠을 했다. 일본 사람은 밤을 새가면서 꼼꼼하게 당나귀에다 푸른 털을 하나씩 심어 나갔다. 한국인은? 한국인은 가까운 시일 안에 큰 횡재를 하겠다는 점쟁이 말을 믿고 친구들과 함께 샴페인 잔치를 벌였다. 그러나 여기 반론을 편 사람이 있었다. 그에 따르면, 한국인은 파란 주름말 잡기 범국민 운동의 원로발기인대회를 열었다는 것이다.

미국 국회도서관의 한 사서(司書)가 세계에서 가장 얇은 책이 무엇인가를 조사해 본 적이 있다. 그의 조사 결과는 다음과 같다. 미국의 고고학자(考古學者), 아르헨티나의 경제정책, 영국의 요리책, 인도의 위생학, 에티오피아의 건강관리법, 스위스의 유머집, 중국의 기본적 인권발달사, 독일의 패션, 브라질의 정의(正義), 프랑스어의 겸허한 표현방법, 폴란드인의 근면, 러시아의 민주주의, 그리고 한국의 정치윤리책이 꼽혔다.

프랑스의 한 코미디언이 세계 순회공연을 마친 다음에 민족성의 차이를 다음과 같이 표현했다. 프랑스인은 유머를 다 듣기도 전에 웃어버린다. 영국인은 다 듣고 난 다음에 웃는다. 독일인은 얘기를 들은 다음날 아침에 웃는다. 한국인은 무슨 얘기인지 알아듣지 못하면서도 다른 사람들을 따라 웃는다. 웬만한 유머는 다 들은 적이 있기 때문이다. 그는 또 평하기를, 중국인은 생각하면서 걷는다. 독일인은 생각한 다음에 걷고, 프랑스인은 뛴 다음에 뛴 까닭을 생각하고, 한국인은 뛰는 도중에 뛰는 까닭을 잊어버린다.

이런 농담도 있다. 어느 고층 관광호텔에서 불이 났다. 그러나 구조능력이 한정되어 있기 때문에 투숙객 중에서 몇 명은 뛰어내려야 했다. 호텔 지배인은 영국인에게 "당신은 영국 신사이니까" 라며 정중하게 부탁했다. 미국인에게는 "당신은 보험에 들어 있다" 라고 말했다, 독일인에게는 "당신이 두 번째가 되니까 규칙에 따라" 라고 말했다. "지배인으로서 명령한다" 라고 말했다는 설도 있다. 프랑스인에게는 "프랑스의 영광을 위해 당신이야말로" 라고 말했다. 일본인에게는 "다른 사람들도 다 뛰어내리는 모양입니다" 라고 말했다. 지배인은 마지막으로 한국인에게 뭔가 속삭였다. 그러자 그는 서슴지 않고 뛰어내렸다. 지배인이 뭐라고 말했는지에 대해서는 여러 가지 설이 있다.

지금까지는 세계에 없는 것이 네 가지 있다고 되어 있다. 곧, 독일인 코미디언, 미국인 철학자, 영국인 요리사, 일본인 플레이보이, 최근 하나가 추가되었다고 한다. 다름아닌 한국인 정치가이다.

모두가 악 쓰는 세상

이탈리아말은 노래를 위해 있다는 말이 있다. 이탈리아에서는 누구나 노래를 잘 부르기 때문이다. 프랑스말은 사랑을 위해 있다. 아무리 무식한 사람도 프랑스말을 하면 시인같아 보이기 때문이다. 독일말은 군인의 말이라는 사람도 있고, 철학자의 말이라는 사람도 있다. 영어는 비즈니스를 위해 있다. 일본말은 외교를 하는데 어울린다. '예스'와 '노'가 분명치 않고 완곡한 화법을 잘 쓰기 때문이다.

그렇다면 한국말은? 한국말은 싸움을 위해 있다는 느낌을 준다. 그것은 저녁에 방송 드라마를 잠시 켜 보기만 해도 안다. 어느 드라마라도 좋다. 딸이 엄마에게 악쓴다. 아버지가 아들에게 악쓴다. 이를 아들이 맞받아 악쓴다. 엄마가 아버지에게 극성을 떤다. 조용한 말은 전혀 오가지 않는다. 사랑하는 애인들끼리도 부드러운 말을 주고받지 않는다. 처음부터 끝까지 싸우듯 한다. 그것을 또 멋이라며 어린 세대가 본뜬다. 드라마는 '현실의 거울'이라고 한다.

우리는 모두가 집안에서도 가족끼리도 예사로이 목청을 높이고 기승을 부리고 악을 쓰는가 보다. 그걸 좀더 재미있게 하느라고 혹 과장이 섞여지는 것인지도 모른다. 그러나 일본이든 미국이든 어느 나라 홈드라마에서도 우리 나라에서와 같이 한 식구들끼리 목청을 있는 대로 높이며 기승을 떠는 것을 볼 수가 없다.

요새 한국 사람은 목청이 유달리 크다. 예전에는 초가삼간에 2대가 함께 살아도 큰 소리 날세라 조심해서 살았다. 기침도 함부로 하지 못했다. 그랬던 우리가 요새는 제멋대로 기승을 떤다. 가리는 것도 없다. 눈치도 살피지 않는다. 관광호텔 커피숍에서도 서너 명이 한 테이블에 앉으면 옆자리 사람들을 아랑곳하지 않고 서로 큰 소리로 떠들어댄다. 남자들만 그런 게 아니다.

워낙 한국인의 목소리가 큰 것인가.

얼마 전에 일본의 한 대학 연구팀의 조사로는 미국의 여자 아나운서보다 일본의 아나운서 쪽이 훨씬 소리가 딱딱하고 억양도 크다는 것이다. 소리의 높이를 나타내는 평균 기본주파수도 미국이 최고 206헤르츠로 낮고 차분한데 비겨, 일본은 최고 276헤르츠까지 올라간다는 것이다. 그런 차이가 생기는 이유 중의 하나를 일본 사람은 소리의 고저(高低)로 억양을 나타내는데, 영어에서는 소리의 강약으로 나타내기 때문이라고 한다.

우리가 듣기에는 그런 일본 아나운서의 목소리도 우리 나라 아나운서에 비하면 엄청나게 부드럽다. 95년에 고베(神戶) 지진을 보도하는 일본 아나운서보다 이를 보도했을 때의 우리 나라 아나운서의 목소리가 훨씬 더 억양이 높고 강도도 컸다.

받침이 적은 일본말의 특성과 강한 발음이 많은 우리 나라 말과의 차이 때문이라는 풀이도 있다. 김치를 먹는 우리와 단무지를 먹는 일본인의 차이에서 나왔다는 그럴싸한 풀이도 있다. 습도가 많은 일본과 건조한 날씨가 비교적 많은 한국의 기후 차이를 반영하는 것이라는 풀이도 있다. 이보다도 '작다'를 '짝다' 라고 해야 직성이 풀릴 정도로 거칠어진 우리네 기상 탓이라고 보는 게 더 옳다는 사람도 있다. 도시 우리 나라에서는 드라마틱하게 억양에 효과를 내고 잔뜩 목에 힘을 주고 말하는 아나운서가 더 인기가 있다니….

무엇보다도 우리가 너무나 소음에 묻혀 살고 있는 나머지 청각이 무디어진 때문이 아닌가 여겨지기도 한다. 교통순경은 귀청이 떨어져 라고 호루라기를 분다. 자동차들은 거침없이 경적을 울린다. 택시를 타면 손님이 좋아하든 말든 라디오를 크게 켜 놓는다.

서양 사람들은 소음에 여간 민감하지 않다. 버스 안에서 초등학교 어린이들이 소란스러우면 운전사는 그들을 도중하차시킨다. 독일에서 아파트 입주계약을 할 때 제일 까다로운 것은 소음을 내지 말라는 것이다. 밤 10시 이후에 샤워를 하면 안된다. 온수 파이프를 통해 나는 소음이 다른 방 사람들을 괴롭히기 때문이다. 밤중에는 절대로 벽에 못질을 해선 안된다. 외국의 아파트에서 바닥에 카펫을 까는 것은 사치가 아니다. 그것은 아랫집 사람들에게 발자국 소리가 들리지 않게 하기 위한 필수품이기도 하다.

남의 소음에 엄격한 만큼 내가 내는 소음에 대해서도 엄격해야 한다. 그것은 또 내 말을 남이 들어주기를 바라는 만큼 나도 남의 말을 들어줘야 한다는 인식과 맥을 같이하고 있다.

우리 나라에서는 그렇지가 않다. 당신이 내는 소음은 들어줄 수 없어도 내가 내는 소음에는 상관 말라는 식이다. 그것은 내 주장만 하고 남의 주장은 귀담아 듣지 않겠다는 심정과도 통한다. 목소리 큰 사람이 이기는 세상인 것이다. 그러나 목소리 큰 것과 말이 거칠어지는 것과는 다르다. 세상이 거칠면 말도 거칠어질 수밖에 없다. 또 거친 말은 사회를 더욱 거칠게 만든다. 이렇게 악순환이 거듭되는 가운데 인심은 더욱 메말라지기만 한다.

'어글리 코리언'의 주역들

워싱턴에 있는 국회도서관의 희귀 도서실에는 미국의 초대 대통령 조지 워싱턴이 열다섯 살 때 육필로 쓴 『점잖고 세련된 예법 110가지』가 있다. 그것은 소년 워싱턴이 학교에 들고 다니는 습자(習字)책에 적은 것이다. 군데군데 쥐가 갉아먹은 그 공책에 적힌 것은 대충 다음과 같다.

'예법 제4. 기침이나 재채기, 한숨, 하품을 할 때에는 소리가 안 들리도록 남몰래 할 것. 그리고 하품을 하면서 말하지 말 것.

제10. 앉을 때에는 두 발을 반듯이 세우고 발을 꼬거나 한 발을 다른 발 위에 올려놓지 말 것.

제24. 사람들 앞에서 너무 큰 소리로 웃지 말고 너무 많이 웃지도 말 것.

제98. 입안에 음식을 가득 문 채로 마시거나 말하지 말 것.

제100. 테이블 냅킨으로 이를 닦지 말 것.'

이것은 소년 워싱턴이 꾸며낸 것이 아니라 1640년 런던에서 출판됐던 에티켓 책을 그 나름으로 바꿔 쓴 것이었다. 우리 나라에서도 예절은 중요한 덕목이었다. 적어도 예전에는 그랬다. 1883년 처음으로 미국을 방문했던 민영익(閔泳翊)을 정사(正使)로 하는 한국 사절단은 그 예의바른 언행으로 미국 신문들의 칭찬을 받기도 했다. 그런

데 오늘의 한국인들은 세계를 돌아다니면서 외국인들의 이맛살을 찌푸리게 하고 있다. 스위스에서 호텔학을 전공하고 있다는 한 사람은 몰상식한 한국 관광객들 때문에 창피해서 고개를 들지 못할 정도라고 개탄하는 편지를 보내올 정도이다.

어느 관광호텔의 커피숍에서 목격한 일이다. 그 곳은 월말이면 계를 하는 주부 모임으로 붐빈다. 그들의 차림새로 봐선 외국에도 자주 드나드는 여성들이다. 그러나 그들은 자리에 앉기가 무섭게 거침없이 돈뭉치들을 꺼내 들고 침을 바르며 세고 주고받는다. 그들은 이웃 테이블 사람들을 아랑곳하지 않고 큰 소리로 이야기를 나눈다.

미국에서 에티켓의 교본처럼 여기고 있는 레웰린 밀러의 『에티켓 백과사전』을 보면, 핸드백은 식탁 위에 올려놓아서는 안된다. 그것은 무릎 위에 놓거나 의자 뒤에 놔야 한다. 식사 중에 나이프나 포크를 손에 들고 휘저어서도 안된다. 팔꿈치를 식탁 위에 올려놓아서도 안되며, 입안에 잔뜩 음식을 물고 말해서도 안된다. 그러나 이 모든 기본적인 예법을 계모임의 젊은 주부들은 어기고 있다. 그것은 그들에게 식탁 매너를 가르쳐 주는 어른이 집안에 없었기 때문일 것이다. 그리고 그들의 어린 아이들도 자기네 어머니의 무례한 식탁 매너를 그대로 본뜨고 자랄 것이 틀림없다.

벤자민 스포크 박사가 『육아법』에서 강조한 것은 어릴 때부터 'thank you'와 'please'의 두 말을 가르치라는 것이었다. 그러나 우리 나라에서는 이 두 말을 가르치는 어머니들이 드물다. 그래서인지 웨이터가 친절을 베풀었을 때 고맙다고 말하는 한국인은 보기 드물다. 서양에서는 문을 열고 들어가면서 뒤따라 들어오는 사람을 위해 열린 문을 잠시 잡아 준다. 그것이 예의이다. 그러면 뒤따라 들어오는 사람이 살짝 웃으며 고맙다고 인사를 하는 게 보통이다. 우리는 닫히는 문이 뒷사람의 이마를 때린들 아랑곳하지 않는다.

예법의 기본은 남을 편안하게 만드는, 또는 기쁘게 만드는 마음씨에 있다. 적어도 우리가 조금이라도 남을 의식한다면 크게 예의에 어긋나지는 않게 된다. 물론 서양과 동양의 예법에는 다소 차이가 있을 수 있다. 가령, 남의 집을 방문했을 때 우리는 으레 외투를 벗고 현관에 들어서는 게 예의라고 여긴다. 서양에서는 주인이 "코트를 벗으세요" 라고 말하기 전까지는 외투를 입은 채로 있어야 한다. 혹 방문객이 오래 머물러 있기를 주인이 원하지 않을지도 모르기 때문이다.

언젠가 한국의 한 방송인이 미국의 방송 사장과 대화를 나누는 장면이 텔레비전에 비춰졌다. 그때, 그는 미국인의 팔에 손을 얹고 있었다. 그것은 대단한 실례이다.

같은 동양이면서도 일본과 우리의 예절은 다른 것이 많다. 일본 와세다 대학의 국어 입시문제에 '나는 대학 총장 아무개입니다'와 '나는 아무개 대학 총장입니다'의 차이를 말하라는 게 있었다. '총장'이라는 직함 자체가 경칭이다. 따라서 '내가 아무개 총장'이라고 하면 자기를 높이는 실례가 된다는 것이다. 우리는 그런 차이를 모른다. 그래서 자기 자신을 '내가 아무개 총장' '나는 아무개 장관입니다' 라고 태연스레 말한다.

그런가 하면 "우리 아버님께서 말씀하시는데…" "우리 사장님께서는…" 하고 예사롭게 말한다. 그것은 '우리 아버님' '우리 사장님'보다 상대방의 신분이 낮은 경우에나 쓸 수 있는 말이다. 그나마 일본에서는 상대방이 아무리 하찮아도 자기 쪽 사람은 '우리 사장' '우리 아버지'일 뿐이다.

우리를 '어글리 코리언'으로 만들고 있는 것은 '보신 관광'만이 아니다. 우리는 잘난 사람이나 못난 사람, 있는 사람이나 없는 사람 할 것 없이 모두가 이렇게 알게 모르게 '어글리 코리언'의 이미지를 온 세계에 뿌리고 다니고 있다.

윤리지수와 감정지수

윤리지수(倫理指數: Ethical Quotient: EQ)라는 개념을 처음으로 제창한 것은 『성숙사회』의 저자인 런던 대학의 데니스 가볼이었다. 그는 71년 노벨 물리학상을 받은 물리학자이기도 하다.

그에 따르면 윤리지수가 130을 넘으면 사람들은 자기를 희생시켜 가면서도 남을 위해 봉사한다. 110에서 130 사이일 때에는 사회적으로 나무랄 데 없는 행동을 하고 이기적인 일을 하지 않는다. 100에서 110 사이가 되면 적어도 바른 환경에서는 책임있는 태도를 취한다. 90에서 100 사이가 되면 일상적인 조건하에서는 제법 좋은 시민이 되지만, 반면에 바람직스럽지 않은 이기적인 행동도 한다. 80에서 90 사이라면 남의 감시가 있을 때에는 사회적인 존재로서 행동을 한다. 그러나 때때로 나쁜 짓도 한다. 70에서 80 사이가 되면 때로는 잔인하거나 범죄적인 행동으로 흐르고 불법을 저지르기도 쉽다. 70 이하가 되면 상습적인 범죄자가 된다.

가볼이 말하는 '성숙사회'란 이런 윤리지수와 지능지수, 그리고 직업의 기회가 일치하는 사회를 말한다. 이런 성숙사회에서는 윤리지수가 높은 사람일수록 높은 자리에 오르게 되는데, 성숙하지 못한 사회에서는 지수가 낮은 사람이 높은 자리에 올라앉게 된다는 것이다.

그것은 GNP보다도 더 중요한 한 나라의 지표가 된다. 우리 나라의 윤리지수는 90을 넘는 것 같지가 않다.

최근에 지하철역에서 어느 정신이상자에게 떠밀려서 죽을 뻔하던 젊은 여자를 살려낸 사람이 있었다. 그 자리에 있던 다른 사람들은 모두 방관만 하고 있었다는 이야기이다. 그런 때에 공연한 용기를 부리지 말고 못본 체 하라고 평소에 '타일러' 온 것은 바로 어른들이 아니었는가?

얼마 전에 '버르장머리 없는' 대학생들을 질책한 대학교수를 용기 있는 사람이라고들 했다. 그러나 대학생들이 버르장머리 없도록 지금까지 방관해온 것도 바로 교수를 포함한 어른들이었다. 오늘의 대학생들은 대학생이 된 다음부터 '버르장머리가 없어진' 것이 아니다. 그들은 어릴 때부터 버르장머리 없이 자란 것이다.

미국의 인류학자 루스 베네딕트는 일본인의 행동과 의식은 수치심의 규제를 받고 있는데 비해, 미국인은 죄의식의 규제를 받고 있다고 믿었다. 또 심리학자 로버트 카렌에 의하면, 그 수치심이란 도덕심에서 나온다기보다는 '남의 눈'에 대한 의식에서 나왔다. 다시 말해서 이러면 옳다, 저러면 못쓴다는 가치 판단이 아니라 남의 빈축을 사서 부끄러워지거나, 남들로부터 따돌림을 당하지나 않을까 하는 두려움에서 사회의 예법이며 윤리의 틀을 따른다는 것이다.

적어도 예전에는 그랬다. 그러나 이제 사람들은 남의 눈도 의식하지 않고 산다. 남이야 어떻든, 남이 뭐라 생각하든 나만 좋고 나만 편하면 된다고들 생각하고 있는 것이다. 요새 학생들은 단순히 예법을 모르는 것이 아니라 예절에 담긴 마음을 잃고 있는 것이다. 버르장머리 없다고 질타한 교수들도 사실은 그들의 이런 메마른 윤리의식을 개탄한 것이었다.

공자의 제자 중에서 가장 버르장머리가 없던 게 자로(子路)였다.

그는 스승 앞에서 "선생님은 너무도 세상을 몰라 참으로 한심하다" 라고 거침없이 흉보기도 했다. 그런 자로를 공자는 가장 사랑했다. 그것은 자로가 다른 어느 제자보다도 자기를 흠모하고 진심으로 아끼고 있다는 것을 잘 알고 있기 때문이었다. 공자가 참으로 아낀 것은 예의 형식이 아니라 예법에 담긴 마음이었던 것이다.

예법은 얼마든지 가르칠 수도 있고 배울 수도 있다. 그러나 한번 잃어버린 수치심이며 남을 아끼는 마음을 되찾기는 어렵다. 우리는 윤리지수만이 낮은 것이 아니다.

미국의 심리학자 다니엘 골만의 『감정적 지능』이라는 책은 96년 초에 출판되자마자 온 세계에서 폭발적인 인기를 모으고 있다. 여기서 그는 '마음의 지능지수'라는 새로운 감정지수를 제창하고 있다.

"어느 의미에서, 우리는 두 개의 두뇌, 두 개의 마음, 그리고 이성적인 것과 감정적인 것이라는 두 개의 지능을 가지고 있다. 중요한 것은 단순한 IQ가 아니라 감정적 지능이다. 감정적 지능 없이는 지능이 그 기능을 다 하지 못한다. 예전에는 이성이 감정으로부터 완전히 해방되는 것이 바람직하다고 여겼다. 지금은 머리(이성)와 가슴(감정)이 조화있게 상호 작용을 이뤄야 한다고 여긴다."

공중전화를 오래 건다고 칼로 찔러 죽일 만큼 사회가 메말라 가는 것도 '마음의 지능지수'가 낮기 때문이다. 골만에 의하면, 아직은 지능 테스트처럼 손쉽게 감정지수를 측정할 수 있는 방법이 없다. 만약에 있다면 과연 우리들의 평균치는 얼마나 될까? 분명히 위험수위를 훨씬 웃돌 것이다.

삼촌이 무서워한 사람

"우리 이씨네 사람들은 모두 술에 약하다. 조금만 마셔도 홍당무가 된다. 아버지의 막냇동생인 철이 삼촌도 예외가 아니었다. 그는 스카치 두어 잔만 들고나면 입이 거칠어지고 농을 잘했다. 그러나 삼촌은 부엌에서 일하던 어머니가 모습을 보이기가 무섭게 말소리를 낮추고 화제를 바꾸기도 했다." 96년 5월 12일자 뉴욕 타임스 일요판에 실린 '리창래'라는 한국인 작가의 글은 이렇게 시작되었다.

어느 날 밤, 단 둘이 타고 가는 자동차 속에서 철이 삼촌은 그에게 이것저것 물었다. 화제는 어느덧 가족 이야기로 돌아갔다. 그가 어머니에 대해 평소에 품었던 불만을 털어놓으며 못마땅해하자 작은아버지는 뜻밖에도 "이 세상에 네 엄마만큼 훌륭한 분이 또 어디 있느냐" 라고 나무라는 것이었다. 그것은 전혀 뜻밖의 일이었다.

"절대로 남의 도움을 받으려 하지 말라, 언제나 먼 앞날을 내다보고 매일매일 열심히 일해라" 라고 가르쳐 온 어머니의 눈으로 볼 때, 일정한 직업도 없이 늘 빈둥거리면서 큰 소리만 하는 작은아버지는 아무짝에도 소용이 없는 건달이나 다름이 없었다.

작은아버지도 형수가 자기를 멸시하고 있다는 것을 잘 알고 있었다. 그런 형수를 작은아버지가 우러러보고 있다는 것은 어린 그로서는 상상조차 할 수 없는 일이었다. 그런지 두어 주일 후에 작은아버지는 그의 아버지에게 사업자금으로 1만 달러를 돌려 달라고 손을 벌려 왔다. 어머니 생각에 그것은 가당치 않은 일이었다. 다니던 대학도 끝마치지 못하고, 태권도장과 당구장에서 빈둥빈둥 허송세월이나 하면서 허황되게 일확천금만 꿈꿔온 작은 도련님을 어떻게 믿고 돈을 주느냐는 것이었다. 며칠 동안 아버지와 어머니 사이에 심한 말다툼이 이어진 끝에 아버지가 모든 책임을 지기로 했다.

이리하여 작은아버지는 브롱스의 빈민가에 코딱지 만한 잡화점을 차리게 되었다. 작은아버지의 장사는 예상 이상으로 잘 되었다. 한참 후에 우리 집에 나타난 작은아버지 내외는 온통 고급품으로 몸을 감고 있었다. 그러면서도 '돈 좀 벌었다고 쓸데없이 낭비한다!' 라고 질책할 어머니의 눈총을 의식해서인지 몹시 안절부절못하는 것이었다. 작은아버지는 몇 년이 못 되어 50명 이상의 종업원을 거느리는 대실업가가 되었다.

"몇 년인가 흐르고, 나의 어머니가 죽음의 병을 앓게 되자, 작은아버지는 정기적으로 푸짐한 선물을 들고 우리 집을 드나들었다. 내게는 늘 현금을 주었다. 그는 내가 작가(作家)가 되기 위해 직장을 집어치웠다는 것을 알고 있었다. 그에게 있어 작가란 가난뱅이 신세를 면하지 못하는 한심스러운 직업이었다. 그래서 그는 나를 볼 때마다 어머니 몰래 넌지시 몇백 달러씩 건네주곤 했다. 그렇게 기세가 당당하다가도 어머니만 보이면 당장에 풀이 죽는 것이었다. 아무리 돈이 많다 해도 어머니 눈에는 자기가 여전히 얼빠진 방탕자로밖에 보이지 않는다는 것을 그는 잘 알고 있었던 것이다.

어머니의 장례식 날 누구보다도 침통해 한 것은 작은아버지였다. 그는 돌아가신 어머니가 계속 지하에서 못마땅한 눈으로 감시하고 계실 거라고 믿고 있는 듯했다.

장지에서 돌아오자 어머니 친구들은 제각기 가지고 온 음식들을 차리고 있었으며 남자들은 거실에 모여 앉아서 조용히 얘기를 나누며 술을 마시고 있었다. 어머니는 2년 가까이 병석에 누워 있었다. 따라서 모든 사람이 병간호에 지쳐 있었던 만큼 은근히 마음이 풀어진 것 같았다. 그런 속에서 마치 어머니의 손때가 묻은 가구 위의 먼지가 날릴까 걱정이라도 하는 듯이 발소리를 죽여 가며 집안을 서성거리던 작은아버지의 모습을 나는 생생하게 기억한다.… 그는 또 실없이 혼자 끄덕거리기도 하고 연신 사람들에게 절도 하고 음식 접시를 나르는 부인들을 돕기도 했다.

한국의 풍습으로는 문상객들은 모두 조의금을 내게 되어 있다. 그것은 인사치레 정도인 게 보통인데 작은아버지가 내놓은 봉투는 몇 천 달러나 되는 두툼한 것이었다. 그러면서도 그는 '요새는 장사가 시원치 않아서 더 하지 못하겠다'고 몹시 미안스러워 했다.

나는 그게 사실이 아니라는 것을 알고 있었다. 만약에 더 많은 조의금을 낸다면 돌아가신 어머니가 틀림없이 '제 버릇 개 못 준다'며 혀를 찰까 두려웠던 게 틀림이 없었다."

이처럼 예전에는 자기가 믿는 가치관을 끝까지 지키고 자기 신념을 굽히지 않고 이 세상에는 돈보다 더 중요한 것이 있다는 것을 가르치는 엄한 어른이 있었고 그런 가정이 많았다. 그런 어른들은 또 아무도 감히 뒷손가락질을 할 수 없을 만큼 떳떳했기 때문에 권위가 있었다. 또 작은아버지가 형수님을 어려워한 것은 형수의 가치관이 옳은 줄 알고 있으면서도 그대로 따라하지 못하는 것에 대한 부끄러움과 뉘우침 때문이었다. 요새는 그런 어른을 찾기가 어렵다. 집안에만 없는 게 아니다. 나라 안에도 아무리 눈을 크게 뜨고 위를 올려봐도 있는 것 같지가 않다.

우리라면 그런 때 어떠했을까

1912년 4월의 어느 날, 영국이 자랑하는 초호화 여객선 타이타닉호가 뉴욕을 향해 처녀 항해를 했다. 당시로서는 세계 제일의 최신 시설을 갖춘 그 여객선에는 2천 명 이상이 타고 있었다. 그 배는 절대 안전한 것으로 여겨지고 있었다. 그러던 배가 어이없게도 짙은 안개 속에서 빙산과 충돌했다. 거대한 선체는 서서히 가라앉기 시작했다.

선객들이 공포에 휩싸이게 된 것은 너무나도 당연한 일이었다. 그러나 그들은 남녀노소 할 것 없이 모두가 질서있게 선장의 지시를 따라 움직였다. 불행하게도 구명보트의 수용능력은 모두 1천 명에도 미치지 못했다. 승무원과 선객 중 절반 이상은 가라앉는 배와 함께 운명을 같이 할 수밖에 없었다. 선장은 노약자와 부녀자 어린이들을 우선 구명보트에 옮겨 타도록 했다.

선객들은 모두가 차례를 기다리며 침착하게 옮겨 타기 시작했다. 살아남겠다고 남을 밀어 제치거나 차례를 어기려는 사람도 없었다. 자기 차례가 와도 다른 사람에게 자리를 양보하는 노신사도 있었다. 마지막 순간까지 승객들을 구조하려는 승무원들을 돕겠다고 굳이 배에 남기를 간청한 젊은이도 있었다. 드디어 구명보트가 만원이 되어 더 이상 승객을 태울 수 없게 되었다. 배에 남은 승객들은 사랑하는 아내, 어린이들을 태운 구조 보트를 떠나 보내면서 일제히 힘차게 영국 국가를 부르기 시작했다. 몇 분 후에 그 노래 소리는 물 속으로 사라지고 말았다.

타이타닉호의 침몰은 영국의 자부심을 크게 먹칠하는 비극이었다. 그러나 그것은 죽음을 앞둔 극한상황에서도 잃지 않는 질서의식이며 신사 정신에 찬 영국인에 대한 온 세계의 존경과 감탄을 얻게 만든 것이었다. 새삼 타이타닉호의 경우를 되새기며 '우리라면 그때 어떻게 했을까' 하는 의문을 떨구기가 어렵다.

사람이 죽음을 앞둔 극한상황에 놓일 때는 온갖 겉치레를 버리고 제 모습을 드러내게 된다. 평소에 제법 의연해 하던 사람도 막바지에 이르면 얄팍한 교양이나 예법도 저버리고 추한 모습을 보이기 쉽다. 극한상황에 이르렀을 때 사람은 가장 노골적으로 제 본성을 드러내게 되는 것이다. 그리고 평소에 어떤 교육을 받았느냐에 따라 각기 다른 모습을 나타내게 된다. 그것은 우리가 흔히 말하는 민족성과는 무관한 일이기도 하다.

타이타닉호가 침몰할 때 살아 남겠다고 남을 밀어 제치려던 영국인 승객도 없지는 않았다. 그러나 그런 그들도 감히 자기네 생의 본능대로 행동하지는 못했다. 비열하게 살아남아서 두고두고 남들로부터 손가락질 받을까 두려웠던 것이다. 그런 것을 우리는 자칫 민족성의 탓으로 돌리기가 쉽다.

몇 해 전에 일본의 민간 여객기가 추락하여 승객 거의 전원이 사망한 일이 있었다. 이때 추락하는 그 몇 분 동안에 많은 승객들이 짤막한 유서를 남겼다. 어느 아버지는 어린 아들에게 어머니를 도우면서 씩씩하게 잘 살라고 이르기도 했다. 그것은 일본인에 대한 세계의 인식을 새롭게 만드는데 충분했다.

지난 일본 고베의 지진에서도 일본인은 온 세계의 감탄을 샀었다.

누구보다도 감탄한 것은 미국인들이었다. 미국인들은 한결같이 암암리에 캘리포니아의 지진 때에 보여준 미국인들의 모습과 대조시켜 가며 일본 이재민들에 대한 감탄 섞인 놀라움을 보였다. "히스테리도, 신음도, 불평도, 울부짖음도 없다" 라고 한 신문은 보도했다. 울 때에도 소리내지 않고 조용히 울었다고 뉴욕 타임스 신문특파원은 보도했다. 고베에 사는 한 미국인 영사관 직원은 지진이 일어난 아침에도 어김없이 신문이 배달되었다면서 감탄하고 있었다.

"고도의 질서의식과 문화 전통에 자부심을 갖고 있는 일본은 지진의 후유증을 조용한 자존심으로 이겨내고 있다" 라고 USA 투데이 신문은 평했다. "지진은 일본의 널리 알려진 금욕주의에 대한 시금석이 되었다. 지금 일본의 얼굴은 피로 얼룩졌다. 그러나 그 성격은 굽힐 줄을 모른다."

무엇이 일본인을 이렇게 만들었을까. 그것을 일본인 자신은 그들 독특한 집단심리에서 찾고 있다. 고베에서 약탈, 절도와 같은 범죄가 일어나지 않은 것도 일본인의 인정이 두렵기 때문에서만은 아니라고 보고 있다. 홍수, 태풍, 지진 등의 자연 재난을 수없이 겪는 동안에 "어쩔 도리가 없다"며 재난을 조용히 받아들이는 심성이 생겨난 탓이라고 평한 미국 신문도 있다.

우리의 생각은 어쩔 수 없이 우리 자신의 문제로 돌아간다. '우리라면 그런 경우에 어떻게 했을까' 라고. 우리 언론에도 반성의 여지가 많다. 지진이 일어났을 때, 일본의 보도진은 한결같이 현장에서 사랑하는 가족을 잃고 비탄에 잠기는 유가족에게 마이크를 들이대지 않았다. 보도에 앞서 유가족이 조용히 슬픔에 잠기도록 애도의 예절을 다하기 위해서였던 것이다.

'슬기롭게 산다'는 것

당나라에 마음 착한 늙은 부부가 있었다. 둘은 한평생을 두고 딱한 사람과 가난한 사람들을 도왔고 한번도 남에게 악하게 굴지 않았다. 어느 날 저녁, 갑자기 무섭게 생긴 귀신이 노부부를 찾아왔다. 그리고는 겁을 먹은 노부부에게 말하기를 "자네들의 착한 마음씨를 가상하게 여기신 천신(天神)께서 무엇이든 소원을 들어주시겠다니까, 부귀 중 어느 것을 원하는지 서슴지 말고 말하라!"

그러나 이 노인은 뜻밖에도 '부와 귀' 둘 다 사양한다면서 말하기를 "이 늙은 몸이 바라는 것은 오직 책이나 읽고 뜰의 화초를 가꾸면서 여생을 즐기는 일입니다. 그렇게 매일을 편한 마음으로 보낼 수만 있다면 죽어도 한이 없겠습니다." 이 말을 듣고 귀신은 노인을 칭찬하기는 커녕 오히려 '건방진 놈'이라고 호통을 치는 것이었다.

"그처럼 근심걱정 없이 편한 마음으로 일생을 마친다는 것은 신선에게나 용납되는 것이다. 또 신선 중에서도 그런 무상(無上)의 지복(至福)을 몇이나 누릴 수 있겠는가? 부귀란 여기에 비기면 복중에서도 아랫길에 속하는 것이니라. 자네 따위는 세 번쯤 이승에 태어나서 고생한 다음에야 비로소 감히 옥황상제에게 빌 수 있느니라."

청나라 때의 시인 원수원(袁隨園)이 쓴 시에 나오는 이야기이다.

우리는 지금 돛대도 삿대도 없이 풍랑 속에서 헤매고 있는 조각배와도 같다. 인간세상 어지럽게 마련이며 무상한 게 세상살이다. 그래도 예전에는 이렇지는 않았다.

지금 우리에게 있어 확실한 것은 아무것도 없다. 우리는 무엇을 믿고 누구를 믿고 살아야 하는지를 모른다. 무엇이 옳은지를 알려주는 사람도 없다고 우리는 생각한다. 그래서 우리 마음이 하루도 편한 날이 없다. 우리는 또 매일같이 언제 가스관이 터질지, 내가 매일 타는 지하철에 언제 사고가 날는지, 학교에 간 아이들이 무슨 봉변을 당할지 수없이 걱정을 한다. 그래서 우리가 불안한 것만도 아니다.

둘에 둘을 더하면 틀림없이 넷이 된다고 확신할 수 있다면, '흑(黑)'은 어제나 오늘이나 흑이고, 같은 흑이 다른 사람의 손에 간다고 해서 '백(白)'이 되지 않는다는 것을 확신할 수 있다면, 우리는 안심하고 살 수도 있다. 우리가 살고 있는 세상이 그렇지 않다는 데 문제가 있다.

아무 죄가 없는데도 우리는 항상 누군가 어깨 너머로 우리를 감시하고 있는 듯한 불안함에 사로잡혀 있다. 우리는 언제 누가 도청하고 있는지도 모른다며 두려워한다. 이런 속에서 우리는 어떻게 살아야 하는지 갈피를 잃고 있다. 정치 지도자며 종교 지도자들은 슬기 있게 살라고들 말한다.

희랍의 철인 디오게네스가 배추에 묻은 흙을 씻고 있는데 플라톤이 지나갔다. 그러자 디오게네스가 "자네가 나처럼 야채를 먹으면서도 만족할 수 있다면 권력자들에게 아첨하지 않아도 되는데…" 하고 딱하다는 듯이 말했다. 그러자 플라톤이 받아넘기기를 "자네도 나처럼 처세에 능하면 배추를 닦지 않아도 될텐데 말일세."

디오게네스처럼 '슬기 있게 살라' 라고 우리에게 타이르기는 쉽다. 그러나 이것은 우리에게 위선으로 가득찬 말로밖에 들리지 않는다.

또 디오게네스처럼 처세하는 게 쉽다면 우리가 이처럼 괴로워할 필요도 없다.

『채근담(菜根譚)』에 이런 구절이 나온다. "세상이 안정되어 있을 때에는 네모나게 살아라. 세상이 어지러울 때에는 둥글둥글 살아라. 숙계(叔季)의 말세 때에는 흐름을 따라 때로는 둥글게 때로는 모나게 살아라."

그렇다면 지금 우리는 어떻게 살아야 할까.

홍자성(洪自誠)에게 있어서는 경우에 따라 처세를 달리하는 게 슬기롭게 사는 방법이었을 것이다. 우리 나라에서도 그처럼 요령껏 해야 잘 살 수 있다. 물론 요령껏 산다는 것과 행복해지는 것과는 일치하지 않는다. 그게 또 반드시 자랑스러운 삶이라고 하기도 어렵다. 그러나 홍자성이 볼 때, 디오게네스보다는 플라톤이 슬기롭게 살았다. 그래서 디오게네스가 보다 보람있게 살았느냐 하는 것은 별개의 문제이다. 그렇다면 정말로 슬기롭게 산다는 것은 무엇을 뜻하는 것인가? 그 해답은 나 자신이 찾아내는 수밖에 없다.

"행복이란 하늘이 푸르다는 것을 발견하는 것만큼 단순하다."

철학자 요스타인 골델이 이렇게 말했지만, 우리에게 있어 행복은 그처럼 단순하지 않다. 우리의 불행은 바로 여기에 있다. 욕심이 많아서가 아니다. 지금 삶의 보람을 잃고 있기 때문에 불행한 것도 아니다. 어떻게 살아야 좋은 것인지를 생각하는 데에만 몰두한 나머지, 왜 우리는 살아야 하느냐 하는 의문을 잊고 있다. 그런 우리가 얼마나 불행한 것인지를 우리는 모르고 있다.

'너는 누구냐?'

어느 날, 14세의 소녀 소피가 이름 모르는 사람으로부터 편지를 받는다. 그 편지에는 짤막하게 "너는 누구냐" 라고만 적혀 있었다. 소피는 거울을 들여다 보며 '너는 누구?' 라고 자문해 본다. 그리고 자기가 누구인지를 모른다니 좀 이상하지 않나 하는 의문을 품는다. "게다가 자기 얼굴인데도 자기가 결정하지 못한다니 그럴 수 있어? 친구는 내가 고를 수 있는데, 내 얼굴은 내가 고르지 못한다. 인간이 된다는 것도 내가 선택한 게 아니다."

이렇게 생각한 끝에 소피는 '인간이란 무엇인가?' 하는 의문을 처음으로 품게 된다. 다음날 그녀는 또 한 장의 괴상한 편지를 받는다. 이번에는 그냥 "세계는 어디에서 왔는가?" 라고만 적혀 있었다. 그런 걸 누구든 알 턱이 없지 않나 하고 웃어넘기려다 문득 생각한다. 세계가 어디서 왔는지를 전혀 물어보지도 않는 채로 산다는 게 오히려 이상하지 않는가 라고. 그런지 며칠 후에 그 이름 모르는 사람으로부터 긴 편지가 왔다. 이번에는 이렇게 적혀 있었다.

"사람이 사는데 가장 중요한 게 무엇이냐고 굶주린 사람에게 묻는다면 먹는 것이라고 대답할 것이다. 추위에 떨고 있는 사람은 따스함이라 대답할 것이고, 외로운 사람은 벗이라고 대답할 것이다. 그러나 이런 기본 조건이 모두 충족된다 하더라도, 그래도 사람들에게 절실한 게 있을까? 그렇다. 사람은 모두 먹어야 하고 사랑도 필요하다. 그러나 그밖에도 절실한 게 있다. 우리는 누구인가, 왜 살고 있는가를 알고 싶어하는 절실한 욕구를 우리는 갖고 있다."

'철학자로부터의 이상한 편지'라는 부제(副題)가 붙은 『소피의 세계』는 이렇게 시작된다. 노르웨이의 작가 요스타인 골델이 쓴 이 책은 미국에서 대학의 철학 부교재로까지 채택되고, 일본에서는 7백 페이지 가까이 되는 두꺼운 책인데도 60만 부나 팔렸다. 그것은 고대신화로부터 칸트, 마르크스, 프로이트를 거쳐 현대의 우주론에 이르는 철학의 역사에 관한 이야기 책이다.

그것이 세계적인 베스트 셀러가 된 것은 마치 14세 소녀를 위한 미스터리 소설처럼 알기 쉽고도 흥미롭게 엮어진 때문만이 아니다. 불확실한 시대를 살고 있는 우리에게 사고(思考)의 원점(原點)으로 돌아가서 '당신은 누구인가?' 하는 기본문제를 풀도록 일깨워주고 있기 때문이다.

"너는 누구냐?" 하는 물음에 대해 당장에 나오는 해답은 "나는 한국인"이다. 그러나 "한국인은 누구냐?" 라고 재차 물을 때, 여기에 만족스럽게 해답을 내줄 수 있는 사람이 얼마나 될까. 아무도 거기까지는 미처 생각해 보지 않았으며, 또 그럴 필요를 느끼지 않은 채 지금까지 살아온 것이다.

사람을 사람답게 만드는 것은 '무엇'이라는 의문사이다. 사람에게 지혜를 불어넣어 주는 것은 '왜'라는 의문이다. 이런 '무엇'과 '왜'라는 의문을 티끌만치도 품지 않은 채 우리는 마냥 달리고 있다. 그나마 앞을 향해 달리고 있는지 아닌지조차 조금도 의심치 않고 있다.

고대 희랍의 철학자 탈레스가 어느 날 우주의 신비로움을 생각하며 하늘을 쳐다보며 걷다 발을 헛디디고 물에 빠졌다. 그것을 보고 사람들이 "발 밑에 있는 것도 모르면서 어떻게 하늘을 안다는 것이냐?"며 비웃었다.

우리는 지금 발 밑에만 정신이 팔려서 먼 산에서 무슨 비구름이 몰려오고 있는지도 모르고 있다. 빛을 보기 위해서 눈이 있고, 소리를 듣기 위해서는 귀가 있다. 그리고 생각을 하기 위해 마음이 있다. 그러나 우리는 너무도 머리를 쓰지 않고 있다.

모두가 어디로 가고 있는가 하는 방향 감각을 잃었으며, 어디로 가야 하는가 하는 목적의식도 잃고 있다. 오늘의 세계는 물론이요, 내일의 인류에 대해서 불안을 느끼지 않는 것은 우리 한국인뿐인 것만 같다. 한마디로 우리는 생각하는 버릇을 잊고 있다. 그만큼 우리는 철학을 멀리하고 있다. 우리는 마치 과학 또는 과학적 기술만이 행복에 이르는 우리의 길을 비춰 주는 유일한 등불인 것처럼 여기고 있다.

분명 과학은 우리 나라 고도성장의 기둥이 된다. 그것은 세계화를 서두르는 우리의 추진력이 되어 준다. 그러나 과연 고도성장이 우리를 행복으로 이끌어 줄 것인지, 또는 이른바 세계화가 우리의 아이덴티티를 어떻게 바꿔 놓을 것인가 하고 의문을 품어보는 사람이 없다. 우리는 21세기를 향해 잘 달리고 있다고 많은 사람들이 말한다. 그러나 21세기는 우리가 생각하고 있는 것과는 엉뚱하게 다를지도 모른다. 여기에 대해 대답해 줄 수 있는 철학자가 우리 나라에는 없다.

『소피의 세계』는 우리 나라에서도 번역되어 있지만 읽어봤다는 사람은 별로 많지 않다. 우리가 당면하고 있는 가장 큰 위기는 바로 이런 데 있다. 우리는 지금 걸음을 멈추고 '나는 누구인가' '나는 왜 사는가' 라고 한번쯤만이라도 돌이켜 생각해 봐야 한다. 우리는 지금 엉뚱한 길을 걷고 있는지도 모른다.

살맛 나는 세상 만들기

미국의 어느 도시의 상공회의소에서 도시의 활성화를 위한 모임을 가졌다. 이 자리에서 주제 강연을 하게 된 연사는 커다란 흰 종이의 중앙에 매직팬으로 검은 점을 큼직하게 하나 찍었다. 그리고는 청중을 향해 종이를 들어올리고, 무엇이 보이느냐고 물었다. 한 사람이 재빨리 대답했다.

"검은 점이 보입니다."

"검은 점 이외에는 아무것도 안 보입니까?'

연사가 거듭 물었다. "안 보입니다" 라고 모두 일제히 대답했다. 그러자 연사는 이렇게 말했다.

"여러분 모두가 가장 중요한 사실을 간과하고 있습니다. 모두 이 한 장의 종이를 빠뜨린 것입니다. 우리는 자칫 이 작은 점과 같은 실패나 좌절, 실망 등에 관심을 빼앗기기 쉽습니다. 그리하여 보다 본질적인 것, 보다 희망적인 것들을 곧잘 저버리게 됩니다."

살맛을 잃었다 할 때, 우리의 눈에는 검은 점만 보이고 흰 종이는 전혀 보이지 않는다.

"콩나물 값도 깎아 가며 한푼 두푼 한평생 모아도 집 한 채 간신히 마련할까 말까 하는 우리 인생이 허무하고 어리석어 보이기만 합니다." 전직 대통령이 대통령 자리에 있는 동안 5천억 원 이상의 돈을

긁어모았다는 사실이 밝혀졌을 때, 거리의 사람들은 이렇게 말했다

후한말(後漢末)의 석학 순열(筍悅)은 나라를 죽음으로 몰아넣는 병을 네 가지 들었다. 그 중의 첫 번째가 '위(僞)'다. 온 나라에 거짓이 판을 치는 것을 뜻한다. 두 번째가 '사(私)'다. 모두가 입으로는 국가를 위하고 겨레를 사랑한다 하지만 속으로는 사리사욕을 채우기에 바쁘다. 권력자는 '사'를 위해 권력을 남용하고 법과 정의마저 사유물로 만들려 든다. 세 번째가 '방(放)'이다. 모두가 방종해지고 법을 무시하고 권위를 따르지 않게 된다. 네 번째가 '사(奢)'다. 사람들이 사치에 흐르고 낭비를 일삼게 된다.

우리 나라는 지금 이런 네 가지 증세를 모두 나타내고 있는 것 같기도 하다. 그렇다고 우리는 살맛을 잃어야 할까. 우리 할아버지, 우리 아버지 때에도 세상은 고르지 않았다. 그 때에도 꼭 착한 사람만이 잘 살던 것은 아니었다. 탐관오리의 자손이 계속 영화를 누리기도 했으며, 친일로 축재했거나 부정축재한 사람들의 자손들이 지금도 잘 살고 있다. 그래도 나라의 기둥은 유지됐으며, 우리의 조상들은 정직과 성실과 근면의 미덕을 잃지 않았다. 임금이 정치를 잘해서 그런 것은 아니었다.

미국의 어느 유명한 음악가의 형은 목수였다. 어느 날 그 목수가 일하는 건설회사의 공사 감독이 목수의 집을 찾아왔다. 감독은 목수에게 "세계적으로 유명한 동생을 갖고 있다는 것을 대단한 영광으로 여겨야 한다" 라고 말했다. 그러다가 그의 기분을 상하게 만들었을지도 모른다는 생각이 들어 "하기야 형제가 다 똑같이 재능이 많을 수는 없다" 라고 했다.

"옳습니다." 이렇게 목수는 대답했다. "내 동생은 어떻게 해야 집을 지을 수 있는지 하나도 알지 못한단 말입니다. 그나마 그가 돈이 있는 게 천만다행이지요."

이렇게 유명한 음악가인 동생을 오히려 측은하게 여기는 형에게는 그냥 어리석다고 웃어넘길 수 없는 의연함이 있다. 그는 자기가 하는 일에 긍지를 갖고, 또 자기 삶에 보람을 느끼고 있는 것이다. 미국을 그처럼 강대하게 만든 것은 위인들만이 아니다. 무한한 자연자원만도 아니다. 자기 본분에 따라 하루하루를 성실하게 일하며 그 속에서 행복을 찾는 '목수'들이 있기 때문이다.

우리는 '남의 눈'을 너무 의식한다. 그리하여 어느 사이엔가 '남의 눈'이 자기 양심을 대신하게 되었다. 우리는 남이 욕하고 남이 흉볼까 두려워서 나쁜 짓을 멀리한다. 그래서 남의 눈에 띄지 않게 저지르는 나쁜 짓에 대해서는 죄책감을 느끼지 않게 된다. 우리가 예절을 지키는 것도 남이 싫어할까 두려워서일 뿐이다.

우리가 지금 걸려 있는 중환(重患)을 이겨낼 수 있는 요법은 두 가지이다. 하나는 이런 '남의 눈' 자리에 다시 양심을 올려놓는 일이다. 또 하나는 모든 위선을 떨쳐 버리고 세계의 중심에 '나'를 앉혀놓는 일이다. 그것은 이기(利己)가 아니다. 아무리 남의 눈에는 하찮게 보인다 해도 내 인생은 내게 있어서는 대통령보다 몇 곱 더 소중하고 값진 것이다.

인생의 가치란 훈장의 수효나 은행 잔고로 측정되는 것이 아니다. 비록 내가 무력한 '혼자'일 뿐이라 해도 그래도 내가 할 수 있는 무엇인가는 있다. "지금 내가 서 있는 곳에서 내가 가지고 있는 것으로 내가 할 수 있는 최선을 다해 일하라." 시어도어 루스벨트 대통령의 말이다.

막말로 나라가 쓰러진다 해도 우리는 살아 나가야 한다. 우리가 내일 죽는다 해도 오늘 우리는 밭을 갈고 나무를 심어야 한다. 살기 좋은 나라, 살맛이 나는 나라로 만드는 것은 '목수'들이다. 그런 우리가 살맛을 잃어서는 안 된다.

'모모'의 시간 도둑

한가로운 인생을 즐기고 있는 이발사 푸지 앞에 어느 날 회색 차림의 사나이가 나타난다. 그 사나이는 인생을 70년이라 친다면 22억 752만 초가 우리 인생의 전시간이라고 말해 준다. "그렇게 많은 시간을 우리가 가질 수 있다니." 이렇게 푸지는 새삼스레 감탄한다. 그러나 그 사나이는 말을 잇는다. 수면 시간을 매일 8시간, 일하는 시간도 8시간, 하루 세끼 먹는 시간을 적게 잡아 2시간이라 치고… 하며 푸지가 쓰는 시간을 하나씩 빼나간다.

"거기에다 당신은 늙은 어머니 곁에 앉아서 한 시간씩 잡담을 합니다. 이건 당신이 헛되게 버리는 시간입니다." 사나이의 계산은 여기서 끝나지 않는다. "매주 한번 영화를 보러 가고, 매주 두 번씩 단골 술집에 가고, 그밖의 저녁에는 친구들을 만나고 때로는 또 책까지 읽는다. 요컨대 당신은 불필요하게 시간을 낭비한다."

그 사나이는 만나는 사람마다 똑같은 설교를 하며 돌아다닌다. 사람들은 갑자기 시간이 아까워졌다. 그리하여 모두가 시간을 아껴쓰자며 바삐 뛰어다녔다. 어린이들이 같이 놀자고 해도 아버지는 바쁘다며 상대를 해주지 않는다. 어머니도 책을 읽어주지도 않게 됐다.

미하엘 엔데의 유명한 작품 『모모』는 이렇게 시작된다.

몇 번 봐도 감동을 주는 영화에 '카사블랑카'가 있다.

모로코의 수도 카사블랑카에는 독일군을 피해서 유럽을 탈출하려는 사람들로 들끓고 있었다. 그런 곳에서 카페를 경영하는 험프리 보가트에게 뜨내기 애인이 묻는다. "어젯밤에는 어디 있었느냐?" 라고. 그러자 "그런 옛날 일은 기억이 나지 않는다" 라고 험프리가 대답한다. 다시 애인이 묻는다. "오늘 저녁에는 만나줄 수 있겠느냐?" 라고. 험프리는 담담하게 답한다. "그런 앞일은 어떻게 될지 모른다."

매일같이 큰 일이 터져나오는 우리 나라에서 우리만 허둥대고 달음박질하며 살아간다. 우리는 지금 어디로 가고 있는지를 알지 못한다. 어디로 가야 하는지는 더욱 모른다. 우리에게는 시간 도둑으로부터 도둑맞은 시간을 되찾아 주는 모모도 없다.

20세기의 대표적인 문명비평가의 한 사람인 앙드레 지그프리드가 이런 이야기를 한 적이 있다.

뉴욕에서 어느 미국인 집에 초대된 동양인이 밖에서 사람을 만날 약속이 있다면서 자리를 뜨려 했다. 사람들은 제각기 그에게 약속한 장소로 가는 제일 좋은 방법을 말해 주었다. 한 사람은 지하철을 권했다. 또 한 사람이 고가도로를 타라고 권하자 차라리 택시를 타는 게 제일 편하다고 권하는 사람도 있었다. 그러자 지하철을 타면 시간이 3분 이상 절약된다고 제일 먼저 말한 사람이 일러주었다. 이 때 동양인은 물었다.

"3분이 절약된다 해도 그 시간을 뭣에 쓰겠느냐?"

그것은 시간에 쫓겨가며 사는 사이에 삶의 의미를 상실하게 된 서구인을 비판한 것이었다. 바삐 사는 오늘의 한국인은 그런 질문도 하지 않는다.

바쁘다는 '망(忙)'이라는 글자는 '마음(心)'과 '망(亡)'이라는 두 글자가 합쳐진 것이다. 다시 말해서 마음을 잃은 상태이다. 공자도 '일장일이(一場一弛)'라는 말을 한 적이 있다. 사람은 마냥 긴장하고만 있으면 안된다. 한번 긴장하면 그 스트레스를 풀기 위해 휴식할 필요가 있다는 것이다.

서양 사람들은 예로부터 이보다 더 깊은 뜻을 레저에 담아 왔다. "우리는 레저를 갖기 위해 일한다" 라는 것이 아리스토텔레스의 주장이었다. 그는 인생을 노동과 레저로 나누고 인생에 있어서의 행복은 오직 레저 속에서만 존재한다고까지 말했다. 그것은 마냥 놀자는 것이 아니었다. 그가 생각한 레저란 음악과 사색이었다. 그보다 한결 세속적이며 현대적인 처칠도 레저를 이렇게 말한 적이 있다.

"그것은 자기 주위를 둘러보는 시간, 밝은 낮에 가정과 아이들을 둘러볼 수 있는 시간, 생각하고 독서하고 뜰의 화초를 가꾸는 시간, 한마디로 살기 위한 시간을 갖자는 것이다."

일 년에 3주씩이나 장기 휴가를 갖는 프랑스인에게 있어 바캉스는 잃어가는 자기를 되찾는 기간이다. 그것은 시계를 들여다보지 않는 시간을 의미한다. "우리 프랑스 사람들은 한적한 곳에서 아무것도 하지 않는 게 최고의 바캉스라고 여긴다." 이렇게 폴 보네가 말하면서 휴가철에 애써 고생길로 떠나는 일본 사람들을 비웃은 적이 있다. 프랑스인들은 평소 바빠서 미처 읽지 못한 책을 읽기 위해 바캉스를 갖는다. 여행도 신선한 자극을 받고 나를 재발견하기 위해서이다.

우리에게도 바캉스 철이 있고 레저라는 게 있다. 그리고 바캉스 철만 되면 수십만 대의 자동차가 서울을 빠져나간다. 외국으로 빠져나가는 인구도 많다. 이들은 대부분이 시간과 돈만 버리고 돌아온다. 그 대신 그들은 과연 무엇을 얻었을까? 그들만이 아니라 우리 모두가 모처럼의 휴가철에도 책 하나 읽을 겨를도 없이 여전히 바쁘기만 하다.

두마당●꼴찌를 키우는 부끄러움

사회가 어지럽고 미덕의 가치가 무너져내릴 때 미담은 생긴다

눈먼 아버지와 아들

우리는 효(孝)라고 하지만, 미국인은 그냥 사랑이라고 한다. 어느 미국 소년 이야기다. 중학교 다닐 때 그는 작은 체격에 말라깽이였다. 그러면서도 풋볼을 무척이나 좋아했다. 그는 코치에게 애원한 끝에 축구팀에 들어가 온힘을 다해서 선수가 되려고 애썼다. 그러나 다른 아이들보다 너무나도 체격이 작아 늘 후보선수로서 다른 선수들이 뛰는 것을 구경만 하고 있어야 했다.

이 소년은 어머니 없이 아버지와 단둘이 살고 있었다. 아버지는 그의 아들이 시합 때마다 벤치에만 앉아 있는데도 한번도 거르지 않고 열심히 나와 아들 팀을 열렬히 응원했다.

아들이 고등학교에 들어갔을 때에도 여전히 키가 작았다. 그래도 아버지는 아들을 고무해 주었다. 그러면서도 만일에 풋볼이 하기 싫으면 언제든 그만둬도 좋다고 일러주었다. 그러나 너무나도 풋볼을 좋아했던 소년은 풋볼을 포기할 마음이 전혀 없었다. 풋볼 선수가 된다는 것은 그의 꿈이었던 것이다.

소년은 누구보다도 열심히 연습을 했다. 언젠가는 자기도 주전 멤버가 될 수 있을 것이라는 희망을 버리지 않았다. 고등학교를 졸업할 때까지 3년 동안 그는 단 한번도 연습을 거르지 않았고 경기를 놓치지도 않았다. 그러나 단 한번도 코치는 그를 시합에 내보내지 않았다. 그래도 그의 아버지는 언제나 아들을 따라다니며 격려해 주었다.

소년은 대학에 들어가게 됐다. 여기서도 그는 풋볼 팀을 찾아가서 자기를 선수로 뽑아 달라고 간청했다. 그의 왜소한 체격을 보고 모두가 그는 불합격하리라고 예상했다. 뜻밖에도 그는 풋볼 팀에 뽑혔다. 코치는 그의 넘치는 투지와 열성이 다른 선수들의 사기를 높이는데 크게 도움이 될 것이라고 믿었던 것이다. 자기가 팀에 뽑혔다는 소식을 듣자마자 그는 아버지에게 전화했다. 아들 이상으로 기뻐한 아버지는 당장에 전 시즌 티켓을 샀다.

대학에서도 그는 4년 동안 단 한번도 연습을 게을리하지 않았지만, 단 한번도 시합에 나가지 못했다. 졸업을 앞둔 마지막 시합을 맞아 전과 다름없이 경기장에서 연습에 열중하고 있는 그에게 코치가 한 장의 전보를 전해주었다. 그는 전보를 뜯어보고는 한마디 말도 없었다. 한참 후에 그는 코치에게 머뭇거리며 말했다.

"오늘 아침에 아버지가 돌아가셨습니다. 오늘은 제가 연습을 걸러도 괜찮겠습니까?"

코치는 그의 어깨를 두드리며 위로하면서 "토요일 시합 때에 안 나와도 좋으니 이번 주말까지 집에 가 있어라" 라고 했다. 토요일 시합날이 왔다. 시합은 그의 대학 팀에 불리하게 전개되고 있었다. 제3쿼터에 들어가 10점이나 뒤지고 있을 때, 뜻밖에도 그가 선수복을 입고 나타났다. 그리고 코치에게 간청하는 것이었다.

"제발 이번 한번만은 시합에 출전시켜 주십시오. 저는 오늘은 꼭 뛰어야 합니다."

코치는 애써 못들은 체했다. 가뜩이나 뒤지고 있는 판에 단 한번도 경기 출전경험이 없는 미숙한 후보선수를 내보낸다는 것은 상상조차 할 수 없는 일이었다. 그러나 그는 계속 코치에게 매달리다시피 애원했다. 측은한 생각이 든 코치는 그의 출전을 허가했다. 그 다음에 일어난 상황을 코치와 선수들은 전혀 믿을 수가 없었다. 단 한번 경기 경험도 없는 그가 누구보다도 잘 뛰는 것이었다.

그는 천하무적이었다. 전의(戰意)를 상실하기 시작했던 그의 팀은 그가 들어온 다음부터 득점하기 시작하여 드디어 동점을 이루었다. 경기 종료 몇 분을 남기고 그는 상대방 공을 가로채 터치다운을 하는데 성공했다. 경기장 안은 함성으로 터져 나갈 듯 했다.

경기가 끝나고 모든 선수가 축하 파티를 위해 나간 텅 빈 탈의실 구석에 그가 혼자 우두커니 앉아 있는 것을 코치가 발견했다. 코치는 그에게 "오늘 너는 정말 멋있었다. 도대체 어떻게 된 거냐?" 라고 물었다. 그는 나직이 코치에게 말했다.

"돌아가신 우리 아버지가 장님이었다는 사실은 모르셨죠? 아버지는 모든 경기를 보러 오셨지만 내가 뛰지 못한 것을 모르셨습니다. 그러나 이제 돌아가셨기 때문에 오늘 처음으로 제가 경기하는 모습을 보실 수가 있었답니다. 난 내가 할 수 있다는 걸 아버지에게 보여드리고 싶었거든요.'

이렇게 말하는 그의 볼에 두 줄기 눈물이 흐르고 있었다.

이것이 참다운 아버지와 아들의 사랑이다. 나는 이 이야기를 들으면서 뭉클하는 감동과 부끄러움으로 콧등이 시큰거리는 것을 억제할 수 없었다. 어버이의 날에 주고받는 카네이션 꽃 한 송이는 다음날이면 시들어 버린다. 그러나 이 이야기는 모든 사람의 마음속에서 언제까지나 시들지 않을 꽃이 됐으면 한다.

가족 사랑의 씨알

미국의 어느 시골에 지미라는 소년이 살고 있었다. 외아들로 자란 10세의 그는 6세의 어린 여동생을 여간 귀여워하지 않았다. 어느 날, 자전거를 타고 놀던 동생이 자전거에서 떨어졌다. 흔히 있던 일이라 처음에는 대단치 않게 여겼더니, 다리의 동맥이 끊겼는지 이만저만 출혈이 심하지 않았다. 여동생은 백지처럼 창백해지더니 이내 의식을 잃고 소년이 아무리 불러도 대답이 없었다. 의사가 달려왔을 때에는 소녀는 다 죽어가고 있었다. 의사는 당장에 수혈해야겠다고 말했다. 그러나 소녀와 혈액형이 같은 사람은 지미 소년밖에 없었다. 한시도 지체할 수 없었다. 의사는 소년에게 물었다.

"지미야, 넌 네 동생을 살리기 위해 네 피를 뽑아줄 수 있겠니?"

순간, 소년의 얼굴은 굳어지더니 곧 뭣인가 크게 결심한 듯 천천히 고개를 끄덕였다. 의사는 그를 식탁 위에 눕혀 놓고 그의 팔에서 피를 뽑기 시작했다.

이윽고 의사는 그 피를 소녀의 팔에 수혈했다. 그런 지 반 시간 동안 의사와 가족들은 소녀의 용태가 호전되기만을 기도하고 있었다. 차츰 소녀의 맥박이 정상을 찾기 시작하고 그녀의 얼굴에 핏기가 감돌기 시작했다. 마음을 놓은 의사는 이마에 고인 땀을 닦으면서 그제야 식탁 위에 여전히 꼿꼿이 드러누운 채 벌벌 떨고 있는 소년을 발견했다. "왜 넌 그러고 있느냐?" 라고 의사가 물었다. 소년은 겁에 질린 표정으로 의사에게 들릴까 말까 하는 목소리로 되물었다.

"난 언제 죽나요?"

의사는 그제야 동생에게 피를 뽑아줘야겠다는 의사의 말을 소년이 잘못 알아들었다는 사실을 깨달았다. 소년은 자기 어린 동생을 살리기 위해서는 자기 몸 안의 모든 피를 뽑아줘야 하는 것으로 생각했던 것이다. 그러니까 피를 뽑아 달라는 의사의 말에 동의했을 때 소년은 자기 동생을 살리기 위해 자기 목숨을 바친다는데 동의했던 것이다. 벅찬 감동에 의사는 자신의 눈물을 감추지도 못했다. 지미는 자기 동생 대신 죽으려 했던 것이다.

미담은 어느 나라의 것이든 우리를 감동시킨다. 그것은 때로는 우리를 울리고, 때로는 우리에게 삶의 보람을 안겨주기도 한다.

흔히 말한다. 나라가 어지러울 때 애국자가 나타나고, 효도가 땅에 떨어질 때 효자가 나타난다고. 사회가 어지럽고 온갖 미덕의 가치가 무너져 내릴 때 미담이 생긴다. 미담은 우리에게 희망을 안겨준다. 그러기에 내일에 희망을 걸 수 있는 나라일수록 미담이 많다.

요즘 우리에게는 그런 미담들이 들리지 않는다. 우리가 이처럼 먹고 살게 되고, 21세기에는 더 잘 살게 될 것이라는 경제학자들의 말을 들으면서도 우리의 내일에 대해 회의를 갖게 되는 것도 바로 이 때문이다.

어린 지미 소년은 자기희생이 무엇인지 알 턱이 없다. 그는 또 비록 죽음이 무엇인지를 알지는 못했어도 본능적으로 죽음에 대한 공포는 느끼고 있었음이 분명했다. 그러기에 겁먹은 그는 죽음을 기다리며 떨었다. 그러면서도 그는 후회를 몰랐다. 그저 동생이 살아났느냐고만 의사에게 물었다.

무엇이 그로 하여금 동생을 위해 대신 죽으려 하게 만들었는가. 그것은 배워서 되는 것이 아니다. 역사책을 보면, 남을 위해 자기를 희생한 고귀한 삶들의 이야기는 많다. 그들에게는 종교적 동기니 애국심이니 윤리성이니 하는 뚜렷한 동기가 있었다. 지미 소년에게는 그런 게 없었다. 왜 동생을 위해 죽으려 했느냐고 어른들이 묻는다면, 그는 모른다고 대답했을 것이다.

그의 세계는 자기 집과 가족이 전부였다. 그는 부모를 통해 모든 것을 배웠다. 머리로 배운 게 아니라 가슴으로 배운 것이다. 그의 가치관은 집에서 부모 형제와 함께 살면서 절로 마음속에 심어져 나간 것이었다.

지미 소년은 사랑 속에서 자랐다. 부모가 자식들에게 넘겨줄 수 있는 가장 소중한 유산은 사랑의 교육인 것이다. 부모가 자식에게 쏟는 사랑, 자식의 부모에 대한 사랑, 그리고 형제끼리 나누는 사랑이 옆으로 밖으로 퍼져 나갈 때 사회는 기름지게 된다.

지미가 살던 80년 전의 미국 가정과 지금의 가정은 엄청나게 달라졌다. 지미의 '미담'도 이제는 옛 시절의 평범하지만 순박했던 전통적인 가족에 대한 향수 속에서만 살아 있을 뿐이다. 그러기에 전 부통령 돈 퀘일도, 클린턴 대통령도, 고어 부통령도 모두 '가족'의 전통적 가치관의 부활을 기회 있을 때마다 소리높이 제창해 왔다.

무너져 가는 전통적 가족적 가치관에 대한 고민은 미국에만 한정된 것이 아니다. 그러기에 조지 워싱턴 대학의 아미타이 에치오니 교수가 일으킨 공동체주의에 클린턴 대통령, 서독의 콜 수상, 영국의 노동당수 토니 블레어 등까지 깊이 공명하고 있는 것이다. 에치오니 교수는 옛 '가족'에의 복귀가 가능한 것으로 보고 있다. 그러나 과연 우리 나라에서 그런 게 가능할까?

부양과 효도의 차이

아내를 여의고 홀로 사는 노인이 있었다. 그는 한 평생을 근검 절약하며 열심히 일했다. 절약 근검하게 살았다. 그러나 불운이 겹쳐 빈털터리가 된 데다가 노약해서 더 이상 일할 수도 없게 되었다. 시력도 약해지고 두 손이 떨려 제대로 끼니를 지을 수도 없었다. 그에게는 결혼한 아들이 셋이나 있었지만 제각기 살림에 바빠 일 주일에 한번쯤이나, 그것도 돌아가며 아버지와 저녁을 같이 하는 게 고작이었다.

아버지는 차츰 기력마저 떨어졌다. 노인은 어떻게 했으면 좋겠는가 곰곰 궁리했다. 드디어 한 생각이 떠올랐다. 해가 밝자 그는 목수를 찾아가서 큰 궤를 하나 만들어 달라고 부탁했다. 그 다음에 자물쇠를 만드는 사람을 찾아가서 자물쇠를 하나 달라고 부탁했다. 이어 유리가게에 가서 깨진 유리조각을 얻어 왔다.

노인은 궤짝을 집으로 가지고 와서 그 속을 깨진 유리조각으로 채우고 난 다음에 단단히 자물쇠를 채웠다. 그리고는 그것을 부엌 식탁 밑에 놓았다. 며칠 후에 아들들이 찾아와서 저녁을 먹다가 발에 걸리는 궤를 발견했다. "궤 속에 무엇이 들어 있습니까?" 라고 아들들이 물었다. 별 것 아니라고 노인은 말하면서, 끝내 속에 무엇이 들어 있는지를 밝히지 않았다. 아들들은 손으로 밀어 봤지만 어찌나 무거운지 움직이지 않았다. 그들은 이번에는 발로 차 봤다. 그러자 속에서 뭔가 달랑거리는 소리가 들렸다.

'아버지가 한평생을 두고 몰래 저축해 온 금화로 가득차 있는 게 틀림없다.' 이렇게 세 아들은 서로 수군거렸다. 아버지가 돌아가실 때까지 그 보물 궤를 지켜야겠다고 생각한 세 아들은 번갈아 가며 아버지와 함께 살기로 했다. 첫 주에는 작은아들이 와서 살면서 아버지를 돌보고, 둘째 주에는 가운데 아들이, 그리고 셋째 주에는 큰아들이 아버지를 돌보며 궤를 지켰다.

드디어 아버지는 병들어 죽었다. 이제부터는 돈 걱정할 필요가 없다고 생각한 세 아들은 호화로운 장례를 치렀다. 그들은 장례식이 끝나자마자 아버지의 집으로 달려와서 열쇠를 찾았다. 그리고 궤를 열어 봤으나 그 속에는 깨진 유리조각들 뿐이었다.

"우리를 이렇게 감쪽같이 속여 오다니 아버지도 너무 하셨다!"

이렇게 큰아들이 소리질렀다. 그제야 양심의 가책을 느끼기 시작한 둘째 아들이 형에게 말했다.

"아버지는 그럴 수밖에 없지 않았어? 만약에 이 궤만 없었던들 우리 모두 아버지가 돌아가실 때까지 돌봐 드릴 생각은 하지 않았을 게 아냐!"

이 말을 들으면서 막내아들은 하염없이 뉘우침의 눈물을 흘리기만 했다. 그래도 큰아들은 혹시나 하고 궤 속의 유리조각들을 모두 쏟았다. 그랬더니 밑바닥에 '너의 부모를 공경하라'고 적힌 쪽지가 붙어 있었다.

진심으로 공경하는 마음이 없이 그저 부양만 하는 것을 공자는 '견마지양(犬馬之養)'이라 했다. 집에서 개나 말을 기르는 것과 같다는 뜻이다. 돈만 있다고 효자가 되는 것은 아니다.

여러 해 전에 라디오의 심야 방송에서 들은 이야기이다.

"어느 중학교에서 있었던 일이다. 옆자리에 있는 친구의 도시락 속에는 늘 머리카락이 들어 있었다. 도시락이 미어지도록 꾹꾹 눌러 담은 밥알 사이로 머리카락이 삐져 나와 있어도 그 친구는 조금도 얼굴을 찡그리지 않았다. 그는 마치 귀한 것이라도 가려내듯 정성스레 머리카락을 골라내고 먹는 것이었다.

때로는 돌을 깨문 듯 아작 소리가 났다. 그럴 때면 그는 돌이 들어 있는 밥을 그냥 꿀컥 삼키기도 했다. 그리고는 목이 메어 한동안 아무 말도 하지 못했다. 그런 친구를 볼 때마다 불결한 그의 어머니를 연상해 가며 그를 딱하게 여겼다.

나는 그 친구와는 허물없이 지내는 매우 가까운 사이였다. 그렇지만 그는 자기 집에 가서 놀자는 말을 한번도 한 적이 없었다. 나는 그것을 그냥 그가 가난한 탓으로만 돌렸다.

그러던 어느 날, 그는 자기 집에 가자고 했다. 산비탈 달동네를 올라 다 쓰러져 가는 문을 열고 들어서면서 친구는 '어머니! 친구를 데리고 왔어요' 라고 소리내어 어머니를 불렀다. 그러자 어두운 방안에서 그의 어머니가 더듬거리며 나오면서 반겼다. 그 어머니는 내 손목도 잡아 보고 머리도 쓰다듬으면서 '우리 아이한테서 네 얘기 많이 들었다' 라고 말했다. 친구의 어머니는 눈이 어두운 분이었다. 그제서야 나는 왜 친구가 돌이 섞인 밥을 그냥 삼켜 먹고 왜 머리카락이 들어 있어도 괘념치 않았는지 알 수 있었다."

도대체 무엇을 위해 사람들은 효(孝)를 하는지 또 무엇이 효인지 아리송해질 때가 있다. 가난이 효자를 만드는 것은 아닐 것이다. 돈이 있다고 해서 효가 필요 없지도 않다. 그러나 왠지 부잣집보다는 가난한 집에 효자가 더 많다.

낙방생의 어머니에게

얼마나 상심이 되시는지 짐작하고도 남음이 있습니다. 아인슈타인에게도 취리히 공과대학 입학시험에 떨어진 쓰라린 과거가 있습니다. 진화론의 다윈도 에딘버러 대학의 의학부를 낙방한 경험이 있습니다. 일본의 호소카와(細川) 총리도 1차 지망의 대학을 보기 좋게 낙방한 적이 있습니다. 이렇게 말한다 해도 조금도 위로가 되지는 않을 것입니다.

너무나도 상식적인 말 같지만 인생은 매우 깁니다. 그것은 단거리 경주가 아니라 적어도 반세기에 이르는 마라톤 경주입니다. 높은 산을 넘고 깊은 시냇물을 건너기도 하고 비를 맞을 때도 있습니다. 대학이란 그런 오랜 인생의 길을 걷는 동안 거치는 한 정거장에 지나지 않습니다.

불경에 이런 이야기가 있습니다.

어느 어리석은 사람이 친구 집에 저녁 초대를 받았습니다. 차려 나온 음식들을 먹어 보고는 전혀 맛이 없다고 친구에게 솔직히 말했습니다. 친구는 음식들에 소금을 조금씩 뿌리고 먹어 보라는 것이었습니다. 다시 음식을 먹어 보니까 이를 데 없이 맛이 좋은 것이었습니다. 친구 집을 나오면서 그는 그 소금을 조금 달라고 청했습니다. 집에 돌아온 그는 음식에 소금을 뿌려먹었습니다. 그러나 이상하게도 음식은 조금도 맛있지 않았습니다. 자기 혀가 이상해진 게 아닌가 여긴 그는 이번에는 소금을 핥아먹었습니다. 짜기만 한 것을 참고 억지로 핥아먹다가 그만 병에 걸렸습니다.

대학은 이런 소금과 같습니다. 중요한 것은 바탕이 되는 음식입니다. 바탕이 좋아야 대학이라는 소금을 뿌려도 맛있게 되는 것입니다. 엉성한 재료로 만든 음식에 소금을 뿌린들 더욱 역겨워지기만 하는 것입니다.

어폐가 있을지는 몰라도 학력이 문제되는 게 아닙니다. 대학은 고사하고 중학도 졸업하지 못하고도, 또 졸업하지 않고도 성공한 사람도 많습니다. 자동차왕 헨리 포드도, 작곡가 조지 거슈윈도, 소설가 자크 런던도, 영화배우 스티브 맥퀸도, 화가 모딜리아니도, 소설가 윌리엄 살로얀도, 세계 최초의 비행사 라이트 형제도 모두 중학교 중퇴자들이었습니다.

국민학교도 나오지 못한 사람도 많습니다. 자선 사업가이자 세계적 기업가였던 카네기, 배우 채플린, 소설가 디킨스, 발명왕 에디슨, 화가 모네, 극작가 손 오케이시, 소설가 마크 트웨인 등이 그렇습니다. 꼭 대학을 나와야만 학자가 되는 것도 아닙니다. 미국의 에릭 호퍼도 부두 노동자로 일하면서 독학으로 세계적인 학자가 됐습니다.

이런 말도 위로가 안될지도 모릅니다. 그러나 젊은이들이 대학에 들어갈 수 있도록 하기 싫어하는 공부를 강제로 시킬 필요는 없습니다. 자기가 좋아하는 것에 열중하도록 내버려두는 것이 오히려 그들의 밝은 장래를 위해서는 좋을 것입니다.

몇 해 전에 미국의 대학생들을 상대로 한 여론 조사에서 인생의 가치가 '경제적으로 풍족해지는 것'에 있다는 응답이 70퍼센트나 되었으며, 그 다음으로 '보람있는 인생'이라는 응답자가 절반 가까이 되었습니다. 오늘의 우리 나라 젊은이들의 가치관도 이와 크게 달라지지는 않을 것입니다. 그런 젊은이를 행복하게 만드는 데 대학은 큰 도움이 되지 않을 것입니다.

마음놓고 날개를 펴고 자유롭게 자기가 좋아하는 길을 찾아 날아다닐 수 있도록 하는 것이 좋겠습니다. 대학이며 학력이 전혀 문제되지 않는 시대가 바로 눈앞에 펼쳐지고 있는 것입니다. 사람 가운데에는 대학이 큰 도움이 되는 사람도 있지만 대학이 전혀 필요치 않은 사람도 있습니다. 학사증은, 그러니까 어떠한 형태로든 품질보증서가 되지는 못합니다.

영국의 시인 로버트 번스는 농부였습니다. 배우 제임스 케그니는 음식점 웨이터였고, 가수 페리 코모는 이발사였습니다. 007배우 숀 코너리는 트럭 운전사였습니다. 노벨문학상을 받은 윌리엄 포크너는 대학을 중퇴한 채 도배장이가 된 적이 있습니다.

인생에는 얼마든지 많은 선택의 길이 있는 것입니다. 우리 나라에서도 이제는 1만 5천 가지가 넘는 직업이 있습니다. 미국에는 2만 가지 이상의 직업이 있습니다. 앞으로 얼마나 더 직업이 다양해지고 젊은이의 가능성이 확대될지 모릅니다. 더욱 중요한 것은 직업에 대한 가치관이 엄청나게 달라지고 있다는 사실입니다. 바로 엊그제까지도 우리는 대중문화의 종사자를 '딴따라'라고 부르며 경멸하지 않았던가요?

세상은 어지럽도록 변하고 있습니다. 이런 새 시대에 필요한 것은 학사증이 아니라 자격증, 면허증입니다. 그리고 또 앞으로의 세계를 이끌어 가는 것은 틀에 박히지 않는 젊은이들입니다. 모든 학과를 골고루 잘 하는 모범 학생이 아니라 무엇인가 하나에만 몰두하는 (어머니 눈에는 하나밖에 하지 못하는) 젊은이입니다.

아버지의 유언

천하를 평정하고 한제국(漢帝國)을 세운 유방(劉邦)에게도 죽음이 찾아왔다. 임종을 앞두고 황제 아들에게 다음과 같은 유서를 남겼다. "나는 태어나서부터 오늘에 이르도록 제법 하게 학문을 한 적이 없었다. 책 따위를 읽은들 아무 득도 안된다고 여긴 때도 있었다. 황제가 된 다음부터는 제멋대로 책을 읽고, 모르는 글자는 사람에게 물어 가며 조금은 이해할 수 있게 됐을 뿐이다. 그래도 요새 네가 쓴 것을 읽어보면 그런 무식한 나보다도 못한 것 같다. 좀더 정성을 쏟아서 배워야겠다."

후한(後漢) 때의 명장(名將) 마원(馬援)은 죽음의 싸움터로 나가면서 자기가 아끼던 두 조카에게 이런 훈계의 편지를 써 보냈다.

"용백고(龍伯高)란 분은 인정이 넘치고 쓸데없는 말은 하지 않으며 만사에 조심스럽고 검소하고 청렴하다. 너희들도 그분을 본받았으면 한다. 한편 두계량(杜季良)은 호걸형으로 의협심이 넘치고, 남의 일도 내 일처럼 걱정하고 청탁(淸濁)을 아울러 삼킬 만큼 통이 크다. 이 분이 친상을 당했을 때에는 먼 곳에서까지 조문객이 줄지어 문상 오기도 했다. 나도 이분을 존경하고는 있지만 너희들은 이분의 본을 따르지 말아야 한다. 왜냐 하면 용백고를 본받다 실패한다 해도 크게 잘못되지는 않는다. 백조를 그리려다 실패해도 오리쯤으로는 보이는 것이다. 허나 두계량을 본받다가 실패하면 천하의 웃음거리가 되고 만다. 그것은 호랑이를 그리려다가 개를 그리고 마는 것이나 같은 것이다."

삼국지의 중심 인물이었던 유비는 죽음이 다가오자 제갈공명 편에 아들에게 자기를 본뜨지 말라면서 다음과 같은 유서를 보냈다.

"대단찮은 악이라도 절대로 저질러서는 안되며, 하찮은 선이라 해도 절대로 게을리 해서는 안된다. 현(賢)과 덕(德), 이 두 글자가 사람을 움직이게 하는 것이다. 너의 아비에게는 덕이 부족했다. 너는 이런 아비를 닮아서는 안된다. 항상 자기가 부족하다 여기고 노력을 게을리 하지 말아야 한다."

항상 굽실거려야 하는 공직 생활이 역겨워 지방 원님 자리를 버리고 41세에 낙향한 도연명(陶淵明)에게는 배다른 아들이 다섯이나 있었다. 큰아들은 16세였는데, 아무 재주도 없고 게으르기만 했다. 둘째 아들도 15세나 되는데, 통 공부를 하려 들지 않았다. 배가 다른 셋째와 넷째 아들은 13세나 되는데도 여섯과 일곱의 구별도 하지 못했다. 9살 짜리 막내는 군것질만 찾고 있는 형편이었다. 이처럼 다섯이나 있는 아들들이 모두 별로 공부를 잘하지 못했던 것이 마음에 걸린 그는 '자식을 책(責)한다'는 시를 썼다.

"내 자식은 다섯이나 있으되 한결같이 지필(紙筆)을 좋아하지 않는다. …" 그렇다고 해서 그가 크게 낙담했거나 자식들을 채찍질하지는 않았다. "만약에 이런 게 팔자라면 그런대로 나는 여기 자족하여 술이나 마시기로 하자" 라고 그는 시를 맺었다.

자식들이 공부 잘하기를 바라는 것은 부모들이 자식의 출세를 바라기 때문이다. 그러나 세속적인 입신출세를 탐내지 않는다면 기를 쓰고 공부하라고 자식들을 채찍질한다는 게 우스워진다. 또 공부하란다고 모두가 공부 잘하게 되는 것은 아니다. 뛰어나게 머리가 좋은 아이도 있고 그렇지 못한 아이도 있다. 그리고 머리가 좋고 공부를 잘하는 아이들만 잘 살 수 있는 이 세상도 아니다.

공부를 못한 아이도 그런대로 잘 살 수 있는 길이 있다. 꼭 벼슬을 따고 출세해야만 사람 구실을 하게 되는 것도 아니다. 중요한 것은 어디까지나 스스로가 찾는 행복감이다.

자식이 공부를 잘해서 출세하기를 바라는 것은 부모의 부질없는 속된 욕심일 뿐이다. 나도 그런 욕심을 버릴 터이니 너희들도 공부 못하는 것을 천운(天運)으로 돌리고 마음을 너그럽게 가져라. 공부가 인생의 전부는 아니니라. 이것이 도연명의 아들들에 대한 교훈이었다. 이것은 바로 우리들에 대한 절실한 교훈이기도 하다.

그는 또 아들들에게 다음과 같은 유훈을 남기고 죽었다.

"나도 이제 오십이 넘었지만 젊은 때부터 생활에 쫓긴 나머지 벼슬자리를 찾아 여기저기 떠돌아다녔다. 허나 옹고집이 심한 데다가 재능도 뛰어나지 못하고, 주위 사람들과 잘 어울리지도 못하여 내 뜻대로 하려다 번번이 마찰을 일으키곤 했다. 마음 같아서는 당장에라도 관직을 버리고 싶었으나 어린 너희들을 고생시킬까 두려워 못했었다. 지금도 집안이 가난한 데다가 나이까지 어린 너희들이 마음에 걸린다. 부디 의좋게 힘을 합쳐서 살아라. 그러면 어떤 역경도 이겨낼 수 있으리라 믿는다. 옛 시에 '높은 산은 우러르라, 훌륭한 일을 보면 이를 본받아라'는 게 있다. 너희들도 이 말을 명심하라. 그러면 나로서는 여한이 없겠다."

중국에서 안씨가훈(顔氏家訓)과 나란히 대표적인 가훈의 하나로 여기는 원씨세범(袁氏世範)은 원체라는 하급 관리 출신이 남긴 것이었다. 여기서 그는 자손들에게 이렇게 타이르고 있다.

"자식이 어렸을 때에는 무턱대고 귀여워하고 지나친 애정으로 버릇없게 만든다. 그런 아이가 성장해감에 따라 차츰 부모의 애정도 사그라지고 사소한 결점이라도 있으면 당장에 화를 내고 욕을 퍼붓는다. 사실은 부모가 잘못 키운 결과로 생긴 결점들인 것이다."

그는 또 이렇게 타일렀다.

"무지한 인간은 재산이 있고 지위가 높아 보이는 상대에게는 허리를 굽히고, 상대의 재산과 지위가 높아 갈수록 더욱 공손해진다. 반대로 가난하거나 지위가 낮은 상대에게는 거만해지고 거들떠보려 하지도 않는다. 온후하고 견식 있는 사람은 결코 그러지 않는 법이다."

예로부터 우리 나라에서는 아버지가 아들에게 남긴 유훈을 별로 볼 수 없다. 귀양살이를 하면서 구메구메 아들을 타이르는 편지를 보낸 정다산(丁茶山)이 기억날 뿐이다. 자식을 훈계할 만한 자격이 없다고 스스로 부끄러워해서일까, 아니면 그저 재산만 남겨 주면 아버지의 도리를 다한다고 여기기 때문일까. 그러면서 우리는 우리의 어린 세대가 빗나가고 있다고 한탄한다. 우리가 존중해 오던 가치들을 무너뜨리고 있다고 여긴다. 그리고 그것을 우리의 빈약한 도의교육 탓으로 돌리기도 한다. 돈이 제일이라고 가르쳐 온 부모들의 책임은 생각지도 않는다.

부모님은 외출 중

어느 특급 호텔의 회원제 헬스센터 안에 있는 목욕탕에서의 일이다. 난데없이 소년들이 희희덕거리는 소리가 들렸다. 돌아다보니 두 소년이 탕 속에서 장난치고 있는 것이었다. 그 중의 체격이 더 큰 아이에게 물었다. "너 몇 살이냐?" 라고.

그 소년은 "열 네 살이에요" 라고 대답했다. "아이들이 이런 데 들어와도 괜찮으냐?" 라고 거듭 물었다. 그 순간, 아이들은 자못 무안한 표정을 지었다. 그러면서도 그들은 왜 자기들이 여기 들어오면 안되는지 전혀 납득이 가지 않는 듯했다. 그 목욕실에는 소년들의 출입을 삼가해 달라는 표식은 없다. 굳이 그런 표식을 붙일 필요가 없다고 호텔 측에서는 생각했을 것이다.

그 자리에 함께 있던 어른들도 탐탁하게 여기지 않았던 것만은 분명하다. 그러나 그들은 내가 아이들을 은근히 나무랄 때까지 모두가 한결같이 못본 체하고 있었다. 우리 어른들은 내 집 아이든, 남의 집 아이든, 어린이에 대해서든 유달리 너그럽다. 사랑 때문이 아니다. 언제부터인가, 아이들의 버릇을 고치는 의무를 어른들이 포기하고 있는 것이다.

두 아이를 데리고 온 아버지의 심리를 이해하기는 그리 어렵지 않다. '가난하게 자란 나는 늘 호강스럽게 자라는 다른 아이들이 부러웠다. 이제 나는 돈으로 할 수 있는 호강이라면 모든 걸 내 귀여운 아들에게 베풀고 싶다. 그게 무슨 죄가 되느냐' 하는 마음도 있었을지 모른다. '내 돈 내고, 내가 아들 목욕시키는 데 무슨 상관이냐' 하는 마음도 있을 것이다.

그 아이들의 외모는 숭글숭글하고 귀여웠다. 착하고 공부도 잘 하게 생겼다. 아이들이 어쩌다 (알고 들어왔는지 모르고 들어왔는지 모르지만) 들어왔는데 얼마든지 눈감아 줄 수도 있다.

여기서 생각나는 게 파리의 메트로라는 지하철이다. 지금은 어떤지 몰라도 10년 전까지만 해도 여기에는 1등 칸과 2등 칸이 있었다. 그러나 아무리 부잣집 아이라도 1등 칸에 태우지는 않는다. 영국에서 목격한 것이지만 기차에서 부모는 1등칸에 타는데 아이들은 2등칸에 태운다. 그만한 여유가 없어서가 아니다. 그것은 어린이는 어린이답게 키워야 하며, 어린이들을 너무 사치에 흐르게 해서는 안된다는 인식에 의한 것이다. 그것은 또 어린이들의 독립심을 키우기 위한 것이기도 하다.

서양의 어머니들은 젖먹이에게 반드시 시간을 정해서 젖을 먹인다. 아무리 칭얼거려도 시간이 안되면 먹이지 않는다. 매정해서가 아니라 버릇을 기르기 위해서이다. 우리 어머니들도 요새는 시간을 정해 놓고 젖을 먹인다. 그래도 아이가 보채고 울면 또 시간에 상관없이 젖을 물린다. 그 결과, 우리 어린이들은 보채거나 생떼를 부리기만 하면 무엇이든 원하는 것을 얻어낼 수 있다고 여기게 되지 않을까 걱정이다.

이런 생각을 해 본다. 사우나에 들어온 그 아이들은 틀림없이 갖고 싶은 것은 다 가지고 있을 것이다. 없는 것은 사 달라고 한마디만 하면 당장 어머니가 사준다. 가난한 아이는 크리스마스나 생일 또는 아버지가 보너스 타는 날까지 꾹 참고 기다려야 한다. 그렇게 기다려도 갖지 못하는 것은 못 갖는다. 그래도 참아 나가야 한다. 운다고 해서 되는 것이 아니라는 것을 너무나도 잘 알고 있기 때문이다. 이렇게 가난한 아이들도 많지만 울기만 하면 된다고 생각하는 아이들도 많다. 이런 어린이들에게 결핍되어 있는 것은 참을성이다. 심리학자는 이런 것을 '욕구불만의 인내성'이라고 말한다.

우리 나라의 고도성장은 욕구불만을 이겨내는 힘이 약한 어린이들을 만들어 냈다. 이런 허약한 의지의 어린이들을 만들어 내는 책임이 주로 어머니에게 있다고 흔히들 말한다. 그래서 모원병(母原病)이란 말도 나왔다.

모원병은 조금만 추워도 감기 든다며 밖에서 놀지 못하게 하는 과보호의 어머니, 조금만 장난이 심해도 벼락을 떨어뜨리는 과엄격(過嚴格)의 어머니들이 일으킨다. 이렇게 치마폭 속에 싸여서 자라는 어린이들은 자주성이며 자아의 건전한 발달 기회를 상실하고 만다.

그러나 가정에서의 아버지의 권위가 확고하다면 모원병은 일어날 수가 없다. 또한 아이들의 버릇을 바로잡는 당연한 의무를 다하지 못하고 있다는 가책이 아버지로 하여금 더욱 아이들을 약하게 만든다. 그런 뜻에서 모원병은 뒤집어 보면 사실은 부원병(父原病)이랄 수 있다.

우리 나라의 부모들은 조그마치도 불만을 이겨내지 못하는 어린이들, 조그마치도 욕망을 억제하지 못하는 어린이들, 자주적인 판단을 하지 못하는 나약한 어린이들을 만들어 내고 있다. 그러면서 모든 것을 병든 사회의 탓으로만 돌리고 있다.

할아버지 회초리가 그립다

지난 94년 대한민국 미술대상을 받은 그림에는 버스 터미널의 대합실엔가에 나란히 앉아 있는 두 여인이 그려져 있다. 시골 아주머니인 듯 한복을 입은 여인은 오른쪽 발을 신발을 벗은 채로 의자 위에 올려놓고 있다. 그런 모습은 일류 호텔의 커피숍에서도 이따금 목격한다. 그것은 한국 여성의 전통적인 '편히 앉는 자세'라고 할만도 하다. 그녀의 어머니도, 또 그녀의 할머니도 그렇게 앉아 왔던 것이다. 따라서 그녀는 그것이 남 보기에 얼마나 흉한지를 깨닫지 못하고 있다. 그녀에게 예절을 알려주는 책도 없었다.

서양에는 예로부터 예절 책이 흔했다. '식탁의 오른쪽에 컵과 나이프를 놓고 왼쪽에 빵을 놓는다. 좋아하는 요리가 나와도 자기가 먹을 만큼만 담고 나머지는 옆 사람에게 돌린다. 대접하는 사람은 손님에게 음식값을 말해서는 안된다. 무엇이든 남에게 돌릴 때에는 오른 손을 써야 한다. 옷소매로 코를 푸는 것은 비천한 농사꾼이나 하는 짓이다.…'

이것은 다름 아닌 에라스무스가 지금으로부터 근 5백 년 전에 써낸 『소년 예의 작법론』의 한 구절이다. 이 책은 발간되자마자 유럽 각국어로 번역되어 16세기 유럽 예법의 기본이 되었다.

바그너의 오페라 주인공이 된 탄호이저가 쓴 『궁정(宮廷) 예법』에 '접시 위에 몸을 엎어 놓고 입으로 소리를 내서 마시는 놈은 짐승과 같다'면서 음식 먹는 법을 가르치고 있다. 이 책이 나온 것은 13세기 때 일이다.

우리 나라에도 예절을 가르치는 책이 전혀 없던 것은 아니다. 일찍이 15세기에 소혜왕후가 쓴 『내훈(內訓)』도 있다. 그러나 서양말로 에티켓이니 매너니 하는 것에 관한 책은 없다. 그런 것들은 가정 안에서 아버지가 아들에게, 어머니가 딸에게 몸으로 가르치는 정훈(庭訓)에 속한다. 그래서 새삼스레 글로 적어 둘 필요가 없다고 여긴 때문인지도 모른다. 요새도 예법에 관한 책은 없다. 그렇다고 '정훈'이 있는 것도 아니다.

예전에는 어느 집이나 아이들의 종아리며 볼기를 때리기 위한 회초리가 있었다. 그것들은 모두 아이들의 버릇 고치기를 위한 것들이었다. 예전 아이들은 아버지와 겸상을 했다. 그때 아버지는 이렇게 먹어라, 저렇게 먹어선 안된다고 이르지 않아도 됐다. 아이들은 그냥 아버지 흉내만 내면 되었던 것이다.

요새는 어느 집에도 회초리는 없다. 어느 집안에서 아들의 버릇을 고치겠다고 벼르고 벼르다 밤늦게 술 냄새를 풍기고 돌아온 고교생 아들의 뺨을 때렸다. 그러자 아들이 아버지에게 덤벼들 듯한 기세로 "왜 때려!" 하고 소리치더라는 것이었다. 아버지는 더 이상의 파국을 피하기 위해서 아내의 만류에 못 이기는 척 하면서 그 자리를 피했다. 그때 그 아버지는 아버지로서의 권위가 완전히 땅에 떨어져 있었음을 뼈저리게 확인했다는 것이다. 이런 이야기를 들은 지도 벌써 여러 해가 된다. '개구쟁이가 되어도 좋으니 튼튼하게만 자라다오' 라는 광고가 전국에 퍼진 지도 10년이 넘는다.

언젠가 본 텔레비전의 어느 연속극에서 이른바 양가집 대학생 아들이 쩝쩝 소리를 내며 음식을 걸신들린 사람처럼 먹는다. 그런 아들을 어머니는 대견스레 바라보고만 있었다. 또 다른 드라마에서 엄격한 할아버지까지 있는 집안의 손녀가 마치 불량 소녀처럼 거동하고 남자 친구에게 "너의 꼰대는…" 하고 반말을 했다.

회초리 잡은 손에는 권위가 있어야 하며, 매를 드는 아버지는 아들에게 떳떳할 수 있어야 한다. 그렇지 못할 때에는 사랑의 매질이 부당한 폭력으로밖에 보이지 않는다. 그리고 자기네 부모를 어려워하지 않는 아이들이 남의 집 어른들을 어려워할 턱이 없다. 이리하여 우리의 어린이는 어려운 사람 하나도 없는 세상에서 마냥 막되게 자라나고 있다. 그러나 그들은 그저 제멋대로 살아온 부모들을 본뜨고 따라하고 있을 뿐이다.

언젠가 일본의 한 지방 도시의 미술관을 들른 적이 있다. 복도에서 마주친 여중생들이 양옆으로 길을 비키면서 하나같이 상냥하게 고개를 숙이고 지나가는 것을 보았다. 그래야 한다고 학교에서 선생이 가르쳤기 때문이 아니다.

예절의 기본은 복잡한 게 아니다. 그저 남에게 불쾌감을 주지 않는 데 있다. 대처 수상 시절에, 영국에서 '예절의 기본으로 돌아가자'는 운동이 전국적으로 일어났었다. 이때 제창된 것은 "고맙습니다"와 "미안합니다"의 두 말을 애용하자는 것이었다.

우리는 밥상 앞에서의 태도며, 모임에서의 예절이며, 복장의 기본들을 잘 몰라도 된다. 그저 남을 어려워할 줄만 알면 된다. 우리는 너무도 모두가 제멋대로 살아가고 있는 것이다.

'아빠, 밥 먹어!'

어느 바닷가에서의 광경이다. 피서객들로 붐비는 모래사장에서 한 가족이 오순도순 밥상을 둘러싸고 앉아 있다. 중학생인 듯한 소녀가 공기에 밥을 담고는 "아빠, 밥 먹어" 한다. 고교생인 듯한 사내아이가 소리를 지른다. "엄마, 아빠가 빨리 오래!"

이것은 특수 예가 아니라 어느 곳에서나 흔히 들을 수 있는 가족 대화이다. 그리고 그런 격의(?)없는 부자간의 대화에서 흐뭇하고도 다정한 유대를 발견하기도 한다.

한 세대 이전까지만 해도 아버지와 겸상을 하고 밥을 먹을 때 어린 아들의 자세가 바르지 않으면 혼이 났다. 아버지를 '아빠'라며 응석 부리듯 반말 섞어 말한다는 것은 꿈에도 생각지 못하는 일이었다.

아버지와의 겸상은 엄숙한 의식과도 같았다. 절대로 아버지보다 먼저 수저를 들어서는 안되며, 밥을 다 먹어도 어른보다 먼저 수저를 놓아서도 안되며, 입안에 음식을 문 채로 말을 해서도 안되었다. 반찬도 마음대로 먹을 수 있는 것이 아니었으며 밥을 떠먹는 데도 지켜야 할 격식이 있었다.

식사 중의 아버지는 무서운 스승이었다. 숭늉은 반드시 밥그릇에 부어서 마셔야 했다. 그것은 '농사꾼'이 땀흘려 만든 쌀 한 톨도 버려서는 안된다는 뜻에서였다. 따라서 철없는 아이들은 무슨 엄청난 실수를 저질러 언제 아버지의 불호령이 떨어질지 몰라 전전긍긍해야 했다. 그런 시절의 부자간의 밥상에는 늘 긴장감이 감돌고 있었다. 그때와 비교할 때, 오늘의 밥상에는 정이 철철 넘쳐흐르고 있다. 조금도 아버지가 무섭지 않은 오늘의 어린이들은 아버지와 같이 반찬 다툼도 하고, 또 그런 아이를 아버지는 대견스레 바라보기만 한다. 이것은 잘사는 집안이나 못사는 집안이나 마찬가지이다.

예전에는 부자가 같이 하는 밥상은 엄격한 교육의 장소이기도 했다. 그 시간에 아들은 예절을 배우고 어른의 어려움을 터득하고 말투를 다듬어야 했다. 그런 때의 어른에게는 절대적인 권위가 있었다. 요새 어린이들에게는 그런 어른들도 없고 장소도 없다.

"아버지, 진지 잡수셨습니까?" 하는 말은 국어 책에 나오기는 한다. 그러나 그것은 어디까지나 교과서에만 나오는 죽은 말일 뿐이다. 그것은 '백의민족은 평화를 사랑하고 예의를 아낀다'는 말처럼 시험보기 위해 배우는 것일 뿐이다. 만약에 "아버지, 진지 잡수세요"라는 말을 쓰라고 아버지가 아들에게 이르면, 아들은 분명한 이유를 들어 반대한다. 자기 친구 중에 그런 말을 하는 아이는 한 명도 없다는 것이다.

어린이가 분명하게 내세우지 않는 또 하나의 이유가 있다. 그것은 깍듯한 존대를 받을 만큼 아버지가 위신 있어 보이지도 않는다는 것이다. 그리고 또 하나 있다. "아버지, 진지 잡수세요" 한다면 그 다음을 잇는 말에도 깍듯한 존대말을 쓸 줄 알아야 한다. 그러자면 또 어른을 섬기는데 어울리는 예법에 밝아야 한다. 그러나 고운말 존대말을 가르쳐주는 사람이 학교에서도 집안에서도 없는 것이다.

우리는 '나'를 '나, 저, 본인, 본관, 소인, 소생…' 등 여러 가지로 가려서 말한다. 그것은 누구를 향해 말하느냐에 따라 나의 자세가 달라져야 하기 때문이다. 여기에 비해, 서양에서는 주위가 어떻게 달라지든지 '나'가 달라지지 않는다. 그것은 우리가 엄격한 수직적인 신분사회 속에서 살고 있는 때문이기도 했지만, 동시에 그만큼 우리가 예의바른 때문이었다고 자부해 왔다.

그런 우리 나라에서 존대말이 사라져 가고 있다. 그것은 단순히 우리가 수직적이며 전근대적인 신분관계에서부터 풀려난 때문에서만은 아니다. 또한 수평사회로 전환하면서 우리가 상실한 존대말에 대신할 만한 윤리와 예절의 기틀을 새로 마련하지도 못했다.

사람들은 어린이들이 버릇없이 거칠고 상스런 말을 예사로 하는 것을 사회 탓으로 돌린다. 버릇없어도 말썽만 부리지 않으면 좋아하는 아버지나, 공부만 잘하면 무엇이든 용서해 주는 어머니의 잘못도 크기는 하다. 그러나 가장 큰 책임은 지난 수십 년에 걸친 교육의 황폐에 있다.

지금 우리 교육은 무엇을 위한 교육인지를 모른다. 적어도 전인격적인 교육을 등지고 길들이기 쉬운 테크너크랫과 기술자들을 양성하는 데만 관심을 두고 있는 것 같다. 그것은 "아버지, 진지 잡수세요"라는 말이 몸에 배지 않은 어린이들에게 생활의 수단, 직업상의 무기에 지나지 않는 영어를 가르치겠다는 교육 당국의 방침에서도 엿보인다.

밥을 다 먹은 중학생이 지나가던 음료수 장수에게 콜라를 달라고 했다. 아르바이트 대학생인 듯한 콜라 장수가 콜라 병을 따서 건네주자, 그 어린이가 말없이 받아 마시려 든다. 그것을 보고 아버지가 "고맙습니다 라고 해야지" 하고 타이른다. 그러나 어린이는 입을 꼭 다물고 외면해 버린다. 해 버릇하지 않던 말을 하자니 쑥스러워서 입밖에 나오지 않는 모양이었다. 아버지는 아들이 무안스러워 할까 염려해서인지, 아니면 아들의 노여움을 살까 걱정이 되어서인지 더 이상 다그쳐 말하지 않고 만다.

당신의 자녀도 병들고 있다

우리 한번 14세의 어린이 눈으로 둘레를 살펴보자. 노점상 단속이 끝났다는데도 어찌된 영문인지 학교 담에까지 포장마차 집이 다닥다닥 붙어 있고, 자율학습으로 조금만 학교에서 늦게 나오면 술 취한 남자들이 여학생들에게 수작을 걸어온다. 엄연히 학교 주변에는 환경위생 정화구역이 있고 학교보건법이 있고 보건위생법이란 것도 있다. 법이 미비하다 해도 2세 교육을 위해 교육환경을 정화하겠다는 강력한 의지가 관계 당국자들에게 있다면 이토록 더럽혀지지는 않을 것이다. 그러나 학교에서 한 발자국만 나오면 한 집 걸러 무슨 산장, 호텔이며 전자오락실이 있고 만화 가게와 당구장이 어린 학생을 유혹한다.

열 사람이 '이 길'로 가고 단 한 사람만이 '저 길'로 갈 때에는, '이 길'이 옳고 '저 길'이 틀리게 보인다. 적어도 열 사람을 따라 '이 길'로 가는 것이 안전해 보인다.

어린이의 눈으로 볼 때, 정말로 전자오락실에서 게임을 즐기고 성인 만화를 보는 것이 나쁘다면 이렇게까지 버젓이 장사를 할 수 있도록 그 엄한 당국이 내버려두지는 않을 것이다. 미성년자들의 탈선을 정말로 어른들이 걱정하고 있다면 아무런 망설임 없이 까까머리로 들어가서 잠시 놀 수 있도록 그토록 여관이며 술집들이 학교 주변에까지 파고들어 오게 내버려두지는 않았을 것이다.

이런 어린이에게 무엇이 옳고 무엇이 나쁘며, 무엇이 도덕인지를 알려주는 사람은 없다. 학교의 선생은 그저 지식의 질이 아니라 지식의 양을 채워주기에도 힘겨워 한다. 집안에서 '못된 버릇'을 바로잡아 줄 수 있는 호랑이 할아버지도 없다. 아버지? 그는 자식과 대화를 나누기에는 늘 너무 지쳐 있거나 아니면 너무 바쁜 것이다.

하기야 공자도 아들을 자상하게 가르치지 않았다. 서로 얼굴을 맞대는 시간도 별로 없었다. 어쩌다 두어 달에 한 번쯤 뜰에서 얼굴을 마주치면 "시경(詩經)을 읽었는가?" 라고 한마디 던질 뿐이었다. 이래서 '정훈(庭訓)'이란 말도 나왔다. 그러나 이런 정훈을 주고받을 만한 존경을 아버지가 잃은 지도 오래 된다. 그렇다면 어머니? 물론 아니다.

언젠가의 조사로는 성인 영화를 봤다는 어린이들의 절반 이상이 집에서 부모가 미처 챙기지 못한 비디오 영화로 재미를 붙였다고 한다. 어린이 주변에는 거리에서나 집안에서나 그들의 성적 호기심을 자극시키고 그들의 탈선을 부채질해 주는 것들이 너무나도 많다. '이 여자의 광기가 뜨거워지기 시작했다! 짧은 무아지경의 붉은 밤 이야기!' 이런 선정적인 영화 선전문과 함께 요사스런 반라의 여자 사진이 들어 있는 포스터를 어린이가 놓칠 리가 없다.

오늘의 14세 어린이의 키는 25년 전에 비해 12센티미터 이상이나 커졌다. 그러나 도덕적 판단력은 오히려 줄어들었다. 그럴 수밖에 없는 것이다.

엄밀히 말해서 악과 선을 제대로 분간할 수 있는 사람이란 어느 사회에서나 그리 많은 것은 아니다. 그저 많은 사람이 옳다고 여기는 길을 따라갈 때가 도덕적인 게 되고, 그렇지 않을 때 비도덕적이라 여기는데 지나지 않는다고 볼 수도 있다. 지금 14세 어린이를 둘러싼 모든 어른의 세계는 다시없이 혼탁하기만 하다. 어린이들은 그런 속에서 저도 모르게 건강한 판단력을 잃어 가고 있다. 그런 걸 어른들은 못본 체 하고만 있다.

학생 열 명이 깨끗한 교육 환경에서 자라고, 한 학생만 더러운 환경에서 자란다면 우리는 크게 염려하지 않아도 된다. 지금 우리들의 어린 학생들은 열이면 열 모두가 악의 온상 속에서 자라고 있는 것이나 다름이 없다. 그런데도 정부는 잡초 뽑기에만 열중하고 있다. 서울시는 심심찮게 퇴폐 이용업소에 대한 집중 단속을 지시했다고 발표한다. 그것은 오히려 우리들의 분노를 살 뿐이다. 지난 몇 해 동안 우리는 몇 번이나 '집중 단속' '강제 철거' 소리를 들었는지 모른다. 그런데도 오히려 퇴폐 영업소는 늘어만 갔다. 손이 모자라서라지만 그래서만은 아니다. 마땅한 단속 법규가 없어서라지만 그래서는 더욱 아니다. 그저 지속적인 단속의 의지가 없어서일 뿐이다.

이제는 잡초를 뽑을 때가 아니다. 지금은 몽땅 흙 갈이를 해야 할 때이다. 경찰력을 총동원해서 집중 단속을 하면 혹은 눈에 거슬리는 잡초는 모조리 뽑아낼 수 있을지도 모른다. 그러나 얼마 안가서 잡초는 더욱 무성하게 될 게 틀림이 없다. 또 언제까지나 집중 단속을 할 수 있는 것도 아니다.

'어느 사회에서나 악의 총량은 변하지 않는다. 따라서 어느 방향에 악이 감소되면 다른 방향에 악이 증가한다.'

콜롬비아 대학의 경제학 교수 찰스 이사우이가 주장하는 '악의 보존의 법칙'이다. 이게 옳다면, 퇴폐 이발소가 줄어든다면 또 다른 퇴폐 업소가 늘어나게 될 뿐이다. 문제는 악의 총량을 줄이고 악의 뿌리를 뽑아내는 데 있다. 우리는 너무도 앞날을 생각하지 않고 있다.

주식 값이 떨어진다고 해서 나라가 망하지는 않는다. 무역적자가 늘어나고, 비록 모두가 하루에 두 끼밖에 못 먹게 된다 해도 나라가

망하지는 않는다. 정말로 우리가 염려해야 할 것은 경제지표가 아니라 어린 세대의 도덕심의 저하와 가치관의 붕괴이다. 그런데도 정치가며 행정 책임자들은 하나같이 당장에 눈에 띄고 생색이 나는 일에만 매어 달려 있다.

모든 게 어제 오늘에 일어난 일이 아니다. 오늘날 10대에 의한 성폭행이 끔찍할 만큼 늘어나고 어른들의 도덕관이 황폐되어 간 원인은 적어도 20~30년 전으로 거슬러 올라가서 찾아야 한다. 마찬가지로 오늘의 도덕적 황폐의 결과는 20~30년 후에 보다 더 끔찍스런 모습으로 나타나게 마련이다. 그리고 오늘의 모든 조짐은 적어도 어린 학생들의 교육환경만으로 따져 본다면 우리는 착실하게 망국병의 길을 걷고 있는 것이다. 그런데도 정부는 당장에 눈에 보이지 않는 것에는 전혀 관심이 없어 보인다.

이제는 시민의 힘으로 퇴폐업소를 고발하고, 퇴폐업소 단속을 게을리 하는 행정 책임자를 고발하고, 어린 세대에게 건전한 가치관을 심어 줄 수 있는 환경 조성에 앞장설 수밖에 없다. 정부만 믿고 있을 수는 없는 것이다.

동요가 없는 나라

정초에 세배하러 온 꼬마들에게 좋아하는 노래를 불러보라고 일렀다. 요새 아이들이 즐겨 부르는 동요는 어떻게 달라졌나 알아보고 싶어서였다.

지난 연말에 일본의 어느 텔레비전 방송이 일본인들이 가장 좋아하는 애창곡 1백 곡을 골라 방영한 적이 있다. 이때 상당수가 동요였다. 우리에게도 '반달' '고향의 봄' '오빠 생각' 등 언제 들어도 흐뭇해지는 뛰어난 동요들이 많다. 그것들은 우리 어린이들의 다시없이 애틋한 정서와 꿈의 샘이나 다름없었다. 그처럼 소중한 것이 동요다. 그런데 한 아이는 어느 CM송을 부르고, 또 한 아이는 몸을 흔들어 대며 서태지 흉내를 냈다. 유치원에서 동요를 안 배우냐고 물으니까 배우기는 배우는데 재미가 없다는 것이었다.

요새 아이들은 고향의 봄처럼 '싱거운' 노래보다는 '신나는' 노래만을 좋아한다. 그들은 유치원에서 배우는 노래보다 텔레비전을 통해 배우는 어른들의 노래에 친밀감을 느낀다. 빠른 템포로 움직이는 도시문화 속에 사는 어린이들에게 어울리는 동요는 분명 '오빠 생각'과 같은 구슬픈 가락이며 가사가 아닐지 모른다.

그래도 오늘의 어린이에게 어울리는 동요가 따로 있을 만도 하다. 동요는 티없는 동심의 세계를 그대로 반영하는 것이기 때문이다. 그러나 오늘의 어린이들에게 동요가 없는 것은 어린이들이 동심을 잃어가고 있기 때문이 아니다. 오히려 동심이 흔들리고 있다고 본다면 그럴수록 더욱 동요가 필요하게 되는 것이다.

그런 동요가 없다.

그러나 우리 어린이들에게는 동요만 없는 게 아니다. 서양의 웬만한 도시에 마련되어 있는 조각 있는 광장은 동시에 어린이 놀이터이기도 하다. 그것들은 어린이들을 꿈의 세계로 이끌어 가도록 설계되어 있다. 그런 광장은 고사하고 놀이터도 제법 한 게 서울의 어느 동네에도 없다. 일본에서는 또 웬만한 소도시마다 어린이들이 놀면서 과학적 탐구심을 키우고 지적인 꿈을 가꾸도록 하는 과학관들이 들어서 있다. 우리 나라에는 그런 과학관도 물론 없다.

우리 어린이들에게는 동화책도 없다. 우선 우리 어린이들에게는 잠들 때 책을 읽어 주는 어머니들이 없다. 책을 안보는 어른들에게는 또 아무리 좋은 동화책이라도 소용이 없다. 이래서 또한 좋은 동화책을 쓰겠다는 의욕을 작가들이 상실하게 되기도 한다.

동요가 없는 것은 어린이에게 동요를 들려주는 시간이 없다는 데 원인이 있기도 하다. 우리 어린이들은 대중가요와 CM송들의 홍수 속에서 자란다. 그들은 거리에서나 버스 속에서나 그것밖에 듣지 못한다. 텔레비전에서도 자나깨나 들리는 것은 대중가요뿐이다. 선택의 능력이 없는 어린이들이 동요의 세계에 등을 돌리게 되는 것도 당연한 일이다. 이리하여 어린이들에게 웃음을 안겨 주고 꿈을 심어주고 올바르게 사는 자세를 키워 주는 것들이 우리 나라에서는 날로 줄어들기만 한다.

영국의 텔레비전에서는 어린이들에게 낯익은 만화 주인공이며 인형들을 상업 광고에 등장시키지 못하도록 규정하고 있다. 또한 어린이 프로에 등장하는 인물이 광고에 나올 때에는 어린이들이 텔레비전을 보지 않는 밤 9시 이후에만 방송하도록 했다. 그것은 어린이들의 꿈을 지키고 어린이들이 더러움을 타지 않도록 하기 위해서이다. 우리 나라에서는 어린이들은 텔레비전의 상업주의 앞에서 완전히 무방비 상태이다.

미국에서는 어른과 어린이가 함께 엮어 내는 인기 가정 드라마가 저녁 황금 시간에 방송된다. 우리 나라에서는 어린이만이 나오는 드라마, 어른만의 드라마는 있어도 어린이를 하나의 어엿한 인간으로 다루는 드라마는 없다. 또한 저녁을 먹거나 먹은 다음에 온 식구가 함께 볼 수 있는 황금 시간대에 우리 텔레비전이 보여주는 것은 저속한 쇼가 아니면 코미디일 뿐이다.

유니세프가 국제어린이음악대회를 주최한 적이 있다. 거기에 참가한 어린이들 중에는 우리 나라보다 비할 바 없이 가난한 나라에서 온 어린이들도 많았다. 그러나 그들의 웃음은 우리네 어린이들보다 훨씬 밝고 자연스러웠다. 그 까닭을 어떻게 설명해야 할지 모르겠다.

한 부인이 찰스 다윈에게 어린이 교육은 몇 살 때부터 시작해야 하느냐고 물었다. 다윈은 "아드님이 몇 살입니까?" 라고 물었다. "두 살 반입니다" 라고 부인이 대답했다. 그러자 다윈은 말하기를 "당신은 2년 반 늦었습니다."

이렇게도 중요한 어린이 교육을 우리는 무책임하게도 텔레비전에 맡기고 있다. 그러면서도 지금까지 정부는 관심조차 보이지 않았다. 누구를 탓해야 할지 모른다. 우리네 정부는 지금까지 눈에 보이는 문화에만 힘썼지 안 보이는 문화는 전혀 돌보지 않았다. 문화행사 정책은 있어도 문화정책은 없었다. 미술관 전시관 같은 하드웨어에만 예산을 썼지, 그 속의 소프트웨어에 대해서는 매우 인색했다. 한마디로 우리 문화정책에는 지금까지 어린이가 보이지 않았고 '내일'이 없었다.

세마당●**사람 냄새를 맡고 싶다**

얼굴 붉힐 일을 저지르는 것보다 얼굴 붉힐 일을 저지르고도 얼굴을 붉힐 줄 모를 때가 위험하다

사람이 산다는 것

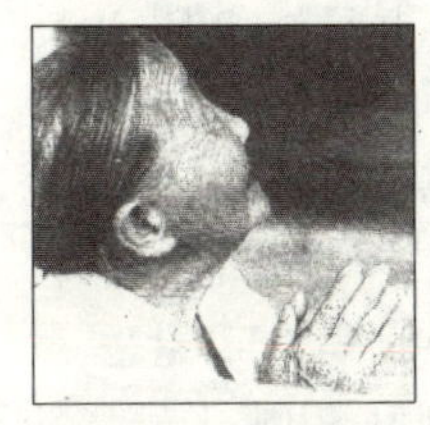

전능의 신 제우스가 인간과 동물을 만들어 보라고 프로메테우스에게 명령을 내렸다. 만들다 보니 인간보다 동물의 수가 더 많아졌다. 그러자 제우스는 짐승 수를 줄이고 사람 수를 늘리라고 다시 프로메테우스에게 명령했다. 프로메테우스는 이미 만들어진 짐승 중의 일부를 부수고 인간으로 바꿔 놓았다. 이리하여 모습이나 마음이나 다같이 인간인 사람과, 모습은 인간이지만 마음은 짐승인 사람의 두 가지가 되었다.

이렇게 해서 탄생한 인간의 수명은 처음에는 20년이었다. 그것을 인간은 늘 불만스레 여기고 있었다. 때마침 겨울이 되자 추위를 견디다 못한 말이 인간에게 와서 겨울을 나게 방 하나를 빌려달라고 부탁했다. 인간은 "너의 수명 중의 얼마를 내게 나눠 준다면 방 하나를 빌려주겠다" 라고 말했다. 말은 이 홍정을 받아들이고 자기 수명 중에서 15년을 떼어주었다. 그 다음에 소가 와서 똑같은 부탁을 했다. 인간은 말 때와 똑같은 조건으로 소에게 방을 빌려 주었다. 마지막에 찾아온 개에게도 똑같은 조건으로 방을 빌려 주었다. 이리하여 인간의 수명은 65세가 되었다.

그후부터 인간은 원래의 수명인 20년 동안은 선량하게 살지만, 말한테서 받은 나이가 되면 허풍이 많고 거만해지고, 소에서 받은 나이가 되면 남을 지배하려 들고, 개로부터 받은 나이에 이르면 잔소리가 많아지고 화도 잘 내게 되었다.

셰익스피어는 '마음 내키는 대로'라는 희극에서 인생을 다음과 같이 7단계로 나누었다. "세상은 모두가 하나의 무대, 인간이란 남자나 여자나 한낱 어릿광대에 지나지 않는다. 모두가 그 무대에 등장했다가 7막을 연기한 다음에 퇴장한다. 첫째 막에서는 유모 품에 안겨서 칭얼대는 어린아이 역할을 한다. 다음에는 가기 싫은 학교에 억지로 다니는 학생이 되고, 그 다음에는 애처롭게 연가나 부르는 연인 노릇을 한다. 다음에는 싸움을 좋아하고 물불을 가리지도 않고 명예욕에 불타는 군인이 된다. 5막째에는 뇌물로 아랫배가 튀어나오고 그럴싸한 격언을 뇌까리며 위엄부리고, 그러면서도 제법 자기일에는 열심인 재판관 노릇을 한다. 그러다 6막에 들어가면 몸에 맞지도 않는 젊었을 때의 옷을 걸쳐 입고, 허리에는 돈주머니를 꿰찬 얼빠진 늙은이가 되어버린다. 마지막에는 노망하여 눈도 안보이고 이빨도 없는 어린애로 되돌아가는 것이다."

사람의 인생이란 이처럼 어리석음의 연속이다. 인생을 한껏 1백세로 늘려 잡는다 해도 여기서 어린 시절과 노인 시절을 빼면 정말로 인간다운 삶으로 여길 수 있는 것은 50년이다. 여기서 잠자는 시간과 밥 먹는 시간들을 뺀다면 25년밖에 안 남는다. 또 병이며 걱정거리로 빼앗기는 시간들을 빼면 10여 년밖에 남지 않는다. 그나마 그 짧은 동안에도 자기가 죽은 다음의 명예까지 걱정해야 한다니 인생처럼 고달픈 것도 없다. 전국시대 양주(楊朱)의 넋두리다.

그 짧은 동안이나마 제법 슬기롭게 잘 살 수 있는 것도 아니다. 『장자(壯子)』에는 "나이가 오십이 되어서야 겨우 지난 49년 동안의 잘못을 깨닫게 되었다" 는 이야기가 나온다.

세상만사는 모두 변한다. 오늘의 진리가 내일의 허위일 수도 있고 오늘의 부정이 내일 정의로 둔갑하는 수도 있다. 그런 속에서 올바른 삶의 길을 지켜 나간다는 것처럼 어려운 것도 없다.

박쥐가 땅에 떨어져서 족제비에게 붙잡혔다. 살려달라고 박쥐가 애원하자 족제비는 "새들은 우리들의 적이니까 너를 살려줄 수가 없다" 라고 말했다. 박쥐는 "나는 새가 아니라 쥐입니다" 하면서 간신히 그 자리를 모면했다. 그런 지 얼마 후에 또 다시 땅에 떨어져서 다른 족제비에게 붙잡혔다. 그 족제비는 "나는 쥐를 제일 싫어한다" 라고 말하면서 잡아먹으려 했다. 그러자 이번에는 "나는 쥐가 아니라 새입니다" 라고 우겨서 살아났다.

그러나 이솝은 이와 정반대되는 얘기도 들려주고 있다. 새들과 짐승들 사이에서 전쟁이 벌어지려 하고 있다. 새들이 박쥐에 자기네 편을 들어달라고 간청했다. 박쥐는 잘못 편들다가 혹시 낭패를 보지나 않을까 하는 생각에 "나는 새가 아니라 짐승이다" 라면서 편들기를 거절했다. 이번에는 짐승들이 자기네 편을 들어달라고 말했다. 그러자 "나는 새이다" 라고 발뺌을 했다. 다행히 전쟁은 일어나지 않았다. 새들과 짐승들은 제각기 평화를 축하하는 잔치를 벌이기로 했다. 박쥐는 두 곳에서 모두 박대를 받았다.

사람이 명예며 체면이며 책임이며 긍지며 양심 따위를 내버리고 그냥 살아남기로 마음 먹는다면 산다는 것은 그리 어려운 것도 아니다. 영악한 사람은 바람 따라 잘 나부끼기도 한다.

붕어의 행복

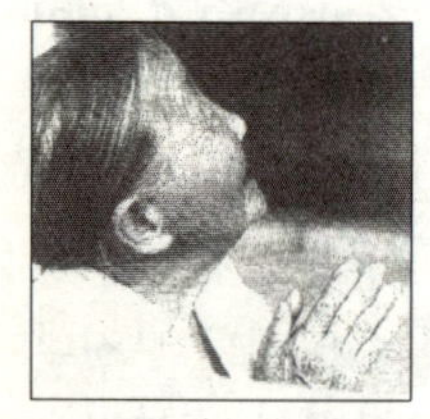

우리 집에는 붕어가 세 마리 있다. 비싼 열대어도 아니다. 그저 거리에서 파는 할머니가 측은해 보여서 산 몇 백 원짜리들이다. 처음에는 다섯 마리였다. 나머지도 한 해를 넘기지 못하고 죽을 것으로 생각했다. 그러던 것이 올해로 어느덧 8년이 되었다. 첫 해에는 새끼손가락 만하던 것이 이제는 손바닥보다도 크게 자랐다. 그 붕어들은 크게 호강하고 있는 것도 아니다. 그저 하루에 한 번씩 먹이를 주고, 며칠에 한 번씩 물을 갈아주는 게 고작이다.

어항도 크지가 않다. 그나마 불투명한 도자기 그릇이다. 이처럼 부자유스러운 세계 속에서 붕어들은 한 순간도 쉬지 않고 빙빙 돈다. 붕어들에는 하나도 신이 날 일이 있을 것 같지가 않다. 행복해 할 턱도 없다.

장자(莊子)의 생각을 빌리자면, 우리가 붕어가 아닌 바에야 붕어가 행복해 하는지 불행해 하는지를 알 길이 없다. 붕어는 붕어 나름으로 삶의 보람을 느끼고 있는지도 모른다. 그러나 며칠 동안만 먹이를 안주고 물갈이를 게을리 하면 붕어는 틀림없이 죽는다. 붕어의 목숨은 사람의 변덕과 방심에 달려 있다. 그런 줄도 모르고 마냥 즐거워하는(적어도 그렇게 보이는) 붕어가 딱하기도 하다. 무엇 때문에 사는 지를 붕어는 단 한 번도 의심해 본 적도 없을 것이라 생각하면 더욱 측은해진다.

해마다 우리는 숱한 사고와 참사, 그리고 이로 인한 비극들로 한 해를 마무리한다. 어떻게 보면, 그것은 붕어와도 같은 인간들의 어리석음이 엮어 낸 것이기도 하다. 문득 불전(佛典)에 나오는 석가의 우화가 생각난다.

한 나그네가 황야를 외로이 걷고 있는데, 갑자기 등뒤에서 무서운 소리를 내며 코끼리 한 마리가 미친 듯이 달려오고 있었다. 겁에 질린 나그네는 '걸음아 날 살려라' 하고 도망치다가 낡은 우물을 발견했다. 그는 걸려 있는 등나무 덩굴을 타고 우물 밑으로 내려갔다. 한숨을 돌리며 가만히 우물 밑을 살펴보니 구렁이 한 마리가 도사리고 앉아 있었다.

주위를 살펴보니, 여기에도 네 마리의 독사가 혀를 날름거리며 있는 것이다. 나그네는 기겁을 하고 이번에는 위로 올려다보니까, 또 흰 쥐와 검정 쥐 두 마리가 차례로 나그네가 매달려 있는 덩굴을 갉아먹고 있는 것이었다. 아무리 생각해도 살아남을 가망이 없었다. 그는 절망에 빠져 있는데, 뭔가 입에 한 방울 또 한 방울 단 꿀물이 떨어지는 것이었다. 무의식중에 그는 입을 벌리고 받아먹는데 열중했다.

이 나그네가 바로 우리 자신의 모습이다.

코끼리는 무상의 태풍이다. 우물 속은 인간세계를 뜻한다. 나그네가 매달리고 있는 덩굴은 인간의 생명이다. 우물 바닥에 도사리고 앉아 있는 구렁이는 죽음을 상징한다. 그리고 네 마리의 독사는 우리 육체를 구성하고 있는 네 가지 원소를 가리킨다. 흰 쥐와 검정 쥐는 낮과 밤을 뜻한다. 꿀은 또 쾌락을 뜻한다.

이 우화는 여기서 끝나지 않는다. 꿀물에 도취된 나그네에게 벌집에서 날아온 벌들이 엄습하여 온몸을 찔렀다. 그 고통을 참고 있는데, 이번에는 언제부터인가 들에 퍼지기 시작한 불이 덩굴마저 태우기 시작했다.

여기서 나그네를 찌르는 벌들은 우리의 그릇된 생각들을 상징하며, 들불은 병과 노쇠를 뜻한다. 결국 인간은 아무리 버둥거려도 매일같이 무상의 바람에 쫓기고 온갖 번뇌에 시달리고 병과 노쇠 때문에 결국은 죽음의 구렁이에게 먹히게 된다는 것이다.

인생은 이렇게 허망한 것인가. 그렇다면 무엇 때문에 우리는 살겠다고 발버둥쳐야 하는가. 그럴 만한 가치를 우리 삶은 갖고 있는 것일까.

재클린은 세계에서 가장 강력한 미국 대통령의 아내였다. 그리고 또 억만장자 오나시스의 아내가 되어 온갖 호강을 다 누려 보기도 했다. 그처럼 다채로운 인생 경험을 쌓은 그녀가 내린 결론은 "인생에 너무 많은 것을 기대해서는 안된다"는 것이었다. 그녀가 그녀의 전기를 쓴 에이비드 하이만에게 실토한 말이다. 부귀영화며 명예도 만족감보다는 실망을 더 안겨 주었던 것이다. 그녀의 욕심이 너무 많았기 때문은 아니었을 것이다.

물론 사람은 자기 자신의 만족만을 위해 살지는 않는다. 만약 그렇다면 사람도 붕어와 크게 다를 바가 없게 된다. 사람에게는 사람다운 무엇인가가 있어야 한다. 이 때문에 우라는 '비록 내일 세상의 종말이 온다 해도 오늘 나는 오렌지 나무를 심겠다'는 이스라엘의 옛말을 따라야 하는 것이다.

우리 집 붕어들은 오늘도 쉬지 않고 비좁은 어항 속을 돌고 있다. 때로는 그런 붕어들이 부러워지기도 한다.

후회없는 삶을 위하여

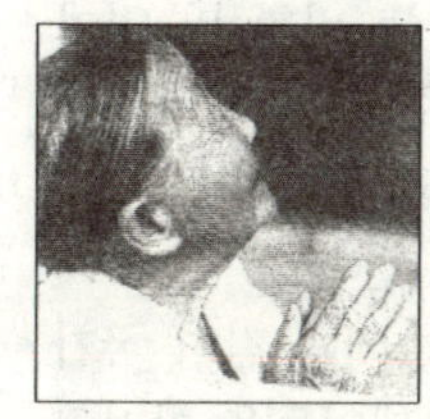

1940년 여름 나치 독일군이 폴란드에 침공하자, 많은 유태인들이 리투아니아로 피난해 왔다. 이미 리투아니아의 각국 영사관에도 퇴거 명령이 나와 있었다. 유태인들은 여기서부터 다시 다른 나라로 탈출해야 했다. 그들에게는 비자가 필요했다. 그들이 찾은 곳은 일본 영사관이었다. 절망적인 그들에게는 그곳이 마지막 희망이었다. 스기하라(杉原) 부영사는 본국 외무성 장관 앞으로 암호 전보를 쳤다. 그러나 장관으로부터는 비자 발급을 해주지 말라는 답신이 왔다. 독일과 협정을 맺고 있던 일본으로서는 독일측 비위를 건드릴 수 없다는 것이었다.

스기하라 부영사는 다시 두 차례나 탄원의 전보를 쳤다. 회신은 같았다. 겁에 질린 채 영사관 울타리 앞에서 서성거리는 유태인들을 바라보며 스기하라는 이틀 밤을 고민했다.

그는 인도적인 입장에서 저 사람들을 버릴 수는 없다면서 본국 훈령을 거역하고 비자를 발급해 주기로 했다. 그는 리투아니아를 퇴거하는 마지막 순간까지 식사도 걸러 가며 유태인들에게 비자를 발급해 주었다. 이리하여 그는 6천 명의 유태인 목숨을 살렸다.

전쟁이 끝나자 소련에 억류되어 있던 스기하라는 당연히 외무성에 복직하려 했다. 그러나 일본 정부는 그에게 사직(辭職)을 요구했다.

본국 정부의 훈령을 어겼다는 것이었다. 그러나 그는 '외교관으로서, 인간으로서 당연히 할 일을 한' 결과에 대해서 조금도 후회하지 않았다.

어느 나라 공무원에게 있어서나 정부의 지시는 절대적이다. 때로는 자기 판단과 장관의 뜻이 어긋나거나 정부의 방침이 그릇되기도 한다. 그런 때에 자기 판단보다 상사의 뜻을 따르는 것이 안전하다. 그리하지 않은 스기하라의 용기는 어디서 나왔을까.

그의 동기는 불순한 동기에서 출발했던 쉰들러와는 비할 바 없이 순수한 것이었다. 그러나 그것은 정의감이니 인도주의와 같은 추상적인 개념만으로는 충분히 설명되지 않는다. 스기하라 자신은 아내에게 '뉘우침이 없는 삶을 위하여' 라고 설명했다고 한다.

그는 지극히 평범한 하급 외교관이었다. 그렇던 그에게 감히 국가권력에 거역하고 어떤 개인적 희생을 치르더라도 유태인들을 살려줘야겠다는 엄청난 결단을 하게 만든 그 무엇인가가 당시의 일본 한구석에나마 살아 있었다. 그리고 그 무엇인가가 일본의 오늘을 지탱해 주고 있다고 볼만도 하다. 만약에 그와 똑같은 처지에 놓여 있을 때 그처럼 뉘우침 없는 떳떳한 결단을 내릴 만한 공직자가 한국에는 얼마나 있겠는가 라고 우리 한번 생각해 보자.

어느 공직자는 자기가 책임질 자리에 없었던 '요행'을 다행스레 여긴다. 거의 모든 정부 토목공사가 부실이 될 수밖에 없는 수백 가지 사정을 우리는 잘 알고 있다. 그러나 책임을 미루는 사람은 많아도 얼굴을 붉히는 사람은 없다. 양심은 우리의 정신과 윤리 풍토를 그대로 반영한다. 그리고 풍토의 타락은 양심의 마비를 결과한다.

나라의 모든 기틀이 제 구실을 다하지 못할 때에 나라를 바로 잡아주고 지탱해 주는 것이 바로 양심이다. 마크 트웨인의 말대로 사람만이 얼굴을 붉히는 유일한 짐승이다. 우리에게 있어 가장 위험한 것은 얼굴 붉힐 일을 저지르는 것보다도 얼굴 붉힐 일을 저지르고도 얼굴을 붉힐 줄 모르게 될 때이다. 그것은 양심의 파산을 뜻하기 때문이다.

밝은 앞날을 약속해 주는 사회란 대부분의 아버지가 자기 아들딸에게 떳떳할 수 있을 때, 오직 그런 때에만 가능해진다. 그러나 오늘의 많은 아버지들은 자기 자식이 자기를 어떻게 보는가에 대해서는 무관심하다. 아들 쪽에서도 떳떳한 아버지보다도 돈 잘 버는 아버지를 갖기를 바란다.

우리 나라는 지금 도덕적인 복원력(復原力)을 완전히 상실한 듯이 보인다. 오늘의 우리는 그저 악(惡)을 저지르지 않은 것만으로도 대견스레 여기고 있다. 우리가 할 수 있는 선(善)을 다하지 못한 것에 대해서는 조금도 부끄러워하지 않는다.

이스라엘은 스기하라를 기념하는 공원을 만들었으며 미국에서는 그의 덕분으로 살아남은 유태인들이 뉴욕에서 그를 추모하는 '감사의 모임'도 있었다. 리투아니아에서는 수도의 한복판 큰 거리를 '스기하라 거리'라 명명했다고 한다. 그래도 일본 정부는 아직도 그의 명예를 회복해 주지 않고 있다.

둘째 부인과 넷째 부인

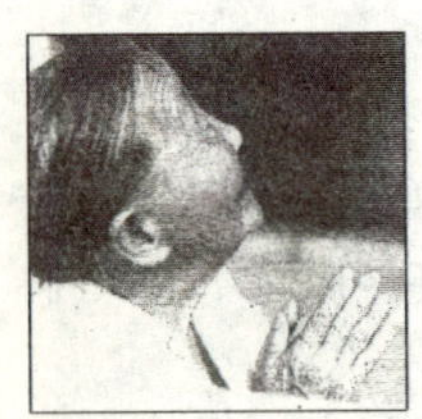

제(齊)나라에 한 남자가 있었다. 그는 외출할 때마다 언제나 거나하게 술에 취해 때로는 고기를 가지고 돌아오기도 했다. 아내가 어디서 누구와 함께 마시고 왔느냐고 물으면, 그는 으레 아무개 대감 집에서 대접받고 오는 길이라고 대답했다.

아무래도 수상하다는 생각이 들어 부인은 어느 날 남편 뒤를 몰래 밟았다. 남편이 거리를 돌아다녀도 아무도 그에게 친하게 인사하는 사람은 없었다. 이윽고 그는 마을을 떠나 무덤들이 있는 산 쪽으로 걸어갔다. 무엇을 하는가 했더니, 남편은 성묘하러 온 사람들에게 제물 남은 것들을 구걸하듯 하여 얻는 것이었다.

부인은 집에 돌아와서 울었다. "남편이란 한 평생을 두고 우러러 모시는 존재이다. 그런데 우리 남편이 그토록 비굴하고 천박한 줄은 몰랐다." 그런 줄도 모르고 남편은 여전히 거나하게 취해서 집에 돌아오자 오늘도 아무개 대감과 식사를 같이 했다며 부인 앞에서 큰소리를 늘어놓았다.

『맹자』에 나오는 이야기이다.

이 세상 남자들은 흔히 부귀영화를 누리기 위해 아내 몰래 온갖 비굴한 짓을 서슴지 않는다. 만약에 이런 사실을 알게 된다면 처자식들이 부끄러운 나머지 울게 될 것이다. 이렇게 맹자는 말했다.

겉으로는 대범한 체 하지만 직장에서 일하는 남자들은 하루에도 몇 번씩 윗사람들에게서 아니꼬운 꼴을 당하기도 하고 면박 당하기도 한다. 윗사람에게 잘 보여야 승진도 된다니까 부끄러움을 무릅쓰고 아첨도 하고 굽실거리기도 한다.

만약에 이런 남편의 모습을 본다면 한국의 아내들은 맹자의 말처럼 창피스럽다 하여 울게 될 것인지, 아니면 목구멍이 포도청이라고 밖에서 온갖 수모를 당하는 남편을 딱하다 하여 동정과 연민의 눈물을 흘리게 될까. 어쩌면 출세하기 위해서는 윗사람에게 아첨하고 굽실거리는 게 당연하다고 여길까.

지금 눈이 부시도록 아득히 높은 곳에 앉아 있는 사람들도 그 자리에 오르기까지, 또 그 자리에 머물러 있기 위해 얼마나 손을 비벼대며 쓸개를 버리고 살아왔는지 모른다. 줄을 대고 효과 있게 아첨하는 것도 아무나 할 수 있는 게 아니다. 그것도 능력일 수가 있다. 그러나 그처럼 남자들이 갖기를 원하는 권세며 명예가 과연 얼마나 소중한 것일까. 한신(韓信)은 큰 뜻을 펴기 위해 골목 좁쌀깡패의 사타구니 밑을 기었다. 우리는 그저 잘 살기 위해 굽실거린다.

『잡아함경(雜阿含經)』에 이런 우화가 있다.

옛날에 네 명의 아내와 함께 살고 있는 남자가 있었다. 그가 각별히 사랑했던 것은 첫째 부인이었다. 침식을 늘 함께 하고 한번도 말다툼하는 일이 없었다. 둘째 부인은 깨어 있을 때에는 잠시도 곁을 떠날 수 없을 만큼 아꼈다. 셋째 부인은 이따금씩 생각날 때마다 찾는 사이였다. 넷째 부인은 늘 남편의 시중을 들고 조금도 꾀부리지 않고 일하지만 남편은 그녀를 잘 거들떠보지 않았다.

어느 날 그가 멀리 나그네길을 떠나게 되었다. 그는 첫째 부인에게 함께 가자고 부탁했다. 그러나 그녀는 매정스레 거절하는 것이었다. 둘째 부인에게 부탁하자 그녀는 "첫째 부인도 안가겠다는 데 왜 내가 따라가야 하느냐" 면서 거절했다. 셋째 부인에게 부탁하자 "저는 한평생 신세진 몸이라 마을 끝까지는 따라 가겠지만 그 이상은 안 가겠습니다" 라고 잡아떼었다. 하는 수 없이 그는 넷째 부인에게 부탁했다. 그러자 그녀는 어디든 당신 곁을 떠나지 않고 따라가겠노라고 승낙했다.

여기서 나그네길이란 죽음의 길을 뜻한다.

첫째 부인은 우리의 육체를 말한다. 사람이 가장 아끼는 것은 자기 자신의 몸이다. 그러나 사람이 죽으면 그만이다.

둘째 부인은 돈, 재산, 명예를 뜻한다. 사람은 이것들을 얻으면 기뻐하고 잃으면 서러워한다. 그리고 이것들을 얻기 위해 온갖 짓을 다 하지만 아무리 아낀다 해도 저승까지 갖고 가지는 못한다.

셋째 부인은 일가친척이며 친구들을 뜻한다. 사람이 죽으면 이들은 서러워하고 장례식에도 참석하지만 머지 않아 잊고 만다.

넷째 부인은 사람의 마음을 뜻한다. 그것은 우리가 한평생을 두고 매일같이 쌓아올리는 선업(善業)과 악업들을 뜻하기도 한다. 이것만은 사람이 죽은 다음에도 언제까지나 붙어 다니는 것이다.

그처럼 대단한 권세를 부리던 사람도 그 자리를 물러나고 나면 그 날부터 사람들의 관심 밖으로 밀려난다. 그런데도 사람들은 넷째 부인을 홀대하고 둘째 부인만을 아낀다.

리처드 3세의 양심

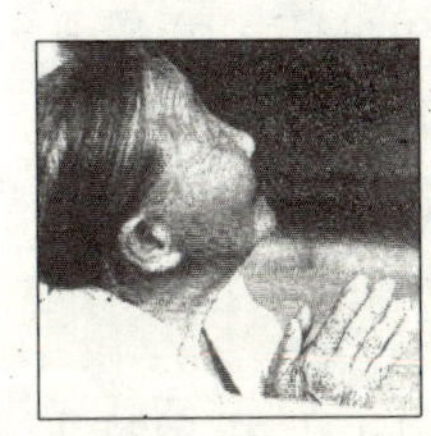

셰익스피어의 희곡에 등장하는 수많은 주인공 중에서 최고의 악당은 리처드 3세이다. 그는 왕위 계승권의 서열로는 네 번째밖에 되지 않는다. 그러나 야욕에 불타는 그는 먼저 자기 둘째형을 중상하여 런던 탑에 가둬두고 죽인다. 이어 큰형인 왕이 병으로 죽자마자 어린 두 왕자를 차례로 죽인다. 이리하여 왕위에 오를 수 있게 되자 선왕(先王) 헨리 6세의 왕자의 미망인 앤을 아내로 삼기도 한다. 앤은 자기 남편의 원수, 시아버지의 원수라며 침을 뱉는다. 그러나 리처드는 자기는 둘을 죽인 하수인일 뿐이며 진범은 "당신의 아름다움이다. 당신의 그 천사 같은 아름다움이 잠 속에서까지 나를 괴롭히고 온 세상의 남자를 모두 죽이고 싶게 만들었다"라고 천연스레 말한다. 이 달콤한 말에 앤은 어이없이 넘어간다. 마지막으로 그는 마치 시민들의 추대를 받아 마지못해 왕위에 오르는 것처럼 일을 꾸민다.

"비록 내가 왕위에 오를 수 있는 정당한 권리를 갖고 있기는 하지만 내가 타고난 재능은 너무나도 빈약하고 결점은 너무나 많다. 나로서는 왕이라는 위대한 지위로부터 몸을 감추고 싶다."

이렇게 그는 시민 대표들 앞에서 제법 사양하는 척 연극을 한다. 그런 리처드 3세의 폭정에 반대하는 세력이 드디어 반란을 일으켰다. 이들을 맞아 결전을 벌이게 되는 전날 밤에 그가 죽인 사람들의 망령들이 차례로 나타나서 그를 저주한다. 악몽에 시달리다가 잠에서 깬 리처드는 이렇게 중얼거린다.

"내 양심에는 아무래도 수천 개의 혀가 있는가 보다."

그러나 그것도 그때뿐이다. 다음날 아침 전군을 모아 놓고 그는 이렇게 소리치는 것이었다.

"양심 따위는 겁쟁이들이나 쓰는 말에 지나지 않는다. 그것은 강자를 찔끔거리게 만들기 위해 쓰는 말이다. 우리에게 있어서는 이 팔에 든 칼이 양심이다."

셰익스피어는 또 햄릿의 입을 빌려서 "양심은 모든 사람을 비겁하게 만든다" 라고 말하기도 했다. 양심이라는 말을 제일 먼저 쓴 것은 맹자였던 것 같다.

"사람들이 벌거숭이산을 보면서 거기에는 처음부터 나무가 없었다고 생각한다면 큰 잘못이다. 나무가 없는 것은 산의 본연의 모습이 아니다. 마찬가지로 인(仁)의 마음이 없는 사람을 보고 이것이 인간의 본성이라고 판단하는 것도 큰 잘못이다. 인의(仁義)의 마음이 없는 사람이란 본래 누구나 갖추고 있는 양심을 포기해 버린 사람이다. 그것은 도끼로 산의 나무를 잘라 버린 것과 같다. 사람이 매일같이 산의 나무를 캐내는 것처럼 마음속의 양심을 잘라 버린다면 아무리 훌륭한 사람이라도 사람답지 않게 된다."

이렇게 맹자가 말했었다. '양심'이라는 말은 여기에서부터 나왔다. 그는 경우에 따라 양심을 '양지(良知)'니 '양능(良能)'이라는 말로 바꿔 쓰기도 했다. 명나라의 왕양명(王陽明)도 '양지'라는 말을 썼다. 인간은 본래부터 착하게 태어났다고 보는 맹자는 양심도 타고나는 것이라 여겼던 것 같다. 그러나 옳고 그르고를 가려내고, 그른 일을 했을 때 부끄럼을 느끼는 것이 양심의 시작이라면 사람은 태어날 때부터 양심을 가지고 있는 것이 아니라 '철이 들면서부터' 지니게 되는 것인가 보다.

서너 살박이 어린애는 천연스럽게 거짓말을 잘 한다. 그릇을 깨뜨리고도 자기가 깨뜨리지 않았다고 어머니에게 거짓말을 한다. 그럴 때에 그에게는 죄의식이 없다. 그에게 있어 거짓말은 어머니와의 일종의 게임일 뿐이다. 그런 그도 차츰 무엇이 옳고 무엇이 그른지를 알게 된다. 그러나 선악을 가릴 줄 안다고 해서 꼭 양심의 가책을 느끼게 되는 것은 아니다.

그처럼 흉악한 리처드 3세도 악몽에 시달린 것을 보면 한 가닥 양심의 가책을 안 느낀 것도 아니었다. 그러면서도 그는 얼마든지 태연할 수 있었다. 양심을 천금의 무게처럼 무겁게 느끼는 사람이 있는가 하면, 바람에 휘날리는 종이 한 장처럼 가볍게 여기는 사람도 있다. 그것은 교육의 차이나 사회적 지위가 높고 낮음과는 관계가 없다.

17세기의 영국 계관시인 존드라이덴도 이렇게 노래한 적이 있다. "뻔뻔스러운 악한은 손톱 속의 때만큼도 양심이 없기 때문에 성공하고, 착한 사람은 뻔뻔스럽지 못하기 때문에 굶주린다."

그래서 사람들은 욕심에 눈이 어두워지면 오히려 양심으로부터 등을 돌린다. 검찰이 권력의 시녀다 아니다 할 때, 우리가 저울대에 올리는 것은 법의 공정성만이 아니라 검사의 양심이다. 그 많은 사람들의 깊은 우려를 누르고 국립박물관의 이전을 강행할 때 묻게 되는 것도 정부의 양심이다.

야릇하게도 양심 결핍증에 걸린 사람일수록 양심을 내세운다. 공자는 "남의 악을 고발하면서 마치 자기가 정직한 체 하는 위선자들을 제일 미워한다(惡訐以爲直者)" 라고 말했다. 그것은 바로 양심의 가책을 느끼지 못하는 사람들을 두고 한 말이었다.

칭기즈칸의 맹세

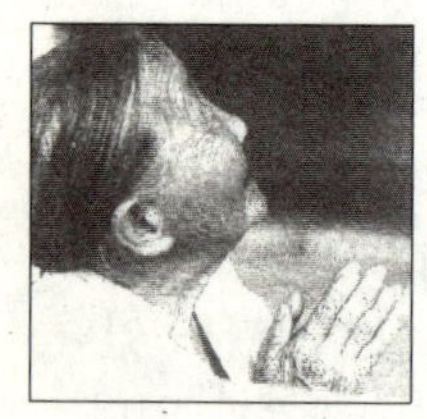

지난 몇 해 동안 미국에서 가장 잘 팔린 책 중의 하나는 전직 교육부장관이던 윌리엄 베네트가 쓴 『미덕독본(美德讀本)』이다. 94년인가, 들어가 본 보스턴 대학 서점의 점두에는 이 책이 가득히 쌓여 있었다. 그것은 미국 사회의 도덕적 위기에 대한 경종 같기만 했다. 비슷한 무렵, 댈라스시에서는 1천 명 이상의 시민이 참가한 가운데 '성격과 가치에 관한 커뮤니티 포럼' 대집회가 있었다. 이 자리에서 한 주최자는 이렇게 개탄했다. "우리는 도덕보다 정신적 건강에 더 관심을 가지고 있다."

폭력, 마약, 미혼모의 증가 등도 가치관 붕괴의 결과라고 본 미국에서는 요새 매우 활발하게 각종 도의재건 운동이 벌어지고 있다.

상원 의원들조차 '성격형성 연합운동'을 조직했다. 이 운동에 참가한 배우 톰 셀릭크는 이렇게 말한다. "당신이 가난하든 권력이 있든 관계없이 거짓말하고 훔치고 속이는 데는 어떤 변명도 있을 수 없다." 조지워싱턴 대학의 사회학 교수 에트지오니는 말한다. "사회를 멸망시키는 것은 경제만이 아니다. 어느 사회도 도덕적 무정부 상태 속에서 살아남지 못한다." 『아버지 없는 미국』의 저자 데이비드 블란켄혼은 또 이렇게 말했다. "좋은 정부나 좋은 경제를 갖는 것만으로는 충분치 않다. 좋은 정치 이상으로 중요한 것이 좋은 시민이다."

좋은 시민의 기둥이 되는 덕목을 '성격형성 연합운동'에서는 여섯 가지를 꼽고 있다. 신의, 존경심, 책임감, 정의감, 동정심, 그리고 공공정신 등이다. 이러한 덕목은 아득한 옛날부터 변하지 않고 있다. 고대 희랍에서 '좋은 시민'의 도덕적 덕목으로 여긴 것도 정의, 절도, 용기, 너그러움, 침착함, 성실, 자존심, 염치심 등이었다. 이 덕목들은 럭비와 함께 이튼과 같은 영국의 신사 양성학교에서 학생들에게 가르친 것들이기도 했다.

윌리엄 베네트의 『미덕 독본』에서는 열 가지 덕목이 열거되고 있다. 그 중에 으뜸으로 꼽은 것이 자제(自制)이다. 그 다음이 자비심, 책임감, 우정, 근로, 용기, 인내, 정직, 신의, 신념의 차례로 되어 있다. 책의 첫머리에서도 자제를 가르치는 제임스 볼드윈의 다음과 같은 우화를 소개하고 있다.

칭기즈칸은 위대한 왕이었다. 사람들은 알렉산더 대왕을 제외한다면 그보다 훌륭한 임금은 없었다고들 말했다. 그가 사냥하기 위해 어느 날 아침 말을 타고 숲속을 달렸다. 그의 뒤를 수많은 신하들이 따랐다. 왕의 팔목에는 왕이 아끼는 매가 앉아 있었다. 매는 사냥할 때 절대로 필요한 것이었다.

종일토록 왕 일행은 짐승을 찾아 다녔으나 수확이 시원치 않았다. 해가 질 무렵에 하는 수 없이 일행은 궁전으로 돌아가기로 했다. 왕은 지름길을 택하기로 했다. 그는 숲 속을 자기 손바닥처럼 잘 알고 있었다. 한창 달리다 심한 갈증을 느낀 그는 샘물을 찾으려 했다. 그러나 늘 철철 넘쳐흐르던 그 샘이 말라 있었다.

너무 빨리 혼자 달린 탓으로 둘레에는 신하가 한 명도 보이지 않았다. 매도 어디론가 날아가고 없었다. 가만히 둘레를 살피니까 천만다행으로 머리 위의 바위틈으로 맑은 물이 한 방울 두 방울 떨어지는 것이 보였다. 왕은 물잔을 꺼내 떨어지는 물방울을 받았다. 한참 후에야 간신히 물잔에 물이 거의 찼다. 그는 물잔을 입가에 대고 마시려 했다. 그 순간, 어디서인가 매가 날아와서 그 물잔을 주둥이로 치고는 다시 하늘로 높이 날아갔다. 왕은 땅바닥에 떨어진 잔을 주워들고 다시 물방울을 받기 시작했다. 물이 반쯤 채워졌을 때, 그는 잔을 들어올렸다. 그러나 잔이 입가에 닿을까 말까 할 무렵에 또 다시 매가 날아와서 잔을 엎질러뜨렸다.

화를 억지로 참으면서 왕은 또 다시 물을 잔에 담기 시작했다. 그러나 매는 왕이 먹으려는 순간 물을 엎질러 놓았다. 그 정도면 왜 잘 훈련된 매가 그렇게 하는지 의심할 수 있어야 했다. 그러나 화가 치민 왕은 분별을 잃었다.

네 번째로 매가 물을 못 마시게 하자 왕은 매를 칼로 찔러 죽였다. 그런 사이에 물잔까지 잃은 왕은 하는 수 없이 물줄기를 따라 바위를 기어올라갔다. 올라가 보니 과연 고인 물이 있었다. 거기서부터 물이 바위틈을 따라 한 방울씩 떨어졌던 것이다. 그러나 엎드려서 물을 마시려다 보니 물 속에는 굉장히 큰 독사(毒蛇)가 한 마리 죽어 있었다. 그제서야 그는 매가 그 독물을 못 마시도록 했다는 사실을 깨닫게 되었다. 그는 다시 바위를 타고 밑으로 내려온 다음에 죽은 매를 어루만지면서 맹세했다.

"오늘 나는 매우 쓰라린 교훈을 배웠다. 나는 앞으로는 절대로 어떤 경우에도 홧김에 결정을 내리지 않겠다."

죽음과 친해지는 법

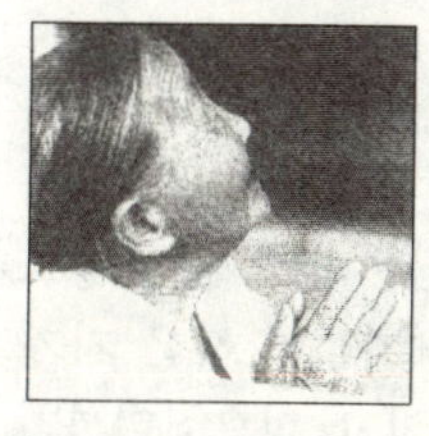

'사람은 파리 목숨과도 같다' 라고 우리는 입버릇처럼 말한다. 서양 사람도 마찬가지이다. 그래 빅토르 위고도 "인간은 사형선고를 받은 죄수이다. 다만 무기 집행유예를 받고 있을 뿐"이라고 말했었다. 노벨상을 받은 사뮈엘 베케트도 "인간이란 죽음을 기다리며 사는 존재이다" 라고 말하기도 했다. 참으로 허망한 것이 인생이다. 무엇이 삶과 죽음의 갈림길인지 전혀 종잡을 수도 없다.

삼풍백화점 붕괴 때, 최명석 군은 11일만에 살아서 돌아왔지만 같은 곳에 갇혀 있던 두 여인은 이틀을 넘기지 못하고 숨졌다. 그가 살아 나오는 바로 그 순간, 다른 곳에 갇혀 있던 또 하나의 생명은 구조대의 발자국 소리를 들으면서 숨져 갔는지도 모른다. 어느 회사 회장은 한 발짝 차이로 죽음을 면했다. 그런가 하면 아이들에게 먹일 아침 식빵 사는 것을 잊었다며 백화점 안으로 되돌아 들어가다 목숨을 잃은 주부도 있었다.

이런 것을 모두 사람들마다 제각기 타고난 팔자나 운명으로 돌려야 할 것인가. 정말로 하느님이나 부처님이 계시다면 왜 백화점이 영업 시간이 지난 다음에 무너지지 않았느냐 라고 원망하고 싶기도 했다. 남의 아들은 살아 남았는데, 왜 내 딸은 죽어야 했는가 하고 통곡하는 어머니도 있었을 것이다.

오랫동안 대학 교수로 있다가 프랑스 대사를 역임했던 민병기 씨는 암에 걸렸다는 선고를 받자 무엇보다도 "why me(왜 내가)?" 하는 억울함 비슷한 감정에 시달렸다고 내게 말한 적이 있다. 그 감정은 죽는 날까지 사그라지지 않았다.

석가는 왜 사람은 태어나서 시름하느냐는 의문을 풀기 위해 출가했다. 범속의 우리는, 왜 우리는 죽어야 하느냐는 의문에 매달린다. 우리에게 있어 죽음처럼 무서운 것은 없다.

옛날 일본에 선애(仙厓)라는 학식 높은 선승(禪僧)이 있었다. 그의 임종을 맞아 고승다운 멋진 명언이 나오리라 기대하면서 제자들이 "스님, 돌아가시고 싶으십니까?" 라고 물었다. 스님은 엄숙한 표정으로 "죽고 싶지 않다" 라고만 말했다. 아연실색한 제자들이 혹은 자기네가 잘못 듣지나 않았는가 하고 황급히 "돌아가시고 싶으십니까?" 라고 되물었다. 그러나 스님의 말은 같았다. "죽고 싶지 않다"는 것이었다. 그러고는 더이상 되묻지 말라는 듯이 "정말로, 정말로 죽고 싶지 않다" 라고 중얼거리며 눈을 감았다고 한다.

'죽고 싶지 않다'는 그의 말에는 혹 우리가 헤아리지 못하는 깊은 뜻이 담겨 있었는지도 모른다. 우리는 그저 죽음에 대한 본능적인 두려움과 삶의 욕망을 느낄 뿐이다.

사랑하는 아이를 잃은 어머니가 죽은 아이를 안고 석가를 찾아왔다. 그리고는 "왜, 이 아이가 죽었습니까. 제발 석가님 힘으로 이 아이를 되살려주세요" 하고 울부짖었다.

"불쌍한 어머니가 서러워하는 것도 당연하다. 그러나 생명이 있는 것은 모두 언젠가 죽어야 한다. 만약에 어떻게 해서든 되살아나기를 원한다면 옛날부터 한번도 죽은 사람이 없는 집을 찾아내라. 그러면 내가 이 아이를 되살려주겠다."

석가의 말이었다. 이 말을 듣고 어머니는 사람은 누구나 언젠가는 죽게 마련이라는 진리를 깨닫게 됐다고 한다. 그러나 이런 설법도 결혼을 며칠 앞둔 둘도 없는 내 아들 또는 딸이 왜 죽어야 했는가 라고 통곡하다 지친 어머니의 슬픔을 충분히 가라앉혀 줄 수 있을 것 같지는 않다.

그래도 남은 사람들은 슬픔을 딛고 살아 나가야 한다. 최명석 군은 살아 나오는 순간까지 가족과 친구 생각들을 했다고 했다. 곁에서 숨진 두 여인도 젊은 여성이나 중년 주부나 죽는 순간까지 내내 가족 이야기들만 했다고 했다. 그것은 뒤에 남긴 가족들을 걱정하는 한편, 그들이 잘 살기를 애절하게 갈망하는 마음에서였을 것이다. 그렇게 가족들을 사랑하면서 죽은 사람들의 한을 조금이라도 풀어주기 위해서도 뒤에 남은 사람들은 힘을 내어 살아가야 한다.

석가에게도 죽는 날이 다가왔다. 복받쳐 오르는 슬픔을 참다못해 제자 아난다가 방밖으로 나갔다. 석가는 그를 다시 불러들이고 이렇게 타일렀다.

"아난다여, 슬퍼하지 말라. 울어서는 안된다. 내가 늘 가르쳐 오지 않았느냐. 모든 사랑하는 사람과는 언젠가 헤어지게 된다는 것을. 태어난 자는 모두 사라져 가게 된다는 것을. 아난다여, 그 오랫동안 내 시중을 들어줘서 고맙다. 혹 '우리들의 스승의 말은 끝났다. 이제 우리의 스승은 없다' 라고 여길지도 모르겠다. 그러나 그것은 잘못된 생각이다. 비록 내 육체는 멸한다 해도 내 가르침은 언제까지나 살아 있다. 이 세상 모든 것은 무상하다. 방일(放逸)해 하지 말고 정진하라. 이것이 내 마지막 말이다."

석가는 이렇게 말하면서 저승으로 떠났다.

탐욕이란 이름의 종착역

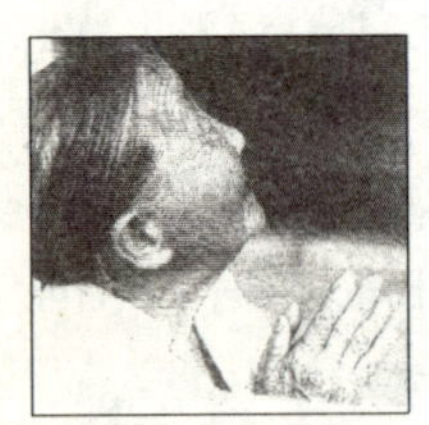

한 어린이가 식탁 위에서 호두가 가득 들어 있는 단지를 발견했다. '이 호두를 엄마 몰래 조금 꺼내 먹어야겠다.' 이렇게 생각한 어린이는 단지 속에 손을 넣었다. 처음에는 서너 개만 꺼내려다가 욕심이 나서 한 주먹 가득히 쥐었다. 그런데 호두를 움켜쥔 채 손을 빼내려니까 좁은 단지 목에 손이 걸려서 아무리 애를 써도 빠져나오지 않았다. 그러나 손을 움직일수록 움켜쥐고 있는 호두만 떨어뜨릴 것 같았다. 끝내 그는 울기 시작했다. 때마침 방안에 들어온 어머니가 "왜 우느냐?" 라고 물었다. "손이 단지에서 빠지지를 않아요" 하고 어린이가 울먹이며 대답했다. "너무 욕심부리지 말고 그냥 호두 두세 개만 집어서 꺼내 봐라" 하고 어머니가 일렀다. 어머니의 말대로 하니까 단숨에 손이 빠져 나왔다. 이솝의 우화이다.

탐욕에 사로잡히면 사람들은 어디까지가 적당한 것인지를 분간하지 못하게 된다. 그러나 우리는 흔히 '다다익선(多多益善)'이라고 말한다. 프랑스에도 '너무 많지 않으면 충분하다 할 수 없다'는 속담이 있다. 인간의 욕망에는 끝이 없는 것이다. 그것은 아득한 옛날부터 변하지 않는 어리석은 인간들의 본성이기도 하다. 인간을 파멸로 이끌기 쉬운 것도 과욕이다.

중세의 가톨릭교가 말하는 일곱 개의 대죄(大罪)는, 첫째 오만스러움, 둘째 과욕, 셋째 육욕, 넷째 노여움, 다섯째 대식(大食), 여섯째가 시기였다. 일곱째는 게으름인 경우도 있고 허영인 경우도 있다. 그것은 석가가 말한 인간을 파멸로 이끄는 다음과 같은 여섯 가지와 비슷했다. 첫째, 해가 떠오른 다음에도 이불 속에 들어가 있는 것, 둘째 남의 부인을 가까이 하는 것, 셋째 툭하면 남과 다투는 것, 넷째 쓸데없는 일에 열중하는 것, 다섯째 못된 친구들과 어울리는 것, 그리고 여섯째가 바로 탐욕스러운 것이었다.

이처럼 석가가 과욕을 제일 마지막에 든 것은 그만큼 덜 중요하다고 여긴 때문이 아니다. 오히려 가장 확실하게 인간을 파멸로 이끄는 것이라고 여겼기 때문이다. 그래서 석가는 다음과 같이 신자들에게 누누이 과욕의 무서움을 일깨워주려 했다.

"부(富)를 차지하고 욕망을 충족시키려는 것은 짚으로 불을 끄려는 것과도 같다. 욕망의 절반이 채워지자마자 탐나는 것은 당장에 두 배로 늘어난다. 뿐만 아니라 욕망에는 가속도가 붙는다. 마치 바닷물로 갈증을 달래려 하는 사람처럼 마시면 마실수록 더욱 강력한 갈증에 사로잡히게 된다."

이러면서 석가가 강조한 것은 지족(知足)의 지혜였다.

"벌은 온갖 꽃으로부터 꿀을 빨아먹지만 꽃의 색깔이며 향기는 조금도 해치지 않는다. 또 소의 등에 알맞게 짐을 지게 하니까 소가 탈 없이 날라준다. 이처럼 우리는 너무 많은 것을 탐내지 않도록 조심해야 한다."

그러나 적당히 만족할 줄 안다는 것처럼 어려운 게 없는 모양이다.

톨스토이의 단편 소설에 이런 이야기가 나온다. 해가 떨어질 때까지 달려간 곳까지의 땅을 모두 주겠다는 임금의 자비로운 영이 나왔다. 한 사나이는 잠시도 쉬지 않고 달려가다 그만 기진맥진하여 쓰러지자 지팡이를 앞으로 내뻗었다. 그리고는 "이 지팡이 끝까지 내 땅이다" 라고 소리치면서 숨이 끊어져 죽었다.

"화(禍)란 만족을 모르는 데서 비롯한다"는 노자(老子)의 말도 있다. 한비자(韓非子)도 이 말을 인용하면서 사형선고를 받을 만큼 못된 죄수도 사면받을 수가 있지만, 만족할 줄 모르는 자에게는 한평생을 두고 화가 따라 다닌다고 이르고 있다.

옛날에 한 홀아비가 살고 있었다. 일생에 꼭 한번만이라도 잘 살아봤으면 하는 것이 그의 소원이었다. 그는 매일같이 조금이라도 행복하게 해달라고 하느님에게 기도했다. 그러던 어느 날 밤에 그의 집 문을 두드리는 소리가 들렸다. 누군가 하고 문을 열어보니까 '부(富)의 여신'이 서 있었다. 그는 당장에 그녀를 반겨 맞으려 했다. 그러자 여신은 "잠깐만 기다리세요, 저에게는 친동생이 하나 있어 늘 같이 다닌답니다" 하면서 뒤에 서 있는 여동생을 소개했다.

그 동생을 보자 사나이는 깜짝 놀랐다. 동생은 언니와는 달리 여간 추하게 생기지 않았다. "정말로 당신의 친동생입니까?" 라고 묻자 "정말입니다. 이름은 불행의 여신 흑이(黑耳)라고 합니다" 라고 '부의 여신'은 대답했다.

사나이는 "당신만 들어오고 동생은 돌려보낼 수 없습니까?" 하고 물었다. 그러자 "그건 안됩니다, 우리는 늘 함께 다니기 때문에 동생을 혼자 내버려둘 수는 없습니다" 라고 대답했다. 사나이가 망설이자 '부의 여신'은 "그렇다면 우리 둘 다 돌아갈까요?" 라고 물었다.

불경에 나오는 이 우화는 사나이가 어떻게 할까 하고 망설이는 것으로 끝난다. 그러나 우리는 당장에 눈앞에 아른거리는 돈에 홀려서 슬며시 등뒤에서 다가오는 불행의 여신을 언제나 뒤늦게 보게 된다.

좋은 개일수록 짖지 않는다

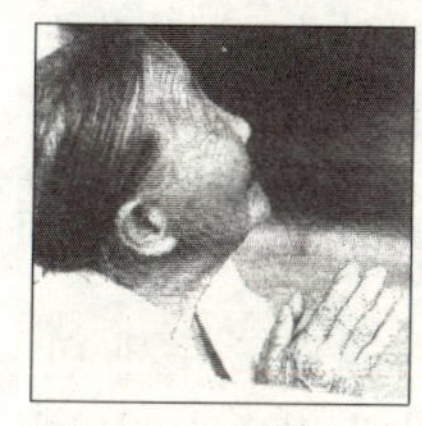

우리 집에는 포메마리언이 한 마리 있다. 갓 낳을 때부터 키워 온 게 어느새 8년이나 된다. 그 놈과 함께 살면서 개가 뛰어난 동물이라고 느낀 때가 한두 번이 아니다. 요크셔테리어도 같이 한 마리 기르고 있었다. 둘은 툭 하면 으르렁대며 잘 싸웠다. 처음에는 나이도 위고 포메마리언을 귀찮게 굴었다. 그러던 것이 요크셔테리어가 늙어 감에 따라 포메마리언 쪽이 형을 깔보고 귀찮게 굴기 시작했다. 늙은•것도 서러울 텐데 하며 요크셔테리어를 안아주면 이를 시기한 포메마리언이 자기도 안아달라고 형을 밀어제치려 한다.

그러던 것이 12세 생일을 바라보는 어느 날부터 요크셔테리어는 사람 눈에 잘 띄지 않는 구석만 찾아다니며 눕기 시작했다. '개는 죽을 때가 다가오면 자기의 추한 모습을 보이지 않으려 한다' 하기에 병원으로 데리고 갔다. 그러나 이틀을 넘기지 못하고 죽고 말았다. 개로서는 천수(天壽)를 다한 셈이다.

집에 있던 포메마리언은 자기형이 죽은 줄 모르는 모양이었다. 저녁만 되면 현관에 기다랗게 누워서 하염없이 형이 돌아오는 것을 기다리는 듯했다. 무엇보다도 개는 의리를 알고 정(情)을 잊지 않는 것이다.

내가 어쩌다 며칠씩 여행을 하고 있을 때에도 개는 밤마다 현관에 드러누워서 돌아오지 않는 나를 기다린다고 한다. 개는 자기를 사랑하는 사람에게 아낌없이 사랑과 충성을 바친다. 그 사랑에는 전혀 사심(邪心)이 없다. 그 충성은 또 헌신적이다. 개의 사랑에는 또 꾸밈이 없다. 개는 자기 분수를 잘 알고 있다.

어느 동물학자의 말로는, 개는 자기가 사는 집안의 권력 서열을 눈치로 파악하고 자기를 밑에서 둘째의 위치에 놓는다는 것이다. 그만큼 처세에 능하다고 할 수도 있다. 개는 자기 집에서 누가 자기를 제일 사랑하는지도 알고 누가 실권자인지도 잘 안다. 그렇다고 해서 충성심의 갈등을 느끼지는 않는 것 같다. 그의 충성심은 어떤 경우에나 늘 자기를 제일 사랑하는 사람을 향하고 있기 때문이다.

우리 집의 개도 언제나 내 아내 곁을 맴돈다. 내가 불러도 두세 번 불러야 마지못해 곁에 왔다가 어느 사이인가 다시 아내 곁으로 간다. 그만큼 개는 솔직하고 정직하다. 아첨도 모른다.

나나 내 아내는 집을 자주 비운다. 따라서 파출부 아줌마가 개에게 매일같이 두끼 밥을 주는 경우가 많다. 당연히 개는 그 아줌마에게 꼬리를 흔들고 따라야 마땅하다. 그러나 밥을 얻어먹고 나면 쏜살같이 아줌마 곁을 떠난다. 그만큼 매정해서가 아니다. 본능적으로 그 놈은 아줌마가 자기를 정말로 사랑하지 않고 있다는 사실을 알고 있기 때문이다.

모든 개가 다 그렇기는 하지만 우리 집 개도 말이 없다. 모든 화근은 입에서 나온다. 개는 말을 잘못해서 남의 미움을 사는 법도 없으며 당초부터 말을 못하니까 허풍을 떨 수도 없다.

『장자(莊子)』에 '불언(不言)의 언(言)'이라는 말이 나오지만, 우리 주변에는 오늘 이 말을 했다가 내일 저 말을 하는 사람, 마음에도 없는 말을 하는 사람, 뒷감당도 못할 말을 하는 사람, 속이 빤히 들여다보이는 말을 하는 사람, 경우 없는 말을 하는 사람, 입바른 소리를 하는 사람, 앞뒤 생각 없이 말하는 사람들로 가득 차 있다. 이런 사람들이 세상을 어지럽히고 있다. 물론 삼수갑산에 간다 해도 할 말은 해야 할 때가 있다. 개도 짖을 때가 있다. 그러나 좋은 개일수록 함부로 짖지 않는다. 이래서 나는 매일같이 우리 집 개한테서 많은 것을 배우고 있다.

"개는 양심이랄까 도의심이랄까 하는 것을 지니고 있다."

이렇게 다윈도 『인간의 후손』에서 말한 적이 있다. 사실 그는 개만큼도 양심과 도의심이 없는 사람들이 많다고 말하고 싶었던 것이다.

훈장과 양철 조각의 차이

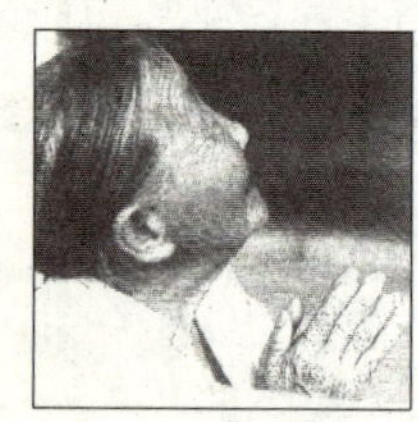

1903년 라듐의 발견으로 퀴리 부부가 노벨상을 받자, 프랑스 정부가 부부에게 레종 도뇌르 훈장을 주기로 했다. 신문기자가 이 소식을 전하자, 피엘 퀴리는 오히려 언짢아 하는 말투로 다음과 같이 말했다. "내게 훈장을 주는 따위의 어리석은 짓은 하지 말아줬으면 좋겠다." 기자가 뜻밖이라는 표정을 띠자, 피엘은 말을 이었다. "나는 훈장 따위는 조금도 원하지 않는다. 과학자인 내가 훈장을 탄들 무슨 소용이 있겠는가. 내가 지금 간절히 바라고 있는 것은 훌륭한 연구소이다."

때마침, 여섯 살 가량의 귀엽게 생긴 금발 머리의 소녀가 방안에 들어왔다. 그러자 피엘은 그 어린이를 껴안으면서 이렇게 말했다. "나의 또 하나의 소망은 이 딸아이가 우리 내외의 뜻을 이어서 훌륭한 과학자가 되어주는 것이다."

레종 도뇌르 훈장은 군사 또는 문화에서 뛰어난 공적을 쌓은 사람에게 주는 프랑스 최고의 훈장이다. 이것을 제정할 때 반대 여론도 적지 않았다. 그러자 나폴레옹은 이렇게 응수했다. "훈장을 어른들의 장난감이라 부르든 말든 그것은 자네들 자유이다. 그렇지만 인류를 지배하는 것은 장난감이다."

그런 '장난감'을 받겠다고 해마다 프랑스 대통령 앞으로 4천 통 이상의 자기 추천서가 쏟아져 들어온다. 훈장이란 "겉으로는 아무짝에도 소용없는 것이라고 말하면서 속으로는 은근히 군침을 삼키는 것"이라는 플로베르의 말은 진리인 것 같다. 그의 말에는 다음과 같은 꼬리가 붙어 있다. "만약에 훈장을 타게 되면 자기는 그걸 달라고 하지도 않았는데 준다기에 마지못해 받았다고 말하라."

일본의 한 대기업가는 훈장을 받게 되자 "개인적으로는 사양하고 싶지만, 내가 거절하면 다른 사람들의 입장이 난처해진다. 그러니 안 받을 수도 없다" 라고 말한 적이 있다.

훈장이 전혀 쓸모 없는 것도 아니다. 영화 아라비아의 로렌스에 나오는 영국 장교 토마스 로렌스는 1차대전 후에 아랍 작전에 공이 크다고 해서 훈장을 받았다. 그러나 그는 그 훈장을 개의 목에 달고 매일 산책 때 끌고 다녔다는 설이 있었다.

프러시아의 왕이 베토벤에게 "훈장과 50다카트의 금 중 어느 쪽을 원하느냐?" 라고 물어 왔다. 베토벤은 망설임없이 "그야 물론 금"이라고 대답했다. 버나드 쇼에게 메리트 훈장을 주기로 했다는 연락을 받자, 그는 이렇게 말하면서 거절했다. "우리 나라 최고의 명예를 주겠다니 고맙기 이를 데 없지만, 내 직업의 성격상 내가 살아 있는 동안에는 정당한 평가를 받기란 불가능한 일이다. 셰익스피어나 몰리에르와 비교될 만한 극작가로서 후세에 남겨질 것인지, 당대가 끝나기도 전에 어릿광대로서 잊혀지고 말 것인지 알 수 없기 때문이다. 따라서 나는 그저 일개 버나드 쇼로 일생을 마치고 싶다."

가까운 일본에도 훈장을 거부하는 사람들이 심심치 않게 나타난다. 지난해에도 노벨문학상을 받은 오에 겐사브로가 문화훈장을 거부했다. '전후 민주주의자'에게는 그런 '국민적 영예'가 어울리지 않는다는 것이었다. 이 때 일본의 한 신문은 이렇게 논평했다.

"문화훈장이란 정부라는 국가권력이 수여하는 것이다. 언론 또는 표현의 일에 관여하고 있는 사람은 항상 권력에 대하여 거리를 두고 있어야 한다. 권력으로부터 사탕을 받는다면 권력에게 할말을 못하게 된다."

"남이 한평생을 바쳐 한 일에 대해서 정부가 등급을 매겨 훈장을 준다는 게 우스꽝스럽다"면서 거절한 반골의 기업가이며 전직 장관들도 있다. 사치다 로한이라는 소설가는 훈장을 받으면서 고마워하지 않았다. 그는 인사말에서 이렇게 말했다. "문학인이 정부를 비판하는 것은 본래의 사명이다. 그럼에도 불구하고 그런 정부로부터 훈장을 받았으니 나도 노망했다."

지금까지 정부가 공평하지 못하게 훈장의 등급을 매긴다는 소리는 많았다. 응당 받아야 할 사람이 빠지고 단순히 높은 자리에 앉아 있었다는 이유만으로 훈장을 받는 사람도 많다. 훈장은 그것을 받아 마땅한 사람들이 그들에게 어울리는 훈장을 받을 수 있을 때 비로소 제값을 하게 된다. 그렇지 못할 때에는 한낱 고물상에서도 받지 않는 양철 조각 노릇밖에 하지 못한다.

우리 시대의 영웅들

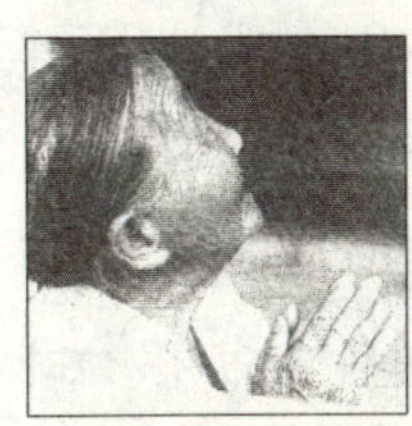

세계에서 가장 유명한 신문기자라면 제일 먼저 손꼽히는 것이 반세기에 걸쳐 역사의 현장을 뛰어다녔던 해리슨 솔즈베리이다. 그처럼 많은 사람을 만나 본 기자도 드물다. 그런 그가 93년 여름, 죽기 직전에 『내 시대의 영웅들』이라는 책을 남겼다. 그것은 자기가 만나 본 히어로 30명에 대한 회상록이다. "나는 여보란 듯이 자기를 내세우는 히어로는 전혀 믿지 않는다. 권좌에 앉게 되자마자 마각(馬脚)을 드러내는 경우를 수없이 보아온 것이다. 정치가나 지도자들 가운데 결점이 없는 인간은 별로 없다. 완전무결한 체하는 사람이 있으면 나는 본능적으로 그를 수상쩍게 느끼게 된다."

그가 꼽은 히어로들은 매우 다양하다. 미국인, 흑인, 중국인, 러시아인, 정치가, 시인, 수녀…. 그 중에는 무명씨(無名氏)도 많다.

"내가 고른 히어로들은 그 이름만 듣고는 사람들이 얼핏 알아차리지 못한다. 그러나 그 용기 있는 언동은 나의 가슴속에서 언제까지나 빛나고 있을 것이다. 그들은 위험을 무릅쓰고 절망적인 상황 속에서도 굽히지 않고 홀로 어려움과 맞싸웠다."

그가 고른 히어로들은 결점 투성이이다. 히어로가 되다만 사람들이라고 할 수도 있다. 그러나 그들이 공통적으로 갖추고 있는 것은 용기와 신념이다. 그리고 흔들림 없는 결의와 불굴의 정신 등이다. 이런 모든 것의 결정(結晶)이랄 수도 있는 궁극적인 영웅으로, 그는 천안문 사건 때 목격한 한 사나이를 꼽는다.

"천안문의 저 사나이 - 손을 흔들며 혼자서 장안가(長安街)의 한복판을 걸어 나가서 탱크 대를 가로막고는 어안이 벙벙해진 병사나 사복 경관의 제지를 받을 사이도 없이 유유히 군중 속으로 사라져 간 그 사나이이다. 이름도 남기지 않고 전차도 두려워하지 않고 총 앞에 우뚝 서는 용사가 있다는 것을 그 순간의 행동으로 온 세계 사람들에게 가르쳐 주었다."

솔즈베리가 볼 때, 영웅은 만들어진다.

그는 로버트 케네디를 처음에는 좋아하지 않았다. 그가 볼 때, 로버트는 이기적이며 타산적이며 냉혹하고 마냥 교활해 보였다. 그러던 그가 자기형이 암살당한 다음부터 크게 달라졌다.

"새로운 로버트는 자존심 강한 사나이였지만 겸손도 알고 있었다. 냉혹하고 비정한 인간으로부터 피가 흐르는 인간, 의문과 불안에 시달리는 살아있는 인간으로 바뀌어졌다. 그의 아버지는 아들들에게 연민의 정은 가르치지 않았다. 그에게 있어 승리가 전부이며 패자에게 눈물을 흘릴 필요가 없었다. 그러나 이제 그는 자비의 마음을 지니게 되었다.…

그는 반드시 대통령이 될 것이다. 그것도 평범한 대통령이 아니라 링컨 이후의 가장 위대한 대통령이 될 것이라 확신을 했다. 그 이유? 그것은 그가 저 링컨과 같이 슬픔을 눈에 담고 있다고 본 때문이었다. 존 케네디 대통령이 죽었을 때 나는 울지 않았다. 원래 나는 좀처럼 우는 인간이 아니었는데 집에 돌아와서 아내가 우는 순간 눈물이 넘쳐흘렀다. 내가 살고 있는 현대 아메리카의 최후의 밝은 희망이 깨져버린 것이다. 그 심경은 지금도 변하지 않고 있다."

훌륭한 영도자의 가장 중요한 자질이 무엇인가를 우리에게 알려주고 있는 것이다. 까다로운 솔즈베리였지만 흐루시초프만은 처음부터 좋아했다. 그는 결점 투성이였다. 그러나 "중요한 것은 결점이 아니라 장점이다. 그는 엄청난 실수도 여러 번 저질렀으나 실수를 깨달으면 솔직하게 자기 잘못을 시인하는 용기를 가지고 있었다."

1971년 가을, 권력의 자리에서 쫓겨나 시골에서 은퇴 생활을 하고 있던 흐루시초프가 시인 예프트쉔코에게 자기 집에 와 달라고 전화를 걸었다. 평소에 그는 이 반체제 시인을 맹렬하게 비난했던 터였다. 흐루시초프는 예프트쉔코가 옳다는 것을 잘 알고 있었다고 실토했다. "그렇다면 왜 나를 면박하고 억압했습니까?" 라고 시인이 물었다. "당신이 옳다는 것을 알고 있었기 때문이다. 그래서 야단칠 수밖에 없었다. 당신은 운이 좋다. 시인이니까 진실을 말할 수 있다. 그러나 나는 정치가란 말이야. 정치가라는 게 얼마나 역겨운 직업인지 당신은 모른다. 그저 소리지르는 수밖에 없었거든. 쫓겨나지 않기 위해서는."

그것은 죽음을 앞둔 흐루시초프가 예프트쉔코에게 사과하기 위해 마련한 자리였다. 그날 흐루시초프의 이야기는 그칠 줄 몰랐다. 그런지 1주일 후에 그는 죽었다. 모든 사람이 몸을 사리고 참석하지 못한 흐루시초프의 초라한 장례식에 한때의 적(敵) 예프트쉔코는 참석했다.

솔즈베리가 고른 히어로 중에는 기자와 시인, 작가들이 많다. 그것은 "이들이야말로 이 세상을 변혁시키는 원동력이라고 확신하고 있기 때문이다. 지배계급으로 하여금 공약을 지키게 만드는 것도 이들이며 악과 부정, 범죄를 적발하는 것도 이들이다. 독재자가 제일 먼저 매스컴과 시인을 탄압하는 것도 우연이 아니다." 참으로 오래간만에 부끄러움과 함께 감동과 용기를 돋우어 주는 책이었다.

얼굴을 붉히는 미덕

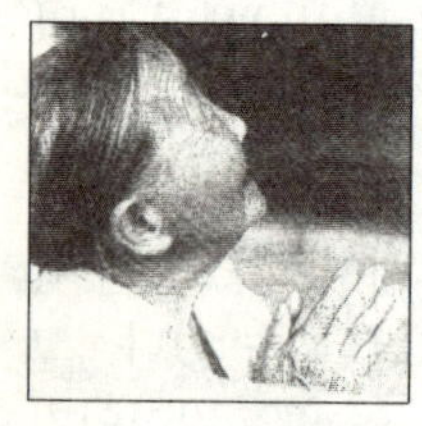

당나라 시인 백낙천(白樂天)이 항주 지사가 되어 부임했을 때 이런 시를 남겼다. "천축산(天竺山)에 올라 돌조각 두 개만을 줍고 내려왔다. 내게 있어 이것은 천금의 가치가 있지만 그렇다고 내 청백을 더럽혀주지는 않으리라." 그는 공직 생활 때 단 한푼의 뇌물도 받지 않았다. 그러나 그처럼 깨끗한 공직자는 예로부터 찾기 어려웠다.

옛 중국말에 '삼년청치부(三年清治府) 십만설화은(十万雪花銀)'이라는 게 있다. 부지사(府知事) 자리에 3년 동안 있으면 청백해도 10만의 깨끗한 은(銀)을 모으게 된다는 것이다. 그러니까 조금이라도 마음을 먹으면 얼마든지 돈을 모을 수 있었다는 이야기이다. 그래서 청나라 때에 어느 황제가 공직 사회의 부패를 막기 위해 묘안을 하나 찾아냈다. 곧 공직자들이 봉급 이외의 수입을 탐내지 않도록 하기 위해 양염은(養廉銀), 곧 청렴결백을 키우는 돈을 따로 주기로 했다. 그러나 공직자들은 양염은도 받고 설화은도 계속 받았다.

뇌물에는 동서가 따로 없었다. 16세기 프란돌의 화가 브류겔의 판화에 '돈 보따리를 쥔 남자와 아첨꾼들'이라는 게 있다. 앉아서 금화를 뿌리는 거인의 꽁무니에 네모난 구멍이 뚫려 있다. 그 구멍 안에 기어 들어가려고 사람들이 아우성치는 그림이다. 뇌물을 써 가며 출세의 사다리를 기어올라가는 사람들의 어리석은 모습을 개탄하는 '저금통과 금고의 전쟁'이라는 그림도 있다.

영국도 19세기말까지는 공직 사회가 대단히 부패되어 있었다. 그러나 지금 뇌물에 대하여 가장 엄격한 것이 영국이다.

언젠가 영국에서 보수당 정권이 총선거에서 패배하여 모드링이 재무장관 자리에서 물러났다. 그러자 그는 당시의 관례에 따라 어느 건설 회사의 회장이 되었다. 그것은 명의만 빌려주는 무보수의 명예직에 지나지 않았다. 회사는 모드링의 부인이 발기인이 되어 있던 어느 예술극장기금에 1억 원을 기부했다.

6년 후에 다시 보수당이 승리하자 모드링은 내무장관이 됐다. 그런지 얼마 안되어 그 회사가 파산했다. 재판에서 그 회사가 고위직 공무원에게 뇌물을 바친 사실이 드러났기 때문이다. 물론 모드링 자신은 조금도 부끄러운 일을 하지 않았다고 주장했으며 의회나 언론도 그의 처신이 경솔했다고는 말해도 그의 정직성을 의심하지는 않았다. 그러나 그는 스스로 장관 자리를 물러났다. 이 사건을 런던 경시청이 수사하게 되었는데, 자기는 경찰을 감독할 내무장관인 만큼 수사의 공정성을 위해 사임한다는 것이었다.

영국의 장관들은 부모로부터 유산이 없는 한 대체로 가난하다.

보수당의 호프로 여겨지던 매크로오드 재무장관이 죽었을 때, 그가 남긴 유산은 1억 원도 안되었다. 그의 유서에는 "아들에게 1백50만원과 손목시계를 남긴다" 라고 적혀 있다. 윌슨 노동당 당수도 6년 동안이나 수상 자리에 있었지만 야인이 되자마자 생활에 쪼들리게 되었다. 하는 수없이 그는 예정을 앞당겨서 『회고록』을 써야 했다.

영국에서 국회의원들은 강연을 하거나 개인 기업의 임원이 되어 부수입을 얻는다. 그러나 장관이 되면 그런 아르바이트도 하지 못하게 되는 것은 명예와 나라의 정책을 이끌어 간다는 보람 때문이다.

영국에서 청렴하기는 국회의원들도 마찬가지다.

언젠가, 런던 타임스에 이런 글이 실려 있었다. "똑같은 학력, 능력, 연령으로 다른 직종에서 일하는 사람들과 비교한다면 의원들의 생활은 대단히 가난하다. 빚에 쪼들리는 사람도 많다. 그러면서도 왜 정계를 떠나지 않고 있는지 이상하게 여겨질 정도이다."

영국의 하원 의원 중에 전용 운전사를 두고 있는 사람은 열 손가락으로 헤아릴 수 있을 정도밖에 안된다. 영국에서는 정치인이 어느 이권과 조금이라도 관련이 있으면 의사당에서 연설조차 하지 못하게 되어 있다. 따라서 아무리 돈으로 의원을 매수한다 해도 전혀 효과가 없는 것이다.

또 영국 공직자들의 독직이 없는 것은 부정이 밝혀지면 당장에 형사처벌을 받는 것은 물론이고, 처벌받을 만큼 대단한 일이 아니라도 사회적으로 매장되는 게 두렵기 때문이다. 또한 부정에 대한 사정(司正)과 언론의 눈이 엄하기 때문이기도 하다. 우리 나라에서처럼 슬쩍 넘어가는 요행과 재수를 바랄 수 있는 것도 아니며, 당국이 눈감아주는 법도 없기 때문이다. 무엇보다도 그들에게는 염치가 있고 명예심이 있다.

"재판장이 프란시스 베이콘에게 그 동안 얼마나 많이 뇌물을 받았느냐고 묻자, 그는 적어도 얼굴을 붉히는 미덕만은 잃지 않고 있었다." 일레어 벨록의 『베이콘전』에 나오는 한 구절이다. 우리 나라에는 그런 '미덕'이 없다.

뜻이 있거든 미담을 심자

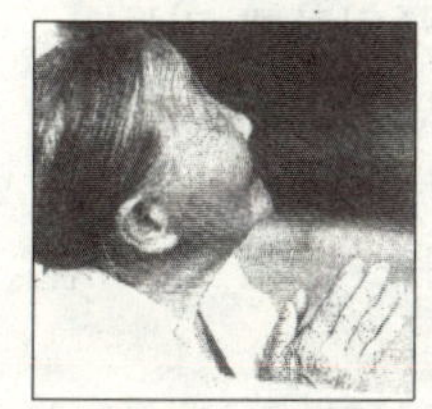

네덜란드의 스판담에는 한 소년의 동상이 서 있다. 거기에는 네덜란드 말과 영어로 이렇게 적혀 있다. '이 나라의 젊은이들에게 바친다. 네덜란드의 바다와 영원한 투쟁을 상징하는 소년에게 경의를 표하기 위하여.'

소년 피터는 비가 억수같이 쏟아지는 어느 날 밤, 제방에서 물이 졸졸 새어나오는 것을 보고 깜짝 놀랐다. 그는 그 작은 구멍에 손가락을 넣고 외쳤다. "내가 여기서 이러고 있는 한 우리나라는 물에 잠기지 않는다." 그는 아침이 되어 지나가던 양몰이에게 발견될 때까지 밤새도록 구멍을 손가락으로 막고 있었다.

요새도 우리 어린이들에게 이 이야기를 들려주는 선생이나 책이 있는지는 모르지만, 적어도 우리 세대의 어린 시절에는 여간 우리를 감동시킨 이야기가 아니었다. 그러니 네덜란드 어린이들의 마음속에는 얼마나 강렬하게 애국과 자기 희생과 자부심들의 고귀한 품성을 심어 주었겠는지 짐작하고도 남음이 있다. 그것은 애국에 관한 수백 권의 책보다도 많은 영향을 주었다.

그러나 이 이야기는 순전히 꾸며낸 이야기이다. 그것도 한 미국 여성이 쓴 창작 동화책 『한스블린카』에 나온 것이다. 이 책을 읽고 감동했던 미국의 관광객들이 2차대전 직후에 네덜란드에서 제일 먼저 보고 싶어했던 것이 피터 소년이 손가락으로 구멍을 막았다는 제방이었다. 물론 네덜란드인들이 알 턱이 없었다. 한참 후에 어느 네덜란드 신문이 『한스블린카』를 소개했다. '나라를 살린 소년'의 동상이 세워진 것은 그 후의 일이었다. 이로부터 피터 소년은 동화책에서 빠져 나와 모든 네덜란드인의 마음속에 살아 있다.

나라가 어지럽고 가치관이 흔들리고 있을 때 미담이 생긴다. 또 한편으로 나라가 잘 될 때 미담이 무성해진다. 미담은 사람들의 마음만 훈훈하게 만드는 것이 아니다. 그것은 나라를 풍익하게 만든다. 자랑스러운 미담이 없다는 것은 그만큼 나라가 가난하다는 것을 뜻한다. 미담을 통해 우리는 그 나라의 미래를 가늠할 수도 있게 된다. 그 미담은 네덜란드의 피터 소년처럼 꾸며낸 것이라도 좋다. 꼭 사람이 아니라도 좋다.

일본 동경의 한 지하철 역 광장에 '충견(忠犬) 하치공'이라는 동상이 있다. 하치공이라는 이름의 개 주인은 동경대학 교수였다. 개는 매일 아침에 역까지 주인을 따라 가고 저녁 6시가 되면 다시 지하철을 타고 돌아오는 주인을 기다려 왔다.

어느 날 주인은 학교에서 뇌출혈로 쓰러져 죽었다. 그런지도 모르고 개는 그후 9년 10개월 동안 매일같이 역으로 나가 주인을 기다려 오다 결국 병들어 죽었다. 어느 증인의 말로는 그 개는 주인 생전에 주인의 제자들이 저녁마다 역 앞에서 음식을 사먹여 주어왔다는 것이다. 그러니까 하치공은 그저 음식 받아먹던 버릇을 따라왔을 뿐이라는 것이다. 어느 것이 사실이든, 하치공의 이야기는 개가 죽은 60년 전부터 오늘에 이르기까지 계속 일본인들의 마음에 깊은 감동을 안겨주어 오고 있다.

5년 전에 역시 동경의 한 조그마한 광장에 '기미짱'이라는 동상이 세워졌다. 기미라는 소녀는 세 살 때 생모의 곁을 떠나 어느 미국인

선교사 부부의 양녀가 되었다. 그러나 결핵에 걸린 그녀는 귀국하는 양부모를 따라 미국으로 갈 수가 없게 되었다. 그녀는 결국 교회의 고아원에서 병으로 죽었다. 이 사실을 알게 된 동네 사람들이 돈을 모아 그녀의 동상을 세운 것이다. 그것은 자식을 아끼는 어머니의 마음, 어머니를 그리는 자식의 마음을 아로새기는 한편, 슬픈 인생을 마친 어린이의 명복을 비는 사람들의 선의가 담긴 것이었다.

동상 앞을 지나는 사람들은 어린이까지도 동전들을 그 앞에 놓인 작은 저금통에 넣고 간다. 그 돈은 세계의 불행한 아이들을 위해 유네스코에 보내진다. 그것은 큰 돈이 아니다. 그러나 그 소녀상이 어른과 어린이들의 마음속에 메아리쳐 나가는 감동의 진폭은 헤아릴 수 없이 크다.

미담은 우리에게 삶의 보람을 느끼게 만들어 준다. 미담은 우리가 좌절하고 있을 때 용기를 불어 넣어 준다. 미담은 때로는 우리의 마음을 정화시키고 우리에게 아름다운 꿈을 안겨준다. 그것은 우리의 앞날에 대한 희망을 안겨 주고 올바른 길잡이가 되어주기도 한다. 우리는 보다 밝은 내일을 위해서 나무를 심듯 미담을 심어 나가야 한다. 우리는 되도록 눈을 밝은 곳으로 돌려야 한다.

'판도라의 상자'

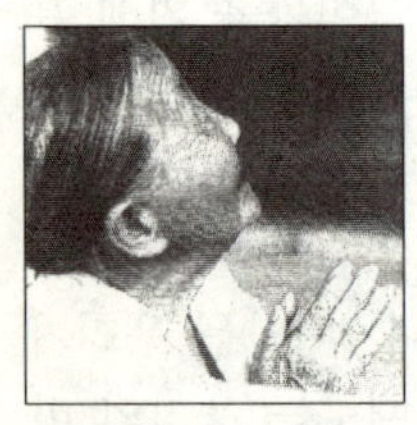

서양에서 가장 오래 팔리고 있는 소설은 마거릿 미첼의 『바람과 함께 사라지다』일 것이다. 그것은 여주인공 스칼렛이 너무나 매력적이기도 하지만, 그 매력의 원인이 어떠한 역경 속에서도 희망을 잃지 않는 꿋꿋한 삶의 자세에 있는 듯하다.

원래 작가가 『바람과 함께 사라지다』를 쓸 때, 그 제목을 '내일에는 내일의 태양이 뜬다'(Tomorrow is Another Day)'라고 붙이려 했었다. 도저히 헤어날 길이 없는 막다른 골목에 이르렀을 때, 스칼렛이 잘 쓰는 말이 "내일에는 내일의 태양이 뜬다"라는 말이었다.

남북전쟁이 일어나자, 그 충격으로 스칼렛 오하라의 아버지는 단번에 노망하여 폐인이 된다. 그녀가 극진히 사랑하던 애슐리는 현실 적응 능력이 전혀 없다. 북군이 언제 쳐들어올지도 모르는데 돈도 먹을 것도 떨어졌다. 그런 속에서도 스칼렛은 "그래도 내일에는 내일의 태양이 뜬다"면서 잠자리에 든다.

이것은 '될대로 되라'는 자포자기나 '어떻게 되겠거니' 하는 안일한 자세에서 나온 말도 아니다. 스칼렛은 인간만이 희망을 가질 수 있으며, 인간이 희망을 잃을 때 삶의 의미를 상실하게 된다는 값진 교훈을 우리에게 알려주고 있다. 그러나 희망처럼 허망한 것은 없다고 여겨질 때가 너무나도 많다. 아득한 옛날부터 그랬다.

희랍의 신화에 '판도라의 상자'라는 게 있다. 여기에는 몇 가지 설(說)이 있다. 제우스가 판도라라는 여자를 만든 다음에 인간을 불행하게 만드는 온갖 화근들을 담은 상자를 선물로 주고 지상으로 내려보냈다. 그리고 절대로 그 뚜껑을 열어보면 안된다고 단단히 일러주었다. 그러나 호기심을 이겨내지 못한 판도라는 몰래 비밀의 상자 뚜껑을 열어 보았다. 그러자 검은 연기와 함께 온갖 재난이며 슬픔의 씨들이 세계 구석구석에 퍼져 나갔다. 겁에 질린 판도라가 황급히 뚜껑을 닫자, 상자 속에는 미처 빠져나가지 못한 '희망'만이 남게 되었다. 이것이 정설(正說)처럼 되어 있다.

판도라의 상자는 인간을 축복하기 위해 제우스가 보낸 선물 상자라는 설도 있다. 여기 따르면, 판도라가 상자 뚜껑을 연 다음부터 희망만이 남고 모든 행복의 씨들이 날아가 버렸다. 이래서 인간은 희망을 가지고 살 수밖에 없다는 것이다. 희망은 도망간 행복들이 언젠가 돌아올지도 모른다는 기대를 갖게 해주기 때문이다.

이 설이 내게는 더 그럴싸하게 들린다. 왜냐 하면 정설을 따른다면 인간에게는 희망조차 없는 것으로 되기 때문이다.

그러나 여기에 또 다른 설이 있다. 판도라가 상자 뚜껑을 다시 닫고 놀란 가슴을 달래고 있는데, 상자 속에서 무엇인가 "나도 풀어 달라" 라고 간절히 애원하는 신음 소리가 들렸다. 하는 수 없이 판도라는 다시 뚜껑을 열어 주었다. 그러자 마지막 남은 희망마저 날아가 버렸다는 것이다. 참으로 절망적인 이야기이다. 그러나 사람에게 가장 큰 힘이 되는 것은 희망이다.

문화혁명 때 여러 해 동안을 갇혀 있다 풀려난 한 중국인의 이야기이다. 하루에 네 갑씩이나 줄담배를 피우는 그에게 어느 날 아들이 그만 피우라는 편지를 써 보냈다. 이를 받아들고 그는 그 자리에서

담배를 끊기로 했다. "내 아들은 나에게 삶의 희망을 안겨주었다. 그런 아들의 청을 어찌 내가 거역하겠느냐." 이게 그의 이유였다.

그가 자기 사무실에서 근무 중에 돌연 체포됐을 때, 그의 아들은 일곱 살이었다. 그는 자기가 왜 체포됐으며, 언제 풀려날 수 있는지, 자기 가족이나 친구들은 어떻게 지내고 있는지 전혀 알지 못한 채로 여러 해 동안을 감옥 속에서 살아야 했다. 잠 못 이루는 기나긴 밤중에 자살을 기도한 적도 한두 번이 아니었다.

그런 그에게 삶의 의욕을 갖게 만든 게 있었다. 눈이 오나 비가 오나 하루도 거르지 않고 새벽이면 어김없이 그는 붉은 연이 하늘을 날으는 것을 감옥 창틈 사이로 보았다. 그 작은 연은 때로는 낮게 날고, 때로는 하늘 높이 날았다. 그 연은 그에게는 희망의 상징 같기만 했다. 그것은 바깥에서 그가 잘 있기를 바라는 사람이 있다는 것을 알려주고 있었다. 그때부터 그는 절망하지 않았다. 그는 어린 아들과 함께 연을 날릴 때 언제나 연 끈을 꽉 쥐고 놓치지 말라고 일렀다. 이제는 그가 삶의 줄을 꽉 쥐고 놓치지 않아야 할 차례였던 것이다.

20년 전에 영국 옵서버 잡지는 인류의 일곱 가지 적(敵)으로 인구 폭발, 식량 부족, 자원 부족, 환경 파괴, 핵 테러리즘, 인간의 손을 벗어 나가는 테크놀러지 그리고 도덕적 퇴폐를 들고 있었다. 지난 95년 봄에 로버트 카플란은 이 일곱 가지에 덧붙여 종족주의로 세계는 붕괴될 수밖에 없다는 종말론을 펴낸 적이 있었다.

우리에게는 정말로 희망이 없는 것일까. "낙관주의자란 도처에서 청신호를 보는 사람이며, 비관주의자는 적신호만 눈에 보이는 사람이다. 진실로 현명한 사람은 색맹이다." 40년 전에 슈바이처 박사가 한 이 말이 무슨 뜻이었는지를 심각히 음미해볼 만하다.

'진실'과 '거짓'의 싸움

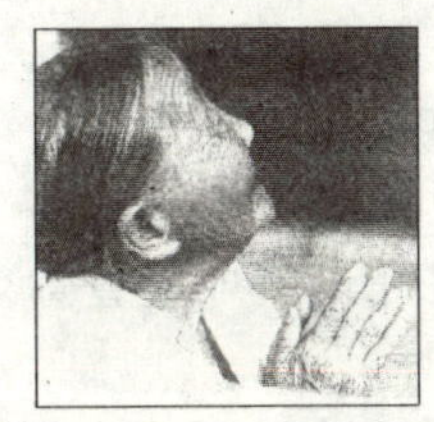

진실이 어디로 둔갑했는지, 우리 주변에서는 통 보이지 않는다. 누가 무슨 말을 해도 좀처럼 믿어지지 않는다. 거짓이 진실의 탈을 쓰고 있는 듯이 보일 때도 많다.

아득한 옛날에 '진실'과 '거짓'과 '불'과 '물'이 함께 여행을 하고 있는데, 가축 무리를 만났다. 그들은 서로 의논한 끝에 가축들을 똑 같이 넷으로 나누어 갖기로 했다. 그러나 욕심 많은 거짓은 좀더 차지하고 싶었다. 꾀를 낸 거짓은 물을 살짝 불러서 속삭였다.

"내 말을 잘 들어라. 불은 너의 물가에 있는 모든 풀이며 나무들을 태워서 가축들이 네 땅에서 도망가게 만들려 한다. 그것은 네 몫의 가축들을 자기가 차지하려는 속셈에서이다. 그러니까 내가 너라면 네가 먼저 불을 꺼 버리겠다."

물은 어리석게도 거짓의 말을 믿고 불을 꺼 버렸다. 그 다음에 거짓은 진실 쪽에 다가와서 다음과 같이 속삭인다.

"저 물이 한 짓 좀 봐. 그처럼 다정했던 불을 죽이고 그 가축들을 차지해 버리지 않았느냐. 우리는 저런 놈과 어울릴 수는 없다. 차라리 우리가 모든 가축을 차지하고 산으로 가자."

고지식한 진실은 거짓의 말을 믿고 그를 따르기로 했다. 둘은 가축들을 몰고 산에 올라갔다. 그것을 보고 물이 둘의 뒤를 쫓았다. 그러나 아무리 발버둥쳐도 물이 산을 올라갈 수는 없었다. 산꼭대기에 오르자 거짓은 진실을 향해 웃었다.

"이 어리석은 사람아, 자넨 나에게 깜박 속았다네. 너는 모든 가축을 내게 주고 내 하인이 되어라. 안 그러면 너를 파멸시킬 것이다."

드디어 둘은 사생결단으로 싸웠다. 그러나 좀처럼 결판이 나지 않았다. 싸움에 지친 둘은 '바람'에게 심판자가 되어 달라고 부탁했다. 바람은 둘의 주장을 다 듣고 난 다음에 말했다.

"내게는 너희들의 싸움의 심판자가 될 자격이 없다. 너희들은 영원히 싸울 수밖에 없다. 진실이 이길 때도 있겠지만 한때도 마음을 놓아서는 안된다. 왜냐 하면 거짓은 잠시 지는 듯하다가도 언제 진실을 질식시킬지도 모른다."

이래서 진실과 거짓은 지금까지도 싸우고 있다. 이것은 에티오피아와 동아프리카에서 전해지는 민화이다. 희랍에서는 또 이런 민화가 있다. 옛날에 진실과 거짓이 길에서 만났다. 거짓이 보니까 진실의 몰골이 여간 초라하지가 않았다. 딱하게 여긴 거짓이 그 영문을 물었다. 진실이 한숨쉬며 대답했다.

"요샌 아무도 나를 거들떠보지도 않는다. 어디를 가나 사람들은 나를 희롱하거나 깔보거나 하니 살맛이 없다."

"자네가 너무 고지식한 게 탈이라네. 자네도 처세만 잘하면 얼마든지 나처럼 잘 입고 잘 먹을 수 있게 된다네. 그러니 나를 따라와 보라구. 다만 내가 무엇을 하든 입을 꼭 다물고 보고만 있어야 해."

그러겠다고 약속한 진실은 거짓을 따라가기로 했다. 너무나도 배가 고픈 진실은 거짓을 믿고 따를 수밖에 없었던 것이다. 마을에 들어간 거짓은 진실을 가장 고급스러운 식당의 그것도 제일 상석에 끌고 갔다. 거짓은 급사를 부르더니 "너희 집에서 제일 가는 음식과 제일 좋은 술을 가져 오라" 고 주문했다. 둘은 몇 시간 마시고 먹고 했다. 배가 부르자 거짓은 지배인을 찾았다. 황급히 달려온 지배인에게 거짓은 이렇게 호령했다. "무슨 놈의 식당이 이 모양이냐. 급사에게 금덩이를 하나 준 지 벌써 한 시간이 넘었는데도 거스름돈을 안 가져온다!" 지배인은 급사를 불러왔다. 급사는 자기는 이 손님으로부터 돈 한푼 받은 게 없다고 항변했다. 거짓은 식당 안의 모든 손님들이 들으라고 큰소리를 질렀다.

"뭐라고? 음식 먹으러 들어온 선량한 손님한테서 돈을 가로채다니 이런 못된 도적놈이 있나! 다시는 이런 못된 곳에 들어오지 않겠다. 자, 금덩이를 다시 줄 테니 이번에는 제대로 거스름돈을 다오."

그러나 식당의 소문이 나빠질까 두려워한 지배인은 그 돈을 받기를 거절하였다. 그리고는 거짓이 당초에 줬다고 주장하는 돈의 거스름돈까지 거짓에게 주고, 급사를 불러서 못된 놈이라며 파면시켰다. 급사는 "진실이여, 당신은 어디에 숨어 있단 말입니까. 당신은 착하게 일하는 백성을 버리셨는가요" 하며 탄식했다. 진실은 혼자 중얼거렸다. "나는 여기 있단다. 그저 내 판단력이 허기에 굴복한 데다가 거짓과의 약속 때문에 아무 말도 할 수가 없단다."

거짓은 식당 밖으로 나오자마자 진실의 등을 두드리며 껄껄 웃었다. "세상을 어떻게 살아야 하는지 자네도 이제는 잘 알았겠지." 그제야 정신이 든 진실은 "너처럼 못되게 살아가느니 차라리 굶어 죽겠다" 라고 내뱉으며 거짓 곁을 떠났다. 이때부터 진실과 거짓은 제각기 다른 길을 걷게 되었다는 것이다.

우리 나라에서의 이야기는 여기서 끝나지 않는다. 워낙 허약한 진실은 오랜 나그네길에 지쳐 쓰러졌다. 그것을 보고 거짓이 달려와서 진실을 등에 업고 걷기 시작했다. 그래서 진실은 그 후부터 거짓에 업혀 다닐 수밖에 없게 되었다는 것이다.

네마당 • **한국을 이야기한다면**

한 목소리를 내는 사람이 많을수록 정의와 진실에 가깝다고
착각하는 데 우리의 불행은 시작된다

우리는 지금 몇시인가

미국의 미래학자인 데이비드 굿만은 조지 오웰이 1948년에 쓴 소설『1984』에서 예언한 것 중 얼마나 들어맞았는가를 72년에 검토한 적이 있다. 이때에는 오웰의 예언 1백37가지 중에서 80가지가 실현되었다. 6년 후인 78년에 그는 다시 비교해 봤다. 그랬더니 오웰의 예언 중에서 실현된 것은 1백 가지가 넘었다. 그 중에서 중요한 것들만을 대충 추려 본다면, 싱크탱크, 우주 군사위성, 핵무기의 소형화, 세균 무기, 데이터뱅크 시스템, 감시용 텔레비전, 경찰용 헬리콥터, 대형 텔레비전 스크린….

데이비드 굿만 박사는 1948년에는 이와 같은 비교를 하지 않았다. 그러나 다른 사람들이 비교 연구를 한 결과, 적어도 80퍼센트 이상은 오웰의 예언이 들어맞은 것으로 나타났다. 그는 누구보다도 놀랍도록 40년 후인 미래 세계를 내다볼 수 있는 날카로운 투시력을 가지고 있었다. 물론 그가 두려워했던 전체주의에 대한 위협은 이제는 없다. 그 대신 '빅 브라더'의 세계에 버금가는 관리사회의 위협은 날로 늘어만 가고 있다. 이 점에 있어서도 오웰의 예언은 적중하고 있다고 볼 수밖에 없다.

그러나 그처럼 뛰어난 투시력에도 불구하고 오웰이 꿈에도 예상하지 못했던 것이 '아시아의 등장'이다. 몇 년 전, 싱가포르의 공보장관이 앞으로 25년 후면 동아시아의 GNP가 온 유럽을 합친 것보다도 많아지고 미국의 두 배가 될 것이라고 자랑스레 예측한 적이 있었다. "앞으로 전개될 동아시아의 르네상스는 온 세계의 문화를 바꿔 놓을 것이다"

같은 아시아인으로서 이처럼 고무적인 말은 없다. 지금 아시아의 인구는 미국의 10배가 넘고 유럽의 6배가 넘는다. 이것만으로도 아시아는 유럽에 대한 엄청난 위협이 된다. 실제로 최근 아시아 각국을 두루 돌아보고 온 사람들의 이야기를 들어보면 아시아의 시계 바늘은 미국이나 유럽의 시계보다 두 배나 빠르게 움직이고 있는 것만 같다. 사람들의 심장은 또 세 배나 빠르게 고동치는 것도 같다. 그만큼 신들려 있다는 것이다.

우리도 한 때 그들과 같은 적이 있었다. 우리가 잘 살기 위해 희생해 온 것도 많았다. 그런 동안 우리는 무엇이 잘 사는 것인지를 모르게 되었다. 분명 배고플 때에는 밥이 모든 것에 우선한다. 그러나 배만 부르다고 해서 사람이 행복해지는 것은 아니다.

지금 한국인에게는 여러 개의 시계가 있다. 그리고 그 시계 바늘들은 모두 다르다. 학회에 발표되는 학자들의 연구 논문은 1천5백편밖에 안된다. 그것은 대만, 중국에도 뒤진다. 6만 편이나 되는 일본에 비기면 어림도 없다. 이런 대학의 시계는 적어도 10년은 뒤져 있다. 문화의 시계 바늘은 이보다 더 뒤지고 있다.

공중도덕의 시계 바늘은? 어느 관광호텔 커피숍에서 본 광경이다. 그것은 젊은 부인네들끼리의 계모임인 듯했다. 옆 자리에서 방약무인한 그들의 모습을 보며 참다못한 외국인들이 호텔 종업원에게 자기네 자리를 옮겨달라고 항의했다. 그때의 우리 시계는 분명 20년 전으로 되돌아가고 있었다.

춘원의 '민족개조론' 그후

"첫째, 조선인끼리 서로 신용이 없습니다. 외국인은 신용하면서도 자국인은 신용치 못하는 기현상이 있습니다. … 또 만인의 신망을 한 몸에 받았다 할 만한 인물이 없고, 모두 의심을 받는 자들뿐이외다.… 또 … 금전으로나 인물로나 아무 실력도 없으면서도 무슨 큰 실력이나 있는 듯이 허장성세를 합니다. 심한 자는 표면에 드러낸 목적과 이면의 진짜 동기가 판이할 수도 있습니다."

지금으로부터 75년 전, 1922년에 춘원 이광수(李光洙)는 이렇게 한국인의 타락한 품성을 개탄하면서 「민족개조론」을 써냈다.

이광수가 본 옛 한국인은 예의를 알았다. 그것은 "규율에 복종하여 질서를 지키는 것이외다. 규율 밑에는 극히 순복(順服)한다는 뜻이외다." 그러나 지금의 한국인은 그렇지 않다는 것이다. 한국인은 또 염결(廉潔)했다. "정승으로서 객줏집 한 방을 빌려서 유숙한 이가 있고, 결코 남을 위하여 무슨 일을 할 때에 물질적 보수를 논하지 아니하였습니다. 금전을 탐하는 것은 조선인의 가장 천히 여기던 바이외다." 그러나 지금은 돈이 있는가 없는가 하는 것으로 인물을 평가할 만큼 천박해졌다는 것이다. 한 민족의 흥망은 사람들의 도덕성이며 품성과 직결된다는 이광수의 판단은 전혀 틀리지 않는다.

고대 희랍을 흥하게 만든 것은 희랍 사람들의 진취의 기상과 협동과 견실한 시민정신이었다. 미국의 로마사(史)학자 프랑크에 의하면, 로마제국의 뒷받침이 된 것은 기율(紀律)과 절제(節制)의 정신이었다. 7세기에 베니스를 융성하게 만든 것은 지배층의 근면과 검소, 그리고 자제(自制)의 정신이었다고 영국의 피터 버크 박사는 말한다.

이광수가 보기에는 당시의 한국인에게는 이러한 미덕들이 없었다. "불행히 현대의 조선인은 … 허위되고 공상과 공론만 즐겨 나태하고 서로 신의와 충성이 없고, 임사(臨事)에 용기가 없고, 이기적이어서 사회 봉사심과 단결력이 없고…."

이광수가 살고 있던 시대의 한국 사회는 이만저만 허위에 가득 차 있지 않았다. 믿을 만한 계층도 없었다. 지도층은 거의 모두가 '요행을 바라는 투기 사업이나 협잡이나 사기나 구걸이나 또는 도적'에 흐르기 쉬웠다. 지식계급도 예외는 아니었다. 그의 눈에 비친 "지식계급이란 자들의 행동을 보면 … 누워서 복숭아 떨어지기를 기다리는 부랑자적 인물이 많지 아니합니까."

신의가 없고 양심이 없기로는 상인이 특히 심했다. 그 예를 이광수는 중국의 '말똥'을 '청심환'이라 속여 팔고, 10원 짜리 홍삼을 1백원 짜리라 속여 팔고, 비인도적인 아편 장사로 폭리를 탐하는 한국 상인들에게서 찾았다.

아이러니컬하게도 이렇게 신랄하게 한국인의 추악한 면을 들춰냈던 이광수는 그후 민족 반역자로 몰리는 변절을 했다. 『민족개조론』이 발표된 직후에도 그는 엄청난 비판의 화살을 받아야 했다. 그러나 이게 당시 한국인의 숨김없는 모습의 한 면이었음에는 틀림이 없다.

그로부터 75년. 이제 우리는 나라를 되찾고, 가난에서도 벗어나고, 민주사회의 기틀도 어느 만큼 잡았다고 자부한다. 그러나 과연 우리는 75년 전에 이광수가 보여준 한국인에서 얼마나 달라졌는가? 분명 이제는 뒷짐지고 여덟 팔자로 걷는 한국인은 없다. 달라진 것은 이것뿐이다. 우리는 75년 전보다도 더 질서를 모르고 절제를 잃고 겸소하지도 않고 진실하지도 않은 한국인이 되고 있다.

이광수가 한국 민족이 망할 수밖에 없는 이유를 10가지 들었다면 지금의 우리는 얼마든지 더 많은 이유를 들 수가 있다. 반면에 한국이 21세기에 또다시 비약하리라고 기대할 수 있는 이유는 지금 이 시점에서는 발견하기가 어렵다. 적어도 우리의 자손이 우리보다 더 훌륭한 한국인이 되기를 기대할 수 있는 조건을 오늘의 한국은 별로 갖고 있지 못하다.

『논어』에 이런 이야기가 나온다.

공자가 홀로 뜰 안에 서 있었다. 때마침 아들 백어(伯魚)가 허리를 굽히고 그 앞을 지나려 했다. 아들을 부르며 공자가 물었다.

"시를 배우고 있느냐?"

"아직 못하고 있습니다."

"시를 배워야 어휘가 풍부해진다."

이 말을 들은 다음부터 백어는 시 공부를 열심히 했다. 얼마 후에 또 공자가 뜰 안에 혼자 서 있는데 앞을 지나가는 아들을 보고 불러 세웠다.

"'예(禮)를 배우고 있느냐?'"

"아직 못하고 있습니다."

"예를 배워두지 않으면 사회에 나가서 곤란을 겪는다."

이후부터 백어는 예에 대한 공부에 전념했다. 이래서 가정교육을 '정훈(庭訓)'이라 한다. 공자는 아들을 매일같이 앉혀 놓고 일일이 가르칠 필요가 없었다. 아들을 둘러싼 집안의 분위기만으로도 충분한 교육이 되는 것이다.

사람을 교육시키고 영향을 주는 것은 가정만이 아니다. 사회 전체가 하나의 학교라고 봐야 한다. 그런 뜻에서 오늘의 '정훈'은 가정에서 끝나지 않는다. 가정에서 시작된 교육을 완결시켜 주는 것이 사회이다. 만약에 가정에서의 교육이 충실하고 철저했다면, 또 공자 같은 어버이가 선생이 된다면 가정 밖에서 웬만큼 병균에 감염된다 해도 병들지는 않는다.

그러나 오늘의 어린이들에게 있어 가정은 교육의 장소가 아니다. 그리고 이들에게 매일같이 사회가 보여주고 있는 것은 부정과 허위와 범죄와 퇴폐뿐이다. 우리의 내일에 대하여 기대를 걸 수 있는 조짐은 아무데도 없는 것이다. 그럼에도 불구하고 우리는 수출이 줄었다, 국민소득이 올랐다 하며 눈에 보이는 경제통계에만 매달리고 있다.

한 나라나 민족에는 운명을 좌우하는 절호의 기회가 있다. 이것을 슈테판 츠바이크는 '별의 시점'이라 표현했다. 우리는 이 기회를 어이없이 놓쳐 가고 있다. 이렇게 볼 수밖에 없는 오늘의 딱한 한국인들이다.

우리를 두렵게 하는 것들

예전에 시골에서 새로 나는 길을 '신작로'라 불렀다. 그 길은 꾸부러진 언덕을 오르내리는 비좁은 예전 길과는 달랐다. 그것은 지평선을 향해 마냥 곧게 뻗어 있는 큰길이었다. 1930년대의 한국의 시인과 소설가들은 신작로를 따라 무너져 가는 한 시대의 장송곡을 불렀다. 다시는 돌아갈 수 없는, 잃어져 가는 고향에의 향수를 노래하기도 했다. 그러나 대부분의 사람들에게 있어 그것은 서울에의 끝없는 동경과 내일에의 희망과 꿈을 담은 무지개 길이었다.

우리는 지금 21세기를 향한 신작로를 걷고 있는 것이나 같다. 그 신작로 끝에 마냥 번영과 행복이 가득 차 있는 것처럼 경제학자와 과학자들은 노랫가락에 맞춰 뒤도 돌아보지 않고 앞으로 달리고 있다.

온 세계에 8백만 부나 팔린 『메가트렌드』의 저자 존 네스빗은 지난 90년 초에 이렇게 말했다. "아득한 옛날부터 인류의 황금 시대를 상징하는 것으로 여겨 온 1천 년의 매듭을 앞두고 지금 유토피아를 지상에 만들어 낼 수 있는 기술과 능력을 인류는 갖고 있다" 라고. 그에 따르면 90년대에 우수한 기술 혁신이 연이어 일어나고, 정치 개혁이 진행되고 문화가 부활할 것이다.

지구를 파괴시키고 있는 온실효과도, 인구폭발 문제도 잘 하면 모면할 수 있을지 모른다. 식량 위기도 합성고기며 인조식품으로 극복할 수 있을지 모른다. 프린스턴 대학의 G. K. 오닐 박사는 2000년 초에는 지구와 달과 태양의 중력이 균형을 이루는 공간에 1백만 명을 수용할 수 있는 우주 식민섬을 설계하고 있다. 유전자공학에서는 머리 좋고 건강하고 용모 반듯한, 그리고 바람직한 성격의 복제 인간의 '생산'도 가능하다고 보고 있다. 벌써 6년 전부터 미국의 공군은 시속 1만 7천 마일, 그러니까 음속의 25배나 빠른 항공기 개발을 서두르고 있다.

경제적인 전망도 밝기만 하다. 비즈니스 위크 잡지는 지난 95년 말에 '21세기 자본주의'라는 특집 기사에서 "물질적 풍족은 수백만의 인구를 빈곤으로부터 벗어나게 하고, 많은 사람이 처음으로 피아트 차며 도요타 차는 물론이요, 애플 컴퓨터와 파나소닉 VCR을 살 수 있게 할 것이다. 자본주의는 우리가 놀랄 만큼 창의력을 발휘할 것이다. 이미 자본주의의 에너지는 새 시대의 개막을 마련해 주고 온 세계의 생활 수준을 향상시키고 대부분의 인류에게 보다 나은, 보다 풍요한 삶에의 기회를 제공할 것이다" 라고 했다.

이런 낙관론은 물질에만 한정되지 않는다. 네스빗은 서기 2000년을 앞두고 예술의 르네상스도 있을 것이라고 장담한다. 그런 낙관주의의 근거로, 그는 일본에서도 지난 30년 동안에 2백 개가 넘는 미술관이 건설되었고, 영국에서는 18일에 하나 꼴로 새 미술관이 생겨났다는 사실을 들고 있다. 그러나 미술관의 수적 증가가 반드시 예술의 질적 변화를 초래하지는 않는다.

물론 낙관주의자들만 있는 것은 아니다. 20세기는 서양의 발명품이다. 그 발명품의 효력도 이제 한계에 이르지 않았느냐 하는 회의를 느끼는 사상가들도 적지 않다. 개인의 욕망에 따라 발달시켜 온 문명이 이제 중병에 걸렸다고 경고하는 지성도 없지는 않다.

그러나 우리 나라에서는 그런 회의론이 전혀 들리지 않는다. 모두가 이른바 '세계화'라는 신작로를 달리는 데만 열중하고 있는 것이다. 우리는 돈만 있으면 얼마든지 행복을 살 수 있다고 여기고 있는 듯이 보일 때가 많다. 그리하여 누가 뭐라도 우선 잘 살고 볼일이라고 여기고 있다.

우리의 GNP는 3백 달러에도 미치지 못했던 50년대에 비겨 30배 가까이 늘어났다. 그러나 우리가 그만큼 잘 살게 됐을까. 우리는 어떻게 해야 잘 살게 되는가에 머리를 쓰기 이전에 무엇이 잘사는 것인지를 따져야만 했다. 우리는 그러지를 않았다. 더욱 불행한 것은 우리가 우리의 자손을 위해 고생을 참고 돈을 번다면서 우리 후손이 그 돈을 어떻게 쓸 것인지에 대해서는 조금도 걱정하지 않고 있다는 사실이다. 어쩌면 우리는 우리 자손들에게 행복을 살 수 있는 돈 대신에 자기 파괴의 독약을 만들어주고 있는지도 모르는 것이다. 무엇보다도 우리는 돈이 우리의 아들, 딸을 어떻게 바꿔놓고 있는지 전혀 개의치 않고 있다.

우리는 산을 깎고 한 마을을 두 동강으로 만들면서 고속도로를 여기저기 건설해 나갔다. 그러면서 고속도로가 생태학적으로 어떤 영향을 주겠으며, 마을 사람의 의식구조를 어떻게 바꿔 나갈 것인지에 대해서는 누구 하나 검토해 보지 않았다.

우리 나라에는 지금 헤아릴 수 없을 만큼 정치문제 연구소도 많고 경제 연구소도 많다. 사회라는 이름이 붙은 연구소도 적지 않다. 그러나 인간관계 연구소는 거의 찾아보기 어렵다. 60년 전에 올더스 헉슬리가 경고한 '대단한 신세계'를 닮아 가고 있는지도 모르고 말이다.

어찌 처세술뿐이랴

이솝의 우화에 이런 게 있다. 새들과 짐승들 사이에 바야흐로 전쟁이 일어나려 하고 있었다. 박쥐는 그 어느 쪽인가 편을 들지 않으면 안되었다. 새들이 자기네 편에 들어오라고 요청하자, 박쥐는 "나는 짐승인데 어떻게 너희들 편이 될 수 있겠느냐"면서 사양했다. 이번에는 또 짐승들이 자기네 편에 들라고 권유해 왔다. 그러자 박쥐는 "나는 새에 속하느니만큼 그럴 수는 없다"면서 도망쳤다. 요행히 평화협상이 성립되어 전쟁을 모면하게 되었다.

새들과 짐승들은 제각기 축하 잔치를 벌이기로 했다. 박쥐는 새들의 축하 파티에 참석하려 했다. 그러나 새들은 그를 반기지 않았다. 박쥐는 이번에는 짐승들 잔치에 한몫 끼여 보려 했다. 그러나 그를 맞은 짐승들의 표정은 더욱 험악했다. 당장에라도 무슨 봉변을 당할까 겁이 난 박쥐는 황급히 그 자리를 벗어나야 했다.

어떤 어려운 고비에서도 눈치껏 또는 꾀를 부리면서 살아남을 수가 있다. 그러나 그저 살아남기만 한다고 좋은 것은 아니다. 사람들로부터 뒷손가락질을 받아가면서 살아남는다고 무슨 가치가 있느냐고 이솝은 약삭빠른 기회주의자들을 나무라고 있다.

그러나 세상살이란 그렇게 단순하지도 않고 만만하지도 않다. 깨끗하게 떳떳하게 산다는 것은 사람의 당연한 도리임에는 틀림없다. 그러나 그런 도리를 지키기 위해 치러야 할 희생이 너무나도 클 때가 있다. 또 어떤 희생을 치러서라도 자기 도리를 지킬 수 있을 만큼 사람이 강한 것도 아니다. 이솝 자신은 노예로 팔려갈 때부터 살아남기 위해 온갖 꾀를 부려 나가야 했다. 조금이라도 고통을 덜기 위해 비굴하게 아첨도 떨어야 했다. 이런 쓰라린 경험을 통해 얼마나 처세가 중요한가를 뼈저리게 느꼈을 것이다. 그래서 이솝은 우화를 남기고 있다.

박쥐가 하늘을 날다가 땅바닥에 떨어져서 고슴도치에게 잡혔다. 고슴도치가 잡아먹으려 하자, 박쥐가 손이야 발이야 해가며 살려달라고 애원했다. 고슴도치가 말하기를 "우리는 새를 원수로 여기고 있으니까 너를 살려줄 수는 없다." 그러자 박쥐가 "저는 새가 아니라 쥐입니다" 라고 발뺌을 하여 용케 목숨을 건졌다. 그런지 얼마 후에 또 다시 땅위에 떨어졌다. 이번에는 또 다른 고슴도치에게 잡혔는데 그 고슴도치는 "나는 쥐를 제일 싫어한다" 라고 말했다. 그러자 박쥐는 "저는 쥐가 아니라 새입니다" 라고 말해서 간신히 살아났다.

사람이 살아남으려면 별별 꾀를 다 부려야 한다. 때로는 속임수도 써야 하고 아첨도 떨어야 한다. 그런 것은 모두 살아남기 위한 지혜이다. '사람은 어떻게든 살고 볼일이다. 죽고 나면 명예든 정의든 소용이 없다.' 이렇게 이솝은 말하고 있는 듯이 보인다.

독립 유공자들의 후손 중에는 너무나도 가난해서 제대로 학교 교육도 받지 못하여 사회의 밑바닥 인생살이를 할 수밖에 없었던 사람들도 많았다. 그들이 볼 때 지금 온갖 영화를 누리고 있는 사람들 중에는 일제 시대에 친일파로 행세하던 사람들의 후손들도 많을 것이다. 더욱 그들을 한스럽게 만들고 있는 것은 이런 친일파의 후손들이 자기네 아버지나 할아버지들을 조금도 부끄러워하지 않고 있다는 사실이다. 오히려 처세를 잘한 조상이 고맙기만 할 것이다. 광복 50년의 역사가 그런 세상으로 만들어 놓은 것이다.

우리는 하기 좋은 말로 사필귀정(事必歸正)이라고 한다. 옳은 일을 하는 사람, 올바르게 사는 사람이 잘 살아야 한다. 당연한 말이지만 어디까지나 그것은 우리들의 희망에 지나지 않는다.

일제 시대의 친일파는 해방과 함께 재빨리 친미파로 변신하고 톡톡히 새 시대의 단물을 빨았다. 그리고 그들의 대부분은 어느 사이인가 민주주의자가 되어 자유당 시대의 실세가 되기도 했다. 5·16이 일어난 다음에도 그들 중 많은 사람은 재빠른 변신으로 군사정권의 핵심부에 접근할 수 있었다. 그들은 5공 시대로 세상이 바뀌어도, 다시 6공 시대로 달라져도 그때마다 능숙하게 권력행 기차를 갈아탔다. 그들은 분명 비열한 기회주의자이다. 그러나 그들을 비웃는 사람보다는 그들을 부러워하는 사람이 더 많다. 그들 자신 역시 조금도 부끄러워하기는 커녕 오히려 당당하기만 하다.

지금은 무엇이 잘 사는 것(올바르게 사는 것)인가 하는 문제보다 어떻게 해야(홍청망청) 잘 살게 되는가 하는 문제를 더 중요하게 여기는 세상이 되었다. 과거에 무엇을 했으며 어떻게 살아왔느냐 하는 것보다 지금 무엇을 하고 있으며 얼마나 잘 살고 있느냐 하는 것이 보다 중요한 판단의 기준이 되고 있는 세상이다. 우리는 오늘 어떤 부정한 수단으로 축재를 했으며, 얼마나 비굴하고 추악한 방법으로 출세했는가를 따지지 않는다. 우리는 그저 잘 사느냐 못사느냐는 것만 따진다.

지난 반세기 동안에 우리 나라는 엄청나게 달라졌다. 사람도 엄청나게 달라졌다. 좋게 달라졌다고만 보기는 어렵다. 그리고 50년에 걸쳐 삐뚤어져 나간 우리의 처세술을 바로잡으려면 또다시 50년은 걸릴까 염려된다.

대한제국 최후의 날을 아십니까

1910년 8월 22일은 늦더위가 기승을 부리고 있었다. 이날 오후 1시 창덕궁 대조전의 흥복헌에서 순종이 대신들과 함께 어전회의를 열었다. 그것은 그의 마지막 어전회의였다. 한참 동안 더위에 눌린 듯 침묵이 흐른 다음, 순종은 다음과 같은 조칙(詔勅)을 떨리는 목소리로 읽었다.

"짐은 동양의 평화를 공고히 하기 위해 한-일 양국의 친밀한 관계로써 서로 합하여 일가가 됨은 서로 만세(萬世)의 행복을 도모하는 소이로 생각하고, 이에 한국의 통치를 통틀어 짐이 매우 신뢰하는 대일본국 황제 폐하에게 양도할 것을 결정하였다 …."

이어 순종은 전권을 내각 총리대신 이완용에게 일임할 테니 통감 데라우치를 만나도록 하라고 일렀다. 그런 동안 대신들은 아무말 없이 고개만 숙이고 있었다. 궁중에서 물러난 이완용은 오후 4시에 데라우치 통감을 만나서 다음과 같은 조약문서에 조인했다.

"제1조, 한국 황제 폐하는 한국 정부에 관한 모든 통치권을 완전, 그리고 영구히 일본국 황제 폐하에게 양여한다. 제2조, 일본국 황제 폐하는 전조(前條)에 게재한 양여를 수락하고 또 전 한국을 일본제국에 병합함을 승낙한다 …."

대한제국의 마지막 날은 이처럼 어이없이 저물어 갔다. 그러나 나라가 망한 것은 이 때가 아니다. 1907년의 정미 신조약으로 사법권과 행정 인사권을 넘겨줬을 때 우리는 이미 국권을 상실하고 있었다. 더 정확히는 1905년 11월의 을사 '보호'조약을 맺기 훨씬 이전부터 나라는 완전히 결단나고 있었다. 우리는 망국의 모든 책임이 마치 이완용을 비롯한 이른바 매국의 오적(五賊)에게만 있는 듯이 말한다. 그러나 그들의 매국이 분명하다면 그들을 대신으로 만든 임명권자의 책임 또한 왜 묻지 않는 것일까?

1884년 겨울에 서울에 와서 고종을 처음으로 가까이 본 미국인 퍼시발 로웰은 이렇게 그의 인상을 묘사했었다. "그의 얼굴은 뛰어나게 부드러워 보였다. 그것은 첫눈에 호감을 갖게 하는 그런 얼굴이었다." 한마디로 사람은 좋지만 매우 유약하고 우유부단한 인물 같았다는 것이다. 황태자 시절의 순종에 대해서는 또 이렇게 말했다. "그가 나를 접견했을 때, 두 대신이 그의 양옆에 서 있었다. 그리고는 그가 무슨 말을 하려 할 때마다 대신들이 허리를 굽히고 그의 귀에 무슨 말을 해야 하는가를 속삭여주곤 했다. 그러면 그는 동상처럼 무표정하게 서 있다가 앳된 목소리로 대신들이 속삭여주는 말을 그대로 따라 외우는 것이었다."

이런 어린 황태자도 그때 20대의 황제 폐하가 되었다. 조금이라도 기골이 있었다면 마지막 몸부림이라도 칠 수는 있었다. 그런데도 대부분의 역사책은 '순진하고 무기력한' 순종이 매국의 대신들에게 놀아났다고만 적고 있다. 그 뒤에는 비록 퇴위한 다음이라 해도 고종이 있었다. 그러나 '태황제'라는 어마어마한 칭호를 갖고 있던 고종도 "합병은 천명(天命)이다. 지금은 어떻게도 할 수가 없도다"며 탄식만 하고 있었다.

물론 고종으로서는 별 수 없는 일이기는 했다. 그러나 만약에 반세기 가까이 왕위에 있던 그가 좀더 영특한 임금이었다면 나라의 운명은 얼마든지 달라질 수도 있었을 것이다. 보호조약 체결이 막바지에 이르렀을 때에도 기진한 고종은 그냥 궁내부 대신 이재극에게 "정부 대신들과 잘 협의하라"고 분부했을 뿐이었다. 또 이완용이나 두 임금 모두가 합병에 따르는 왕실의 예우 문제니 친일 고관대작들의 처우에 대해서만 일본측과 흥정을 했을 뿐 만백성의 운명을 걱정하는 말은 없었다.

우리의 불행은 이완용과 같은 매국의 대신들을 가지고 있었던 데 국한되지 않는다. 고종, 순종과 같은 무능한 최고권력자를 모셔야 했다는 것이 우리의 다시없는 불행이었다. 민영환으로 하여금 자결케 만든 것도 '충언(忠言)이 무익(無益)'하며 '상소(上疏)가 불용(不容)'이라는 절망감이었다. 그리하여 그는 직접 국민 앞으로 유서를 썼던 것이다. 그것은 미처 잠에서 깨어나지 못한 국민에 대한 채찍이기도 했다. 최린(崔麟)의 일기를 보면, 대한제국이 사라진다고 공표된 날에도 종로의 상인들은 다른 날과 다름없이 문을 열고 장사를 하고 있었다.

우리는 목숨을 걸고 나라를 지키겠다며 일제와 싸운 열사, 투사들을 자랑으로 여긴다. 그러나 친일파는 이들보다 몇 곱 더 많았다. 대한제국 군대가 해산됐을 당시의 군대란 군악대 2백 명을 합쳐서 서울에 5천 명, 지방에 2천 명 정도밖에 되지 않았다. 그나마 몇 달씩 급료를 받지도 못하고 총탄이며 화약도 없었다. 그것은 자주독립할 수 있는 나라의 군대가 아니었다. 이처럼 우리가 너무나도 만만했으니까 일본이 감히 남의 나라를 제멋대로 삼켜 먹겠다는 야욕을 가질 수 있었다.

통치자의 뛰어난 지도력과 드높은 국민의식, 그리고 강대한 국력이란 나라를 지탱하는 세 개의 기둥이다. 그 세 개 중 어느 하나도 없던 대한제국의 운명에서 우리는 배우는 것이 있어야 한다.

그래도 지구는 돈다

사회 구석구석이 돈의 독(毒)에 썩어 있다. 그리고 누구나 범죄적인 생활을 하지 않으면 잘 살 수 없는 것같이 보인다. 매일같이 신문만 펴 보면 이런 생각이 들지 않을 수 없다. 혹 너무 언론이 사회의 어두운 면만을 들춰내고 밝은 면은 돌보지 않고 있는 게 아닌가 하는 생각이 들기도 한다.

열 사람이 모로 가는데 한 사람만이 가로 가겠다면 그 한 사람이 잘못되어 있다고 여긴다. 그러면 그도 열 사람을 따라 모로 가지 않을 수 없게 된다. 모든 사람이 범죄적으로 보일 때에는 고지식하게 살겠다는 자기만이 어리석게 보이는 것이다.

그러나 과연 우리 사회가 구제받을 수 없을 만큼 썩어 있는 것일까? 눈 감아주는 값을 따지고, 인사값을 바라고, 도장값을 챙기고, 인주값 달라고 손 내미는 공무원들이 너무나도 많기에 우리는 구조적 부패를 말하게 된다. 그리고 이들이 우리들로부터 살맛을 잃게 만드는 것도 사실이다. 그러나 우리는 한 부정공무원 뒤에는 열 명의 고지식하고 깨끗한 공무원들이 있다는 사실로부터 눈을 돌려서는 안 된다.

강남이며 신촌 등에서 이른바 '오렌지족'들이 판을 치고 이들의 고급 승용차에 홀려서 아무 거리낌없이 하룻밤의 향락을 즐기겠다는 어린 여성들이 놀랍도록 많은 것이 사실일지도 모른다. 그리고 이들이 오늘의 퇴폐적이며 현실주의적인 물질문화의 한 단면을 반영하고 있는 것도 어쩔 수 없는 사실이다. 그러나 보다 더 엄연한 것은 이런 '오렌지족'이며 '낑깡족' 또는 '귤족'들을 합친 것보다 몇십 곱 더 많은 젊은이들이 성실하게 살아가고 있다는 사실이다.

우리의 주변에는 그저 돈이 많다는 사실, 단순히 그 하나 때문에 오만하게 특권층 행세를 하는 사람들이 많다. 그들은 땀 하나 흘리지 않고도 대학생 아들에게 외제 스포츠카를 사줄 수 있으며, 그러면서도 보통 근로소득자들 만큼의 세금도 물지 않는다는 것도 사실이다. 그러나 이들보다 몇만 배 더 많은 아버지들은 새 학기 때마다 등록금 걱정을 해야 하고, 호빵 한 개를 받아들고 고마워하는 어린 아들의 모습을 보며 흐뭇해하고 있는 것이다.

그렇다. 우리의 주변에는 아들을 부정입학시키기 위해 현금 몇억원을 선뜻 내놓을 수 있는 가정주부도 있고, 몇천만 원의 떡값을 기대하는 고급 공무원도 있을 수 있고, 부정시험의 브로커로 전락하는 대학교수도 있을 수 있다. 이들에 못지 않게 우리가 알게 모르게 미담을 뿌려 나가는 착하고 자랑스러운 주인공들도 많다.

우리가 잊어서는 안될 가장 중요한 사실이 있다. 그것은 미담이나 범죄의 주인공이 되어 신문의 사회면을 장식하지 않는, 지극히 평범한 생활을 하는 사람들이 우리 나라의 대부분을 차지하고 있다는 사실이다. 이들은 미담을 들으며 감동하고, 못된 사람 이야기를 들으면서 분노한다. 이들이 바로 우리 사회의 밑거름이요 기둥이다.

정부에 대한 이들의 기대는 지극히 소박하다. 그들은 그저 과외공부를 마치고 밤늦게 돌아오는 딸에 대해 걱정을 하지 않아도 되고, 가난하다고 해서 아들이 학교에서 풀 죽지 않을 수 있고, 그리고 열심히 일하면 남의 눈치 보지 않고 편히 살 수 있게만 되기를 바란다.

좀더 욕심을 부린다면, 못된 사람이 발붙일 수 없는 건강하고 명랑한 사회가 되기를 바랄 뿐이다.

우리는 요즘 손쉽게 '구조적 부패'라는 말을 쓴다. 만약에 정말로 우리 나라가 구조적으로 썩어 있다면 구조를 바꿔야 한다. 그러나 그것은 혁명적인 수술이 아니면 불가능하며, 그것은 또 민주체제 하에서는 아무리 강력한 대통령이라도 불가능한 일이다. 지금 우리 사회가 속속들이 썩어 있다는 것은 제도나 구조가 잘못된 데서 나온 게 아니다. 제도를 움직이는 사람들에게 잘못이 있는 것이다

흔히 인간은 기회만 있으면 나쁜 짓을 저지르게 마련이다. 아리스토텔레스의 말이다. 우리 공무원들에게는 그런 기회가 너무나도 많았다. 그리고 한번 재미를 붙이면 더욱 그런 기회를 누리려 하는 것은 당연한 인간의 심리이다. 우리가 직시해야 하는 것은 제도나 구조 자체보다도 이를 다스리는 정치에 잘못이 있었다는 사실이다. 모든 것이 검다고 생각할 때에는 모든 게 검게만 보이게 마련인 것이다.

우리는 다른 민족에 비겨 못나지는 않았지만, 그렇다고 남들보다 뛰어나게 잘난 민족도 아니다. 지난날의 우리에게는 뛰어난 인물도 많았고, 훌륭한 문화유산도 많다. 그러나 과거의 영광이 오늘의 우리를 배불리 만들지는 못한다. 우리에게 중요한 것은 오늘을 사는 우리 자신이다. 우리는 다른 나라 사람들보다 유별나게 탐욕스러운 것도 아니며 유별나게 악에 물들어 있는 것도 아니다. 이런 가장 기본적인 인식에 입각해서 우리는 살아 나가야 한다.

아무리 우리가 병들어 있어도 지구는 어김없이 돈다. 아무리 우리가 못살아도 21세기를 향한 지구촌의 행진에는 멈춤이 없다. 우리는 지금 애써 밝게 앞을 내다보며 웃음을 잃지 않고 살아 나가야 한다. 우리 사회에는 못된 사람들만이 가득 차 있는 것이 아니며 못되어야만 잘 살 수 있는 것도 아니다.

이젠 색안경을 벗어야 할 때

밝은 얘기, 착한 사람 이야기를 들으면 착하지 못한 내가 부끄러워진다. 그리고 못된 사람보다 착한 사람이 더 많을 때에는 아무래도 착한 사람을 따르게 된다. 못된 짓을 하면서도 잘 사는 사람 이야기를 들으면 착하면서도 잘 살지 못하는 내가 어리석게 느껴진다. 착하지 않아야 잘 살 수 있는 세상에서 착하게 살려니까 못사는 것이라 여겨지기 때문이다. 이런 게 보통 사람의 어쩔 수 없는 심리이다.

요새 사람들의 입에 오르내리는 화젯거리를 듣고 있으면 살맛을 잃게 된다. 신문이 보도하는 잘난 사람, 힘있는 사람들의 못된 얘기들을 읽고 있으면 우리 나라는 마음 붙이고 살 만한 세상이 못된다는 생각이 앞선다. 비록 절망은 하지 않는다 해도 희망을 갖게 할 만한 것은 아무데에서도 없는 듯이 보이는 우리 사회이다.

그러나 정말로 우리는 '이대로 가면 망하는' 세상을 살고 있는 것일까? 몇 해전, 어느 텔레비전이 '야학(夜學)'이라는 특별 취재방송을 한 적이 있다. 그것은 한 국민학교 교장이 사재를 털어 만들고 자원 대학생들이 무보수로 가르치는 야간 학교에 다니는 근로 청소년들의 이야기였다. 이것을 신문에 소개하자 조금이라도 돕고 싶으니 그 야간학교가 어디 있는지 알려달라는 독자들의 전화가 줄이어 걸려 왔다. 그 야학은 문을 연지 벌써 2년이 넘는다. 그래도 아무도 모르고 지내 왔다. 서울대학 안에서 구멍가게 안경포를 하는 한 안경사가 있다. 그가 5년 넘어 다달이 수익금의 절반을 정신박약아들 뒷바라지에 써왔다는 사실은 그 학교 학생들조차 까마득히 모르고 있었다.

세상 사람은 우리가 상상하고 있는 이상으로 미덕을 사랑하고 있으며, 세상에는 우리가 신문을 통해 짐작하는 것 이상으로 착한 사람이 많다. 우리에게 희망을 안겨주고 살맛을 느끼게 하는 좋은 일도 많다. 그저 우리가 모르고 있을 뿐이다.

과소비, 탈선, 폭력, 비행 등 정상이 아닌 이야기들은 '당연히' 신문이 보도한다. 그러나 정말로 당연히 할 일을 조용히 하고 있는 정상적인 사람들의 이야기는 전혀 신문이 보도하지 않는다. 땅 투기를 하고, 할 일이 없어 매일같이 몇백만, 몇천만 원씩 노름판에 날리고, 중학생 아들을 외제 차로 과외공부하러 보내는 '사업가' 이야기는 흔히 듣지만, 직공들과 숙식을 같이하며 밤늦도록 일하는 부품공장 주인들의 성실한 모습에 대해서는 별 관심을 두지 않는다.

뉴스는 보통이 넘거나 보통이 못되는 사람들이 만들어 낸다. 그리하여 오늘의 사회는 이들이 이끌어가고 있는 것처럼 착각한다. 이 때문에 더욱 보통 사람들의 정상적인 생활은 비보통인들의 비정상적인 뉴스에 의해 따돌림을 당한다.

어느 나라에서나 활력을 불어넣고 지탱해 나가는 것은 이름없는 평범한 시민들이지, 이른바 사회 저명인사나 권력자들이 아니다. 이렇게 우드로 윌슨 대통령이 강조한 적이 있다.

영국에서는 해마다 정초에 '자랑스러운 보통 사람'들에게 여왕이 친히 훈장을 달아 준다. 그 중에는 60년 넘게 탄광에서 일한 노인이 있는가 하면, 한평생을 도자기 굽기에 바친 여자 도공도 있고, 70년 동안 밭일을 해 온 시골 할머니가 있고 산파도 있다. 이런 이름없는 보통 사람들이 영국의 역사를 만들어 내고 영국을 영원히 지켜가는 사람들이라고 믿고 있기 때문이다.

지금 우리 나라의 경제는 엉망이 되어 있고, 믿을 만한 정치가는 한 명도 없고, 공무원들은 부패되어 있고, 국민의 도의심은 땅에 떨어져 있다. 나날이 보도되는 각종 범죄 사건들만을 듣다 보면 누구나 이런 생각을 갖게 된다. 그래도 세상은 돌아가고 있다. 불평 하나 없이 땅거미가 깔린 길가의 쓰레기를 치우는 청소부가 있고, 그의 아들이 가난을 이기며 대학에 수석으로 합격을 한다. 단벌 신사로도 보람을 느끼며 사는 중학교 선생이 있고, 한평생을 떡 장사로 푼푼이 모은 돈으로 장학재단을 만든 할머니가 있다. 우리 주변에는 이렇게 성실하게 살아가는 착한 사람들이 많다. 그리고 이들이 있는 한 우리는 얼마든지 희망을 가질 수 있을 것이다. 우리의 앞날에 대해서….

민주주의도 뛰어난 지도자들이 얼마나 뛰어난 업적을 많이 남기느냐에 달려 있는 것이 아니다. 그것은 보통 사람들이 각자가 맡은 일상적인 일을 얼마나 성실하게 잘 하느냐에 달려 있는 것이다. 이제 우리는 알뜰하고 착하고 성실한 보통 사람들을 가리우는 색안경을 벗고, 그 대신 못된 사람들의 못된 모습을 가리우는 색안경을 낄 필요가 있다.

못된 정치가들의 못된 얘기를 들을 때면 착한 일을 하는 이웃의 보통 사람들을 생각해 내면 된다. 과소비에 들뜬 졸부 얘기를 들을 때면 라면으로 끼니를 때우며 야학에 다니는 근로 청소년을 생각하면 된다. 설사 모든 게 썩어 있는 것처럼 보이고, 그리고 '내일 세상이 망한다 해도 오늘 우리는 오렌지 나무를 심자'는 이스라엘의 교훈을 따라 우리 모든 보통 사람이 제각기 선의의 씨를 소리 없이 뿌려 나가야 한다. 이것이 우리의 가장 든든한 살길이다.

21세기의 엑스트라

근 1백50년 전의 일이다. 톨스토이는 "헤아릴 수 없이 많은 세대들의 피와 땀으로 이뤄진 사회의 기틀이 무너져 가고 있다" 라고 한탄했다. 그것은 온 세계가 산업혁명으로 엄청난 변혁을 겪고 있는 때였다. 만약에 지금 톨스토이가 되살아났다면 자기 예언처럼 사회가 무너져 나가지 않은 것에 놀랄지도 모른다. 인류는 지금까지 그 많은 비관론과 종말론에도 불구하고 용케 살아 남았다. 그 많은 결함에도 불구하고 인간의 지혜에는 그만큼 무궁한데가 있기 때문인지 또는 미래를 점친다는 게 그만큼 어려운 것인지.

30년 전에 세계에서 가장 권위 있다는 월스트리트 저널 신문은 20세기가 끝나기 전에 인간이 화성에 상륙할 것이라고 예측했다. 뉴욕에서 홍콩, 도쿄까지 2시간밖에 안 걸리는 민간 항공기가 개발될 것이라고 예측하기도 했다. 두 예측 모두 들어맞지 않았다. 그 신문은 또 2000년까지에 미국에 22만 대의 컴퓨터가 보급될 것이라고 내다보기도 했다. 지금 미국에는 4천5백만 대 이상이 있다.

오늘의 세계는 지금 우리의 상상을 초월하는 속도와 규모로 변하고 있다. 그런 세계가 반세기 전에 토인비가 예언했던 것처럼 모든 갈등을 해소해 가면서 세계국가와 세계종교를 향해 나가고 있다고 확신할 수 있는 학자는 없다. 그러나 온 세계가 적어도 물질적으로는 더욱더 잘 살게 되리라고 낙관론을 펴는 사람은 많다. 95년 말에 비즈니스 위크 잡지는 자유경제와 민주주의, 그리고 과학과 기술의 발달이 사람들을 더욱 잘 살게 만들 것이라고 예측했다. 세계적인 베스트 셀러『메가트렌드』의 저자 존 네스빗은 90년대는 인류의 역사상 가장 중요한 시기가 될 것이라고 전망하기도 했다. 그에 따르면 지금처럼 세계경제가 번영을 누릴 수 있는 조건을 골고루 갖춘 시대는 없었다는 것이다. 그는 모든 나라가 승리자가 될 수 있는 시대가 왔다고까지 말했다.

그러나 이와 같은 낙관론 이상으로 사람들의 마음을 사로잡고 있는 것이 비관론이다. 미국의 국제사회학회 회장 워러스틴 교수는 앞으로의 50년 동안을 '심각한 위기의 시대'라고 내다보고 있다. 프랑스의 정신분석학자 줄리아 크리스티바가 볼 때 "사람들의 내부의 황폐는 1백 년 전보다 더 심각해지고 있다."

인간은 온갖 욕망이며 증오의 감정 또는 죽음과 폭력의 충동을 늘 마음속에 간직하고 있다. 이런 폭력과 증오의 감정이 행동으로 나타나지 않도록 억제해준, 이를테면 안전벨트의 역할을 해온 것이 전통적인 종교며 가족이며 이데올로기였다. 그러나 그런 것들이 모두 악의 충동을 억누를 수 있을 만큼의 힘을 상실하고 있다는 것이다. "글로벌리제이션의 새물결에도 불구하고 세계는 앞으로 적어도 20년 동안 무질서와 분열의 시대로 들어갈 것이다" 라는 프랑스의 피엘 루루슈의 예언도 이와 명맥을 같이하고 있다.

이와 같은 비관론은 혹은 '개인의 욕망을 중심으로 한 현대 서구 문명'에 대해서 서구인들이 오래 전부터 품기 시작한 심각한 회의론에 뿌리를 두고 있다고 할 수 있을지도 모른다. 다시 말해서 그것은 우리 한국인과는 관계없는 이야기라고 혹은 가볍게 받아넘길 수 있을지도 모른다. 네스빗은 경제의 중심은 바야흐로 태평양으로 옮겨 가고 있다고 점쳤다. 피엘 루루슈도 아시아가 세계의 중심이 되고 유럽이 조연자의 위치로 밀려날 것이라고 예언했다. 이런 전망이 들어맞는다치고, 그런 때에 한국은 과연 어떻게 될 것인가.

지금 미국의 대학은 해마다 8만 명의 기술자를 배출하고 있으며 일본은 8만 1천 명씩 내놓고 있다. 그러나 중국은 11만 3천 명씩 키워내고 있다. 여기 비해 한국에서는 2만 8천 명밖에 없다. 자연과학 분야에 있어서는 미국이 19만 5천 명인데 비해, 인도에서는 무려 12만 7천 명이나 된다. 우리 나라는 2만 3천 명밖에 안된다. 미국의 내셔널 과학재단과 맥그로힐 출판사의 공동 조사 결과이다.

21세기를 과학과 기술의 시대라고 본다면, 중국은 물론이요 인도마저도 얼마나 우리를 앞지를 수 있겠는지 손쉽게 짐작할 수도 있다. 같은 조사에 따르면, 한국에서의 시간당 임금이 지금은 5달러 30센트이지만 2천년 대에 이르면 15달러 60센트로 오른다. 여기 비해 대만은 지금은 한국보다 약 30센트가 더 비싸지만 2천년 대에는 9달러 70센트밖에 되지 않는다. 홍콩도 8달러 10센트밖에 되지 않는다.

한마디로 한국의 경쟁력은 3분의 1 이상이나 약화된다는 것이다. 그렇다면 다가오는 환태평양 시대에 한국은 조연자나 엑스트라의 역할밖에 하지 못할지도 모른다는 딱한 예측을 할 수밖에 없게 된다.

지금 우리는 역사를 업고 뛰거나 앞으로 나간다면서 지난 발자국을 지워 나가고 있다. 우리는 또 겉으로는 화합과 화해를 내세우면서 보수와 개혁, 늙은 세대와 젊은 세대, 경상도와 전라도, 기득권자와 미득권자, 체제와 반체제로 나라를 대립관계로만 몰아가고 있다. 사회의 어디를 둘러봐도 우리의 앞날에 큰 기대를 걸 수 있게 만드는 것은 별로 없다.

둘에 둘 더하면 다섯?

한 초등학교의 산수 시간에 선생님이 "둘에 둘을 더하면 몇이 되느냐?" 라고 물었다. 한 학생이 다섯이 된다고 대답했다. 또 다른 학생은 넷이라고 대답했다. 선생님이 이 문제를 민주적으로 풀자면서 투표에 부치기로 했다. 그랬더니 학생 중 과반수가 다섯이 맞는다고 대답했다. 처음에 다섯이 맞는다고 말한 학생은 힘센 싸움꾼이었다. 그에게 감히 반대하면 무슨 보복을 당할지 모른다고 두려워한 학생들이 많았다. 그들은 넷이 정답인 줄 알면서도 다섯 쪽에 손을 든 것이다. 그래도 다수결의 원칙에 따라 다섯이 정답이 되었다. 투표에서 문제되는 것은 질이 아니고 양이다. 이런 사회에서는 수(數)의 힘으로 얼마든지 둘에 둘을 더하면 다섯이 될 수도 있게 된다.

어느 날 링컨 대통령이 중요한 안건의 토의를 위해 장관회의를 주재했다. 이때 7명의 장관 전원이 찬성 발언을 했다. 링컨은 그들의 의견을 전부 경청한 다음에, 자기는 반대 의견이라고 말했다. 그리고 껄껄 웃으면서 이렇게 결정을 내렸다.

"찬성 7표, 반대 1표. 따라서 이 안건을 부결합니다."

다수결의 원칙대로라면 당연히 그는 장관들의 의견을 따라야 했다. 그러나 그의 판단에 의하면 장관들의 의견은 최선책이 되지 못했다. 그리하여 그는 만장일치가 못 된다는 이유로 장관들 의견을 물리친 것이었다. 그는 정치에서는 양 이상으로 질이 중요하다는 사실을 장관들에게 일깨워준 것이다.

우리의 불행은 한 목소리를 내는 사람의 수가 많으면 많을수록 보다 더 정의와 진실에 가깝다고 착각하는 데 있다. 이같은 상황에서 결정적인 힘을 갖는 것이 집단이다. 어느 쪽이 옳고 그르냐는 것보다 어느 집단이 더 크냐가 더 중요해지는 것이다. 그리고 어떤 형태의 집단이든, 집단을 움직이는 것이 집단사고(集團思考)이다.

61년 4월 17일 쿠바 망명자들로 구성된 반혁명 부대가 미국 CIA의 지원을 받아 피그만을 통해 쿠바에 침공하려 했다. 그러나 이것은 쿠바군에 의해 실패로 돌아가고 말았다. '피그만 사건'이라고 불려지는 이 무모한 침공 계획을 승인한 것은 케네디 대통령과 그 주위의 우수한 참모들이었다. 왜 그처럼 우수한 두뇌들이 그처럼 엄청난 실수를 저지르게 됐는가를 예일 대학의 심리학자 자니스 박사는 집단사고라는 관점에서 이렇게 풀이한 적이 있다.

'뛰어난 두뇌들이 한 집단을 이루게 되면 그들은 자기 적을 넘보게 되고 어떤 난관도 쉽사리 극복할 수 있다는 낙관적인 기분에 휩싸이게 된다. 이 때문에 그 중에는 혹 작전계획에 의문을 품는 사람이 있다 해도 감히 다른 사람들 앞에서 부정적 의견을 표명하기를 꺼리게 된다.'

여기에 곁들여서 동조성(同調性)의 심리가 작용한다. 집단이 거대해지면 그만큼 더 집단 내의 모든 사람을 마취시키고 개인적인 판단력은 물론이요 양심까지도 마비시킨다. "힘을 갖게 되면 불가피하게 이성이 마비되기 쉽다" 라고 칸트가 말했을 때, 그는 집단까지도 포함해서 말했던 것이다.

가령 정당이라는 이름의 어느 한 집단을 살펴보자. 그 당의 소속

의원들은 질서정연하게 돌아가고 있는 거대한 톱니바퀴에 달려 있는 수많은 톱니 중의 하나밖에 되지 않는다. 그들의 대부분은 바퀴가 어디로 돌아가고 있는지를 모른다. 알 필요도 없다. 그저 바퀴를 따라가기만 하면 된다고 믿고 있다.

회초리를 갖고 있는 사람은 회초리를 휘두르고 싶어지게 된다. 힘의 확인을 위해서도 힘을 행사하게 된다. 그리고 그 힘을 유지하기 위해 자기 힘에 대한 어떤 도발도 용납하지를 않는다. 이런 힘의 논리를 따를 때 사물을 잘못 보게 되는 경우가 흔하다. 그리하여 정치는 공자가 말하는 왕도(王道)나 대도(大道)를 벗어나고 인덕(仁德)과 순리를 저버리게 된다. 그리하여 패도(覇道)와 패권(覇權)이 설치게 된다. 하기야 정치란 '힘이라는 이름의 악마'와 손을 잡는 기술 이외의 아무것도 아니다. 악마와 손을 잘못 잡으면 정치는 악마에 시달리게 된다. 아니면 악마로부터 따돌림을 당하게 된다.

마키아벨리는 『필렌체 역사』에서 이렇게 한탄했다.

"지극히 한심스러운 현실이지만, 인간이란 힘을 가지면 가질수록 그것을 남용하거나 잘못 행사하게 마련이며 이로 인하여 더욱 스스로를 역겨운 존재로 만든다."

가까이 하기엔 너무 먼 '법'이지만

유방(劉邦) 밑에 조참(曹參)이라는 공신이 있었다. 유방이 천하를 통일하고 한나라 고조가 되자 조참을 제(齊)라는 지방의 재상에 임명했다. 정치에 문외한이던 그는 부임하자마자 황로(黃老)의 술을 터득했다는 어느 노인 이야기를 듣고 그에게 정치의 요령을 가르쳐달라고 부탁했다. 그러자 노인은 치도(治道)의 근본은 청정(淸靜)에 있다고 말했다. 조참은 이 가르침을 따라 정치를 하여 명재상 소리를 듣게 되었다. 그리하여 그는 중앙 정부의 정승 자리에 오르게 되었다.

그는 제나라를 떠나면서 후임자에게 이렇게 당부했다. "재판과 시장(市場) 두 가지에 대해서는 각별히 신중하게 대처해야 한다." 후임자는 그 뜻을 잘 이해할 수 없었다. 그는 "정치에는 이 두 가지보다 더 중요한 것이 있지 않습니까?" 라고 물었다. 그러자 조참은 이렇게 대답했다.

"그렇지 않다. 재판장과 시장은 가장 선과 악이 집중하는 곳이다."

사람은 억울한 일을 당할 때 법에 호소한다. 법은 언제나 정의의 편에 서서 공정하게 죄지은 사람에게 벌주고 죄 없는 약자를 보호해 준다고 믿기 때문이다. 그러나 보통 서민들에게 법은 너무나도 먼 곳에 있다. 법의 판결을 받기까지 적어도 2년은 걸린다. 하기야 우리만 그런 것은 아니다. "법정 가까이 가지 말라. 그곳은 모든 것을 천천히 가루로 빻는 맷돌과 같다. 그건 고기를 천천히 굽는 아주 약한 숯불과 같다. 그건 몇 방울 물 속에 사람을 빠뜨려 죽이는 것과도 같다." 찰스 디킨스의 어느 소설 주인공이 한 말이다.

법의 절차는 이렇게 사람을 지쳐 죽게 만든다. 특히 가난한 사람은 소송비용을 감당할 길이 없어 어쩔 수 없이 중도에 포기하게 된다. 그래서 "늑장 부리는 재판은 정의를 부정하는 것이나 같다" 라고 18세기 영국의 유명한 법학자 블랙스톤이 말한 적도 있다.

법이라는 정의의 칼은 그냥 느림보일뿐 아니라 무디기까지 하다고 억울한 사람들이 느낄 때도 많다. 법은 우선 증거제일주의이다. 가령, 아버지와 아들이 공모했거나 또는 아버지의 묵인 아래 아들이 죄를 저지른 게 분명하다는 심증이 강해도 이를 증명할 확실한 물적 증거가 없으면 아버지는 면죄가 된다. 또 아무리 뭇사람에게 엄청난 피해를 준 게 분명하다 해도 그를 잡아들이는 것은 피해자들이 할 일이지 경찰이 할 일이 아니란다. 심한 경우에는 일단 잡혀 들어간 피의자가 어떻게 된 영문인지 유유히 경찰서 밖으로 빠져나가기도 한다. 세상에 이런 법이 어디 있느냐고 하지만 그런 게 우리 법의 현실이다. 이래서 법의 집행자인 경찰도 크게 믿을 게 못된다고 시민들은 생각한다.

가령, 어느 사기사건의 희생자가 검찰에 형사고발한다고 치자. 그러면 검찰에서는 사건 조사를 일선 경찰서의 형사에게 지시한다. 그러나 한 형사가 맡고 있는 사건은 수십 건이 넘는다. 설사 그가 성실하게 업무를 수행하려 한다 해도 수사 비용도 부족하고 그럴 만한 시간도 없다. 어쩔 수 없이 그는 대충대충 적당히 조서를 꾸며서 검찰에 올리게 된다. 검찰에서는 그런 충분치 못한 보고에 의거해서 심사하는 만큼 증거불충분이란 이유로 기소중지를 하게 된다. 검찰 역시 손이 모자란다. 경찰의 미비한 조사를 보충할 여유가 없다. 또 피해자에게는 대단한 일이겠지만 검찰이나 경찰이 볼 때에는 흔히 있는 대단찮은 사건들이다. 이럴 때 억울한 피해자의 입장에 서서 법관이기 이전에 인간의 눈으로 사건을 봐 달라는 것은 지나친 당부인지도 모른다.

재판을 한다고 해서 으레 정의가 이기는 것도 아니다.

링컨 대통령이 즐겨 얘기한 우화에 이런 게 있다. 닭을 훔친 족제비가 재판을 받게 되었다. 족제비의 변호사는 여우였다. 여우는 재판장 원숭이에게 이렇게 말했다. "제 의뢰인이 닭을 훔치는 것을 봤다는 증인은 3명 있습니다. 그러나 저는 의뢰인이 닭을 훔치는 것을 본 적이 없다는 증인을 12명이나 가지고 있습니다. 이 점을 고려해 주시기 바랍니다. 3대 12인 것입니다." 원숭이 재판장은 한참동안 생각하더니 "보지 못한 사람이 12명이나 되고, 봤다는 사람은 3명밖에 되지 않는 만큼 피고는 무죄다" 라고 판결을 내렸다.

오랜 변호사 경험을 통해 링컨은 재판이란 이렇게 돼서는 안되겠다고 깨달았던 것이다. 그런 링컨이 변호사였을 때 한 소송 의뢰인이 찾아왔다. 그의 얘기를 다 듣고 난 다음에 링컨은 이렇게 말했다.

"법률적으로는 당신에게 승산이 있다. 그렇지만 정의와 공정이라는 면에서 본다면 당신이 나쁘다. 그러니 다른 변호사를 찾아가는 게 낫다. 왜냐 하면 나는 당신을 위해 변론을 펴나가면서도 내 머리 속에서는 '링컨아, 너는 거짓말쟁이다'라는 소리가 들릴 것이고 그러면 나는 당신을 변호하는 것을 잊게 될 것이기 때문이다."

그러나 자기 의뢰인이 잘못되어 있는 줄 빤히 알면서도 사건을 맡는 변호사는 많다. 그러기에 더욱 법은 멀어진다. 그래도 우리가 믿는 것은 법밖에 없다.

목숨 걸고 사는 세상

두 소년이 냇가에서 낚시를 하고 있는데, 물결에 떠내려오는 사람을 발견했다. 두 소년은 급히 물 속에 뛰어들어가서 그 사람을 건져내고는 인공호흡을 하여 간신히 살려냈다. 다음 날에도 두 소년은 똑같은 자리에서 고기잡이를 하고 있었다. 그랬더니 또 한사람이 물살에 흘러 떠내려오는 것을 발견하고 물 속에 뛰어들어 살려냈다.

그 후에도 물에 빠져 흘러내려 가는 사람들이 줄을 이었다. 그들 중 대부분은 병원에 도착하여 응급치료를 받기도 전에 구급차 안에서 숨졌다. 시 당국에서는 소년들이 물에 빠진 사람들을 구출해 낸 장소 근처에 새로 병원을 짓기로 했다. 그곳으로부터 병원까지는 너무 멀다고 판단한 것이다.

새 병원은 날로 바빠지고 시설을 더욱 확장해야 했다. 어느 날 한 인턴이 병원 책임자에게 이 병원에서 많은 것을 배울 수 있게 한데 대해 고맙다고 치사했다. 그러면서 묻는 말이 "한 가지 궁금한 게 있습니다. 왜 사람들이 강에 빠지는지 살피기 위해 강 위에 가보지를 않는가요?" 그러자 책임자는 이렇게 대답했다. "그럴만한 시간적 여유가 전혀 없어서 그렇다. 우리는 희생자들을 치료하는 데에도 일손이 모자란다."

삼풍백화점 참사가 있었을 때, 일본의 한 뉴스 해설자는 물거품 고도성장이 가져온 부작용으로서는 너무나 큰 비극이라고 논평을 했다. 성수대교가 무너졌을 때에도 뉴욕 타임스 신문이 비슷한 논평을 했다.

고도성장에 따르는 대가를 우리는 치를 만큼은 치른 줄 알았다. 한두 번 겪은 참사가 아니다. 우리는 물줄기를 따라 올라가지 않더라도 왜 그렇게 잦은 참사를 겪어야 하는지를 잘 알고 있다. 정부만이 여전히 모르고 있는 것이다.

비행기 추락 사고가 있었을 때, 정부는 다시는 그런 일이 없도록 하겠다며 국민에게 사과했다. 열차 사고가 났을 때에도 그랬고, 여객선이 가라앉았을 때에도 철저한 재난 방지책을 강구하겠다고 국민에게 약속했다. 성수대교가 붕괴되었을 때에도 정부는 다시는 그런 대형 사고가 일어나지 않도록 종합대책을 강구하겠다고 국민에게 다짐했다. 그러나 그런 다짐이 국민의 귓가에 생생한데 또다시 아현동에서 가스가 폭발하고 대구 참사가 일어났다. 그럴 때마다 정부는 특별대책과 종합대책을 발표했다. 그리고는 판에 박은 듯이 "이번 사고를 거울삼아…" 하는 특별담화가 나왔다.

건국과 함께 엄청난 고도성장을 누렸던 한(漢)나라도 7대 황제 무제(武帝)가 등극할 무렵에는 부정부패가 나라의 기틀을 좀먹기 시작했다. 중앙정부의 권위도 떨어져 가고 있었다. 어떻게 하면 다시 나라를 활성화시킬 수 있는가 고심하던 끝에 무제는 노나라의 유학자 신공(申公)에게 자문을 구했다. '위치부재다언(爲治不在多言) 고력행하여이(顧力行何如耳)'. 이것이 신공이 무제에게 준 충언이었다. 정치란 말로 하는 것이 아니라 힘껏 실천하는 것이라는 뜻이다.

삼풍백화점의 원초적인 책임은 분명 부실공사를 한 건설업자와 백화점 경영자에게 있다. 그러나 만약에 당초의 준공검사며 빈번한 설계 변경, 가사용 승인 또는 증축과 용도 변경을 허가할 때마다 관청이 제구실을 다했다면 얼마든지 붕괴를 막을 수가 있었다.

언젠가 이웃 나라의 원수(元首)가 시정연설에서 '오후 7시의 행복'을 강조한 적이 있다. 하루의 일을 끝내고 단란한 가족이 기다리고 있는 집으로 돌아가는 사람의 가슴속에 흐뭇하게 피어오르는 행복감을 지탱해 주는 것이 참다운 정치이다. 정부의 가장 큰 목적과 의무는 국민의 재산과 생명을 보호하는 데 있다. 그것을 다하지 못할 때 정부는 그 존재이유를 상실하게 된다.

지금의 우리는 저녁 노을을 타고 기어오르는 초가집 굴뚝 연기를 바라보며 포장도 안된 두렁 길을 달리던 어린 시절이 마냥 그리워진다. 그때 우리를 기다리던 밥상은 여간 초라하지 않았다. 그래도 그때는 세상이 깨끗했고 편안했다. 오늘의 우리는 어른 어린이 할 것없이 모두가 목숨을 걸고 나날을 산다. 제발 그때처럼 못살아도 좋으니 안심하고 살 수만 있게 해 달라는 것이 우리의 간절한 바람이다. 이보다 더 절실한 당부가 없다.

이 땅에도 '그람시의 비극'은 있다

안토니오 그람시는 1926년에 파시즘 정부에 의해 부당하게 체포되고 20년 금고형을 받았다. 그의 '두뇌가 기능하는 것을 정지시키기 위해서'였다. 그는 10년 동안의 옥중생활 끝에 비극적인 최후를 맞았다.

이탈리아 공산당을 창설한 그는 20세기의 대표적인 마르크스 사상가의 한 사람이었다. 그의 처자식은 모두 모스크바에 살고 있었다. 그는 체포되기 2년 전 푼푼이 아껴서 모은 돈을 아내에게 보냈다. 그러나 아내는 그 돈을 받지 않고 "소련에서는 아이들을 국가가 하나부터 열까지 보살펴주고 있는데 왜 돈을 보내느냐" 라고 오히려 그를 힐난하는 편지를 보내 왔다. 그 편지를 받아 본 그람시는 다음과 같은 답장을 보냈다.

"왜 이런 일을 하느냐고? 나의 어렸을 때의 추억이 나를 그렇게 만든 것이다. 그 추억은 나의 어머니와 형제 자매들과 함께 이겨낸 물질적 고통이며 가난의 슬픔과 결부되어 있으며, 그런 고통이며 가난이 어느 것도 끊어 놓을 수 없는 사랑의 유대로 우리를 결합시켜 놓았던 것이다. 최선의 공산주의 사회란 이런 개인적인 관계를 뿌리째 뽑아버리는 것이라고 당신은 생각하고 있느냐? 공산사회에서도 이런 종류의 개인적 관계가 존속한다는 사실을 당신도 깨닫지 않으면 안

될 것이다."

그람시는 자기 아내 줄리아와의 사이에 끊을래야 끊을 수 없는 사랑의 유대가 있기를 바랐다. 그런 가족적 사랑과 유대가 없다면 프롤레타리아트의 국가도 죽은 송장이나 다름없다는 것이었다. 그러나 그것은 공산사회에서는 있을 수 없다는 것이 줄리아의 생각이었다.

그람시의 최후를 무엇보다도 비참하게 만든 것은 파시즘의 폭력이 아니었다. 그가 그토록이나 바라던 가족적인 사랑마저 거부한 아내의 냉랭한 태도였다. 그녀는 개인의 모든 것을 이데올로기에 종속시키고 사회의 기본적 가치가 가족이 아니라 당과 국가에 있다고 주장한 레닌주의에 단단히 물들어 있었다. 그런 줄리아가 볼 때, 자기 남편은 프티 부르주아의 낡은 가치관에서 헤어나지 못한 공산주의의 이단자였을 뿐이었다.

96년 여름에 고무주머니를 안고 한탄강을 건너서 귀순해온 한 북한 사람은 "굶어죽느니 남한에 가겠다고 며칠을 두고 별렀다"는 것이다. 그에게는 아내가 있고 15세의 딸과 14세의 아들이 있었다. 그런데도 그는 "가족을 동반하면 경계망을 돌파하지 못할 것 같아 혼자 왔다"는 것이었다.

"사람이 어찌 그럴 수가…." 이것이 우리의 상식에서 나오는 즉각적인 반응이다. 자기만 굶고 있는 것이 아니다. 자기는 굶더라도 아이들에게 한 숟갈이라도 더 먹이고 싶은 것이 우리가 생각하는 아비의 정이요 인륜이다. 그러나 그는 굶주린 처자식을 남겨 두고 혼자 넘어왔다. 이것은 물론 "오죽했으면 그랬을까"라는 그들만의 절실함을 간과하는 것은 아니다. 당해 보지 않은 사람은 쉽게 그런 말을 할 수 없다. 하지만 적어도 북에서는 우리 같은 가족관이 없는 것만은 분명해 보인다.

파스테르나크의 소설 『닥터 지바고』에 나오는 지바고의 동생은 혁명군의 장군이다. 그러면서도 그는 반혁명분자로 낙인찍힌 형의 딸을 애타게 찾는다. 그것은 이데올로기를 초월한 또는 이데올로기에도 불구하고 느끼는 자기 핏줄에의 애틋한 사랑이었다. 그것은 혹 파스테르나크 자신이 반혁명적인 휴머니스트였기에 꾸며낼 수 있는 허구였는지도 모른다. 그리고 그처럼 힘들여 찾아낸 조카딸에게 끝내 "내가 네 작은아버지다" 라고 밝히지 못한 채 헤어진다는데 더 공산사회의 가혹한 진실이 담겨 있는지도 모른다.

아득한 옛날부터 남한과 북한은 같은 도덕률을 지키는 한 민족 한 가족이었다. 남에서나 북에서나 모든 가치의 중심에 가족이 있었고 가족에 대한 사랑을 다시없이 소중한 덕목으로 여겨 왔다.

북한이 고향인 작가 이호철의 작품들에는 반세기가 넘은 지금까지도 이북 땅에 남은 가족들에 대한 애틋한 그리움이 면면히 흐르고 있다. 그러나 지금 북쪽에는 우리가 생각하는 것과 같은 가족은 없는 모양이다. 북한 사람들에게 있어 가족적인 사랑이란 퇴폐적인 부르주아의 허약한 덕목에 지나지 않다. 그들은 어릴 때부터 효(孝)에 앞서는 것이 '위대한 영도자'에 대한 사랑과 복종이라고 교육받고 세뇌당해 왔다. 이처럼 북한은 가족과 가족이 상징하는 가치들을 모조리 부정하고 있다.

우리는 얼마 전 방영된 연속드라마 '목욕탕집 남자들'을 하나로 묶는 가족의 애틋한 정을 다시없이 소중히 여긴다. 이렇게 가치관이 전혀 엇갈리는 남과 북이 하나가 될 때 우리 사회가 어떻게 될지 몹시 염려스러워진다.

왜 애국가는 하나뿐일까

지난 89년 11월, 구동독이 서방측과의 국경을 열었다는 소식이 전해지자 본에 있는 연방의회에서 모든 의원이 일제히 일어서서 '독일의 노래'를 불렀다. 그것은 하이든이 작곡한 곡이며, 나치 독일 때에도 부른 독일 국가였다. 다만 '(프랑스에서 네덜란드로 흐르는) 마스강에서 (리투아니아에서 흐르는) 메멜강까지, (이탈리아를 흐르는) 에디제강으로부터 (덴마크에 있는) 발틱 해협에 이르기까지 조국을 지키고 힘을 합쳐서 … 모든 세계를 초월한 독일' 하는 1절과 2절을 뺀 3절만을 불렀다. 3절은 '통일과 권리와 자유는 행복의 기초, 꽃 피어라 이 빛나는 행복 속에서 꽃피어라 조국 통일'이라고 되어 있다.

2차대전 후에 연합군은 이 국가가 나치스의 이데올로기를 옹호한 노래라 하여 금지시켰다. 그러나 서독의 초대 총리 아데나워는 이 노래를 계속 국가로 하자고 주장했다. 한편, 정부는 다른 세 국가의 후보 곡을 매일 밤 라디오를 통해 방송했다. 그러나 전혀 인기를 얻지 못하자, 결국 52년에 '독일의 노래'를 정식 국가로 승인했다. 다만 1절은 외국을 자극하고 2절은 내용이 없지만 3절만은 통일을 염원하는 서독에 어울린다 하여 3절만 부르도록 했다.

여기에도 반대는 있었다. 철학자 야스퍼스가 그 으뜸이었다. "먼저 자유가 있고, 그 다음에 권리가 생기고, 그런 연후에야 통일도 있게 마련인데 이 가사는 앞뒤가 뒤바뀌었다"는 것이었다.

동서독의 통일을 앞둔 90년 가을에 통일 독일의 국가로서 '독일의 노래'가 바람직한가 아닌가 하는 논란이 다시 일어났었다. 이때 정부는 이 노래가 통일 독일의 국가로 합당하다는 결론을 내렸다. 그 이유는 이 노래를 나치 독일도 부르기는 했지만 오랫동안 온 독일인의 단결의 상징이었으며, 특히 3절의 가사는 국민의식 가운데 국가로서 정착된 지 오래되었다는 것이었다. 그러나 아직도 온 국민의 절반 가까이 1절은 알아도 3절의 가사를 모르고 있다. 요새도 도시의 대부분의 학교들은 졸업식 같은 공식행사 때에도 국가 '독일의 노래'를 부르지 않는다.

국가 속에는 그 나라의 역사가 담겨져 있다.

그 속에는 또 그 나라의 상징이 심어져 있다.

'동해물과 백두산이 마르고 닳도록…' 이렇게 우리 애국가는 시작된다. 그처럼 오랫동안 우리 나라가 살아남는 것을 바란다는 것이다. 그러나 여기서는 '잘' 살자는 뜻은 담겨져 있지 않다. 그저 목숨을 이어간다는 것일 뿐이다. 거기에는 발전과 진취의 기상은 전혀 담겨 있지 않다. 그나마 우리 힘으로 나라를 지키겠다는 굳은 의지도 없다. 그냥 초자연적인 '하느님의 보우'에만 의지하겠다는 지극히 소극적이며 피동적인 자세만이 담겨져 있을 뿐이다.

2절의 '남산 위의 저 소나무 철갑을 두른 듯' 하는 가사도 오늘의 우리에게는 전혀 감동을 주지 않는다. 이 노래가 생길 때만 해도 남산은 서울에 우뚝 솟아 있었다. 철갑을 두른 소나무도 무성했었다. 그러나 지금 남산은 고층건물의 정글 속에 묻혀 있으며 철갑을 두른 소나무도 보이지 않는다.

국가는 온 국민을 하나로 묶는 뚜렷한 건국이념을 담은 것이라야 하며, 국민에게 희망과 용기를 북돋아 줄만큼 힘차고 밝은 것이라야 한다. 우리 애국가에는 그런 것이 충분히 담겨져 있지 않다. 물론 바람 서리에도 굽히지 않는 소나무의 꿋꿋한 기상이며, 가을의 밝은 달처럼 티없이 아름다운 마음씨는 다시없이 고귀한 품성을 강조한 것이기는 하다.

그러나 지금 우리는 가냘픈 가을달이 아니라 힘차게 떠오르는 태양을 가슴에 담아야 할 때인 것이다. 우리는 우리 나라가 '대한 사람 대한으로 길이 보전' 되기만을 바랄 수 있는 때가 아니다. 그렇다고 '동해물과 백두산이…'를 부르지 말라는 것은 아니다. 이 노래는 언제까지나 우리들의 애국가로 남겨둬야 한다. 그것은 우리들의 역사와 함께 살아왔으며 우리들의 마음속에 너무나도 깊이 아로새겨져 있는 것이다. 나라를 위해 몸을 바친 영령을 추도할 때나 올림픽에서 금메달을 따는 감격스런 순간에 우리가 노래한 것이 바로 이 노래이기 때문이다. 그저 지금의 우리에게는 너무 어울리지 않을 뿐이다. 우리는 통일과는 관계없이 새 국가를 만들어야 한다.

당연한 이야기이지만, 국가는 어느 나라나 하나 뿐이다. 그러나 애국가는 많다. 중국 정부는 최근에 55곡의 '애국가'를 선정했다. 미국에도 정식 국가 외에 '헤일 콜롬비아' '아름다운 아메리카' 등 국민들이 애창하는 애국가들이 여럿 있다. 우리가 슬플 때나 즐거운 때나 똑같은 애국가 하나만을 불러 나간다는 것이 이상하기만 하다.

아무리 걸음이 빠른 토끼라 해도 게으름을 피우면 거북에게 뒤진다

정다산의 점술

우리 나라에는 요새 역학(易學)의 이상 붐이 일고 있다. 정말로 점술은 믿을 만한 것인가. 명나라에 원료범(袁了凡)이라는 사람이 있었다. 홀어머니 밑에서 자란 그는 집이 어려워 과거 시험을 볼 여유가 없었다. 그는 어머니의 희망에 따라 의사가 되기로 했다.

어느 날, 길에서 한 노인을 만났다. 노인은 소년의 얼굴을 뚫어지게 쳐다보더니 "참으로 딱도 하다. 너는 진사가 될 운명을 타고 났어. 너는 몇 살 때 과거의 예비 시험에 몇 번째로 합격하고, 2차 시험 때는 몇째로, 마지막 시험에는 몇째로 합격한다. 그리고 진사가 된 다음, 몇 년 몇 월에 죽는다. 자식은 없다" 하면서 탄식했다. 이 말에 감격한 소년은 마음을 바꾸고 과거 공부에 전념했다, 신기하게도 그 노인의 예언은 하나부터 열까지 들어맞았다.

그러자 산다는 것이 매우 싱거워졌다. 인생이 천명(天命)대로 이미 정해져 있다면 굳이 애써 일하거나 남과 경쟁해 가며 출세하려 바둥거린들 무슨 소용이 있겠는가, 사람에게는 가능성이 있어야 살맛이 나고 희망이 있어야 신바람도 난다, 자식도 없이 고작 중간급 공직자로 끝나는 줄 빤히 알고 있다면 인생은 무미할 수밖에 없다, 이렇게 생각하게 된 것이다.

어느 날, 그는 공무로 지방 여행 중에 한 절에 묵게 되었다. 그 절의 스님이 그에게 물었다.

"당신을 자세히 관찰해 보니, 젊은 나이에 달관한 듯 범상치 않은 풍모를 갖추고 있으니 무슨 수업을 하셨습니까?"

그는 어릴 때 만난 노인 이야기를 들려준 다음에 그 후부터 인생을 체념했노라고 말했다. 그러자 스님이 상을 찌푸리더니 "그렇다면 당신은 참으로 보잘 것 없는 인간이군! 내가 크게 잘못 봤다" 라고 말했다. 그가 의아스레 여기자, 스님은 다음과 같이 타일렀다.

"과연 인간에게는 운명이라는 것이 있느니라. 허나 그 운명이 어떤 것인지는 일생 걸려서 탐구해도 알까 모를까 하는 것이다. 그것은 흙속에 묻힌 다음에야 정해지는 것이다. 그 노인의 말처럼 그렇게 간단히 인간의 운명이 정해져 있다면 고금의 성현들은 공연한 일을 해 온 꼴이 된다. 당신의 운명이며 능력이 그처럼 한 늙은이가 알아맞힐 정도라면 살아갈 가치조차 없는 게 아닌가."

그 말은 그에게 여간 충격적인 게 아니었다.

나라나 마찬가지로 개인의 운명에는 필연과 우연이 있다. 사람의 힘으로 개척해 나갈 수 있는 부분이 있고 그렇지 못한 부분이 있다. 사람에게는 타고난 팔자가 있다. 부잣집에 태어난 아이가 반드시 끝까지 잘 살게 되는 것은 아니다. 인생에는 헤아릴 수 없이 많은 변수가 있는 법이다. 그 변수를 자기 노력으로 어떻게 살리느냐에 따라 팔자가 바뀌고 인생이 풍요로워지는 것이다.

그때부터 그는 완전히 딴 사람이 되었다. 그러자 이상하게도 노인의 예언이 틀리기 시작했다. 없다던 자식도 갖게 되고, 죽는다고 예언하던 때가 와도 죽지 않았다. 그는 임진란 때 이여송(李如松)을 따라 조선에 참전하기도 했다. 그리고 후손에게 역(易)이며 점(占) 또는 관상을 믿고 사는 어리석음을 타이르는 책을 남겼다.

주역에 대하여 누구보다도 깊은 연구를 한 다산(茶山) 정약용도 앞날을 점치는 것을 몹시 못마땅히 여겼다.

"주역이란 하늘을 섬기던 시절의 책이다. 요즘 사람들이 하늘은 섬기지 않으면서 그때 사람들이 하던 점치는 일을 해서야 되겠는가? 나는 모든 마음을 다해 주역 공부를 해온 지금까지의 10년 동안 단 하루도 젓가락 붙잡고 어떤 일에도 점을 쳐본 적이 없다. 만약에 내가 뜻이 이루어져 조정에 올려 바칠 기회가 있게 되면 앞으로는 점치는 것을 엄금하도록 하겠다."

우리 나라에는 김일성의 죽음에 대해 정확히 죽는 날까지 알아맞혔다느니, 전직 대통령들의 기구한 운명에 대해 예언했다느니 하는 역자(易者)들이 많다. 그들이 그처럼 신통력을 갖고 있다면 앞으로의 북한에 대해서도 훤히 내다볼 수 있어야 할 것이다. 또 그들의 점괘대로 나라의 명운(命運)이 융성하다면 우리는 놀고먹어도 된다. 반대로 별 수 없다면 애써 일한들 소용없을 것 아닌가.

가계부 없는 역사

철학자 쇼펜하워는 72세로 죽을 때까지 결혼도 하지 않고 늘 고독 속에서 살았다. 늘 7시에 일어나 냉수 마찰을 한 다음에 간단한 아침을 먹고 집필을 했다. 글쓰다 지치면 틈틈이 플루트를 불며 기분 풀이를 했다. 오후 1시에 점심을 먹고 나면 애견을 데리고 산책을 했다. 그의 유일한 사치는 맛있는 점심을 사 먹는 것이었다. 또 하나의 사치는 저녁에 어쩌다 오페라나 음악 콘서트에 가는 것이었지만 늘 싼 좌석 표를 샀다.

그는 저녁에는 독서로 시간을 보내는 게 보통이었는데, 자기 전에는 하루도 거르지 않고 가계부를 적었다. 그는 "나는 돈 버는 재능이 없다는 것을 명확히 인식하고 있기 때문에 돈을 아껴 쓰는 법이라도 배워야 한다" 라고 그 이유를 설명했다.

그가 가계부를 쓴 것은 단순히 구두쇠였기 때문만도 아니며 가난해서도 아니었다. 그는 무역업을 하던 아버지로부터 상당한 유산을 물려받았다. 예로부터의 버릇에 따른 것뿐이다.

15세기의 이탈리아인 알베르티는 미술, 음악, 철학에 통달한 학자였지만 『제가론(齊家論)』이란 가정학(家政學) 책을 썼다. 여기서 그가 강조한 것은 낭비를 하지 말고 쓸모 없는 지출을 삼가하라는 것이었다. "집안의 지출을 분석하면 당장에 가계의 잘못을 알 수 있다."

17세기 오스트리아의 호베르그는 대단한 서사시인이었다. 그런 그가 자기 소유의 땅을 경영 관리하는 동안에 얻은 경험을 살려서 가정학 책을 펴냈다. 여기서 그는 가계부를 기록하는 게 가장(家長)의 당연한 의무라 여기고 기록하는 요령까지 알려주고 있다.

가계부의 역사는 이탈리아가 고도 성장하고 부자가 늘어나던 르네상스 시대부터였다. 그때 부자들은 정확한 가계부를 기록해 나갔다. 그래야 더욱 돈을 벌 수 있고 재산 관리도 잘 할 수 있다고 믿었다. 유럽인에게 있어 가계부는 '경제'의 기본이었다.

우리 나라에는 가계부의 전통이 없다. 가정학이라는 것도 없었다. 옛 선비가 '좀스럽게' 가계부를 적는다는 것은 상상도 할 수 없는 일이었다. 뱃속에서 꾸르륵 소리가 나도 돈 욕심이 없는 듯 처신하는 게 양반의 체통에 어울린다고 여긴 때문이었다. 돈 계산 같은 '천한 일'은 아랫사람이나 아녀자들에게나 맡길 일이라는 게 유교적인 사고방식이기도 했다. 글방에서 사서삼경(四書三經)은 가르쳐도 간단한 산술조차 가르치지 않았다.

물론 들어오는 돈이나 나가는 돈이나 뻔한 경우에는 굳이 가계부를 적을 필요도 없었을 것이다. 그런데 만석꾼의 집안에도 가계부는 없었다. 예로부터 모든 게 주먹구구식이었다. 조선조 시대의 사회사나 경제사를 연구하는 학자들의 가장 큰 불행은 당시의 가계부가 단 하나도 없다는 데 있다. 그것은 학자들만의 불행이 아니다. 가계부가 없는 전통은 오늘의 과소비 풍조로 이어진다고 보기 때문이다.

우리가 고도성장에 접어들 때까지만 해도 여성 잡지들이 신년 특별 부록으로 가계부를 만들었다. 그 때에는 가계부가 잡지의 판매 부수를 좌우할 만큼 인기가 있었다. 모두가 가난했고 모두가 알뜰하게 살아야 할 시절이었다. 그 당시의 젊은 주부들은 가계부를 적으면서 불필요한 지출을 최대한으로 줄여 나갔다. 그러나 가계부의 전성 시대는 10년을 넘지 못했다. 80년대 중반부터 여성 잡지의 가계부를 찾는 주부들이 없어졌다.

알뜰한 서양 여성들은 요새도 가계부를 적는다. 영국 신문의 지방판을 보면 요새도 '지난 몇 월 며칠 무슨 교회에서 아무개 경(卿)과 레이디 아무개의 결혼식이 있었다. 신부는 증조모 아무개가 쓴 레이스의 면사포를 쓰고…' 하는 기사가 나온다. 신부네 집이 가난해서 몇십 년 전 것을 재활용하는 것이 아니다.

독일의 신부가 결혼할 때 가지고 가는 것은 재봉틀이다. 그것도 새것이 아니라 어머니가 쓰던 것이다. 우리 나라에서는 어느 백화점에서도 재봉틀을 보기 힘들다. 세탁기는 사도 재봉틀을 사겠다는 신부가 없기 때문이다.

우리는 잘 사는 사람이나 못사는 사람이나 알뜰하게 살 줄을 모른다. 개인만 나무랄 일이 아니다. 정부도 바로 어제까지 사람들의 과소비를 부채질하기만 했다. 그러던 것이 이제 와서는 낭비를 말라고 호들갑을 떤다. 마치 국민의 낭비와 사치 때문에 경제가 엉망이 됐다는 투다. 그러나 과연 모든 게 과소비 탓일까. 또 과소비만 줄어들면 기울어진 경제가 바로 잡혀질 수 있을까. 제법한 가계부를 써 버릇하지 않는 것은 개인이나 정부나 마찬가지이다.

돌아오지 않은 아들의 선택

거의 매일같이 파티와 사교 모임을 즐기는 미국의 한 상류층 부부가 있었다. 그들은 침실이 여섯 개나 있는 저택에서 살고 있었다. 그날도 그들은 저녁 파티에 참석할 준비에 들떠 있었다. 막 집을 나가려는데 전화가 걸려 왔다. 그것은 뜻밖에도 월남전에 참전한 아들 전화였다.

"어머니. 나는 방금 제대하여 본국에 돌아왔습니다."

"그것 참 잘됐다! 언제 집에 돌아올 수 있느냐?" 라고 어머니가 기쁨에 넘치는 소리로 물었다.

"글쎄요, 그런데 집에 전우 한 명을 데리고 가도 괜찮겠습니까?"

"아무렴, 여부가 있니. 며칠 동안이든 네 친구를 데리고 오렴.'

이렇게 주저 없이 어머니가 승낙했다.

"어머니, 그런데 제 친구는 두 다리가 절단되고 팔 하나를 잃었습니다. 그리고 얼굴도 심한 화상을 입었으며 귀 하나와 눈 하나도 없습니다. 그래서 보기가 매우 흉한데, 정양할 집이 없습니다."

"집이라니? 며칠 동안이라면 우리 집에서 푹 쉬라면 되지 않겠니?"

아들은 어머니에게 가라앉은 목소리로 말했다.

"어머니는 제 말뜻을 못 알아들었어요. 나는 그가 우리 집에서 살도록 하고 싶단 말이에요."

우아하고 교양 있는 그 어머니는 이 말에 소스라치게 놀랐다. 그녀는 황급히 아들의 말을 가로막았다.

"그건 말도 안돼. 네 친구의 딱한 사정은 동정하지만, 그렇다고 우리 집에 마냥 있게 한다면 내 친구들은 뭐라고 말할 것이며, 동네 사람들은 우리를 어떻게 볼 것 같으냐. 그리고 또 네 아버지 체면은 어떻게 되고…. 마침 연휴도 다가왔는데, 그냥 너만 빨리 집에 돌아와서 오래간만에 휴일을 즐기도록 하자. 얘야, 내 말 들리니?"

그러나 어머니의 말이 끝나기 전에 아들이 수화기를 놓았는지 전화는 끊겼다. 그날 밤늦게 부부가 파티에서 돌아와 보니, 캘리포니아의 어느 작은 마을 경찰서에서 온 전화 메시지가 기다리고 있었다. 이상한 예감이 든 어머니는 급히 장거리 전화를 걸고 그 마을 경찰서장을 찾았다.

"여기 두 다리와 한쪽 팔이 없고, 얼굴에 심한 화상을 입고, 눈 하나와 귀 하나가 없는 청년의 시체가 있습니다. 그는 머리에 총을 쏘아 자살한 듯합니다. 그런데 그의 신원증명서를 보니 당신의 아드님인 것 같습니다."

이것은 데이브 겔로웨이라는 문필가가 들려준 이야기이다. 우리는 이 이야기를 들으면서 그 어머니를 탓하기란 쉽다. 그러나 막상 우리가 그 어머니였다면 우리는 달리 처신했을까? 그 어머니는 평소에 자원봉사도 잘 하고 교회 자선사업에도 열심인 여성이었다.

또 하나의 이야기를 소개하겠다.

미국의 작은 마을의 애완동물 가게에 강아지를 판다는 팻말이 붙어 있었다. 그것을 보고 한 소년이 들어와서 가게 주인에게 50센트를 내보였다. 그리고는 "강아지 한 마리를 사고 싶어요" 라고 말했다. 주인은 소년의 머리를 쓰다듬으면서 대답했다.

"미안하다. 이 개는 모두 혈통이 좋은 것들이라 75달러 짜리란다."

"그럼 이 50센트로 아저씨 강아지들을 보기만 할 수는 있나요?"

"보기만 하는 것은 공짜다. 너는 얼마든지 볼 수도 있고 만져볼 수도 있다."

주인은 어미 개에게 휘파람으로 나오라고 신호를 했다. 그러자 어미 개는 귀여운 강아지 네 마리를 거느리고 나타났다. 그런데 기운에 넘쳐서 껑충껑충 뛰며 나오는 강아지들 뒤를 절룩거리며 간신히 따라나오는 강아지 한 마리가 있었다. 그러자 소년은 그 절룩거리는 가냘픈 강아지를 가리키며 "난 저 개를 사고 싶어요" 라고 말했다.

"저 개는 못써! 너도 보다시피 허리뼈가 나빠서 뛰지도 달리지도 못하고 너와 함께 놀지도 못한단다" 라고 주인이 대답했다. 소년은 아무말 없이 자기 바지를 걷어올려 보였다. 주인의 눈에는 두 무릎 아래 쇠로 묶인 인공 다리가 보였다.

"저 강아지는 나를 알아줄 거예요. 그리고 또 저 강아지에게는 내가 필요할 거예요. 우리는 서로 통하거든요. 그러니까 저 개를 꼭 내가 가져야 해요. 제가 75달러를 다 갚을 때까지 매주 50센트씩 드리겠어요."

이 두 이야기에는 따로 주석이 필요치 않을 것이다. 우리는 제법 장애인들을 이해하는 척 한다. 그러나 차들이 무섭게 달리는 차도를 횡단할 때, 지하철역 안에서 사람들 물결 사이를 헤어나지 못할 때, 2층에 있는 투표장까지 오르지를 못해 투표를 포기해야 할 때, 또는 안될 줄 알면서도 행여나 하고 입사 시험을 볼 때, 눈이 나빠 맨 앞줄에 앉아서도 칠판 글씨가 보이지 않아 아이들의 웃음거리가 될 때, 장애인들이 얼마나 깊은 상처를 받게 되는지 우리는 모른다. 우리는 그저 그들을 제법 이해하는 척 할 뿐이다.

제인 폰다의 불만

2년 전, CNN의 창업자인 태드 터너가 부인 제인 폰다와 함께 일본에 왔을 때였다. 부부가 동경의 어느 호텔에서 파티를 열었다. 손님들은 줄지어서 주빈인 두 사람의 영접을 받았다. 그런데 그들은 모두가 남편인 터너하고만 악수를 나누고 제인 폰다 앞에서는 그냥 스쳐 지나갔다는 것이다. 이것을 보면서 먼데일 주일 미국 대사 부인이 그럴 수 있느냐고 못마땅해하는 글을 어느 일본 잡지에 기고한 적이 있다. 만약에 그것이 미국이었다면 사람들은 모두 폰다하고만 악수하려 들고 오히려 터너 쪽이 푸대접을 받았을 것이라는 것이다.

일본 남성들은 남의 부인과 악수를 나누는 일에 익숙지 못하다. 그것을 모르는 제인 폰다가 여성 차별이라고 분개한 것은 당연한 일이었다. 일본에서 몇 년 살고 있는 먼데일 부인의 눈에도 푸대접(?) 받는 폰다가 여간 민망스레 보이지 않았던 모양이다. 그래서 일본 사회의 여성 차별을 은근히 비판하면서 이렇게 글을 맺고 있었다.

"어떻습니까. 여러분의 바로 곁에 이지적이고 지식이 풍부하고 향상심에 불타는 유능한 여성들이 얼마나 많이 썩고 있다는 것을 모르십니까. 그걸 아깝다고 여기지 않습니까."

여성에 대한 차별 대우는 프랑스에서도 심하다. 빅토르 위고, 에

밀 졸라 등 나라를 위해 크게 공헌한 예술가, 정치가들을 모신 파리의 판테옹에는 최근까지 여성은 단 한 명도 끼지 못했다. 그러던 것이 겨우 작년에야 퀴리 부인이 겨우 묻히게 되었다. 그녀는 80년 전에 노벨상을 두 개씩이나 받은 다음에도 여성이라는 이유만으로 프랑스 과학아카데미 회원이 되지 못했었다. 프랑스의 여성들에게 있어서는 완전한 남녀 평등에 이르는 길은 아직도 멀기만 하다.

여기에 비긴다면, 한국 여성의 길은 적어도 표면적으로는 순탄한 편이다. 지난해에도 노동부 차관은 96년부터 공무원시험 때 여성 응시자에게는 가산점을 주고 국립 특수대학의 여학생 비율도 점차적으로 높여 나가겠다고 발표한 적이 있었다. 그러나 이것은 각도를 달리해서 본다면, 여성의 핸디캡을 인정해 준다는 것일 뿐 여성에 대한 모든 차별 대우를 철폐한다는 이야기는 아니다.

우리 나라 여성의 영향력은 결코 작은 편이 아니다. 지금은 어떤지 모르지만 불과 몇 년 전까지만 해도 빈 교향악단은 여성 연주자를 쓰지 않았다. 여성은 가혹한 연습을 감당하기가 체력적으로 어렵다는 이유에서였다. 세계적으로 유명한 영국의 지휘자 토머스 비참은 여성 연주자를 채용하려 하지 않았다. 그 이유를 그는 이렇게 설명했다. "만약에 그녀가 아름답다면 동료 남성 연주자들이 집중력을 잃게 된다. 또 그녀가 아름답지 않은 경우에는 내가 집중력을 잃게 된다."

우리 나라에 이런 교향악단이나 지휘자가 있다면 온갖 비난의 화살을 이겨내기 어려웠을 것이다. 그러면서도 현실적으로는 차별 대우에 시달리고 있는 것이 우리 나라 여성이다.

우리는 칭찬의 뜻으로 '여성답지 않게' '여성으로서는' 또는 '남성을 빰칠 만큼' 하는 표현을 예사롭게 쓴다. 사실은 '원래가 남성보다 열등한 여성으로서는 제법 잘 한다'는 뜻이 그런 표현들의 밑바탕에 깔려 있는 것이다. 우리 나라 여성의 사회적 지위를 더욱 판가름하기 어렵게 만들고 있는 것이 '여류 시인' '여류 화가' 또는 '여류 명사'라는 말들이다. 그러나 이 말에 대해 여성 측에서조차 별로 저항감을 느끼지 않고 있다.

20년쯤 전에 미국의 대출판사 맥그로 힐이 자기네 회사에서 출판되는 교과서며 잡지에서 여성을 차별하는 말을 추방하기로 하고, 그 지침서를 만들어 낸 적이 있다. 여기서 '여류 작가' '여류 시인' 대신에 그냥 '작가' '시인'으로 해야 한다고 지적했다. 이 지침서에서 흥미를 끄는 것은, 가령 "헨리 하리스는 유능한 변호사이며, 그의 아내 앤은 멋진 금발 여인이다" 하는 글도 남녀 평등에 위반된다는 것이다. 왜냐 하면 남자쪽은 재능이나 직업을 내세우면서 여자쪽은 육체적 특징만을 강조한다는 것은 그만큼 여성을 멸시하기 때문이라는 것이다. 따라서 이 글은 "하리스 부부는 매력적인 부부이다. 헨리는 멋진 은발이고 앤은 아름다운 금발이다" 라고 바꿔야 한다는 것이었다.

'가정주부'라는 말도 당연히 피해야 한다고 밝히고 있었다. 그것은 그 사회가 여성해방 운동의 엄청난 소용돌이 속에 휘말리고 있을 때였다. 지금은 미국의 여성들도 '가정주부'라고 불리는데 반대하지 않는다. 주부의 뜻인 '하우스 와이프'를 '홈 메이커'라고 말만 바꾼다고 해서 여성의 지위가 향상되지 않는다는 인식에 의해서이다. 그러나 '여류 시인' '여류 화가'라는 말은 듣지 않게 되었다. 그것은 학계나 병원에서 '여류 박사' '여류 의사' 라고 성을 가릴 필요가 없는 것과 같은 이유에 의해서이다.

여성이라고 해서 차별대우 당하는 것에 못지 않게, 혹은 그 이상으로 여성을 모욕하는 것은 '여자이기 때문에 특별히 봐준다'는 식의 특별 대우일 것이다. 아마도 이런 특별 대우까지도 철폐될 때 비로소 성 차별은 이 땅에서 사라지게 될 것이다.

'아버지, 고이 잠드소서'

6·25 때 나는 권총을 차 본 적은 있어도 총을 들고 사선(死線)을 헤맨 적은 없었다. 나와 같은 세대의 젊은이들이 전쟁터에서 쓰러지는 동안 나는 학교를 다녔다. 이것이 특히 6월만 되면 나의 가슴을 무겁게 누른다. 그래서 나는 이따금 국립묘지를 찾는다. 거기에는 일 년 내내 아무도 찾는 사람이 없는 묘소들이 많다. 몇 해 전까지만 해도 그 앞에 분향을 하고 꽃을 놓고 가는 늙은 아버지나 어머니들이 있었다. 그 분들도 지금은 이 세상에 없는 것일까.

"우리가 죽은 다음에는 누가 이 무덤을 돌봐 줄까."

아들의 무덤을 찾아볼 때마다 위패를 어루만지면서 이렇게 가슴 아파했을 노부모의 모습이 눈에 선하다. 그런 중에도 꽃이 끊이지 않는 위패가 있다.

어느 소박한 상석에 적힌 '아버지 고이 잠드소서'라는 말이 발길을 멈추게 한다. 그리고 그 말에 담긴 사연을 상상해 본다. 위패에는 육군종합학교 출신의 육군 소위라고 적혀 있다. 우리는 그들을 '소모품'이라 불렀다. 아마도 그는 단 4주일 동안의 훈련을 마치기가 무섭게 일선에 투입되던 수백 명의 속성 장교 중의 한 명이었을 것이다. 그가 횡성 전투에서 전사할 때 그의 나이 스물 셋이나 됐을까? 그런 그에게 벌써 아들이 있었다는 것이 신기하기만 하다. 틀림없이 그는 손이 귀한 시골 집안이라 일찍 장가갔을 것이다. 그러나 그는 죽을 때까지도 자기 아내의 뱃속에 아이가 들어 있는지 전혀 알지 못하고 있었을지도 모른다.

그때는 전쟁 중이었다. 누구나 끼니를 이어가기도 어려운 세상이었다. 유복자를 데리고 살아가기에 지친 그녀는 수없이 하늘을 원망하기도 하고 야속한 세상을 한탄하기도 했을 것이다. 요리조리 꾀부려 가며 병역을 기피한 젊은 사람들을 볼 때마다 다시없이 자기 남편이 미련스럽게 여겨지기도 했을 것이다. "나는 왜 아버지가 없느냐?" 라고 철없는 아들이 물을 때마다 그녀는 가슴이 미어지도록 아팠을 것이다.

"너의 아버지는 나라를 위해 몸을 바치셨다."

그녀는 늘 이렇게 말해 왔을 것이다. 그러나 "왜 우리 아버지만 나라를 위해 죽었느냐?" 라고 어린 아들이 물었다면 무엇이라고 대답할 수 있었을까. "다른 아버지는 왜 나라를 위해 몸을 바치지 않고 무엇을 했느냐?" 라고 아들이 되물었을 때, 어머니는 아들 앞에서 눈물을 보이지 않으려고 얼마나 애썼을까. 그래도 그녀는 이를 악물고 모진 세파를 헤쳐 가며 살아왔다. 그러는 사이에 아들은 자랐다. 그녀의 인생에서 이제는 아들이 전부였다. 아들이 그녀의 유일한 삶의 기둥이자 보람이었다.

어느 날 아들이 취직하여 처음으로 받은 월급을 들고 돌아와서 어머니에게 말한다. "이 돈으로 아버지 위패 앞에 상석을 마련하겠습니다." 그 말을 들으면서 어머니는 비로소 아들 앞에서 아무 거리낌없이 눈물을 보일 수 있었다. 그것은 한 평생을 두고 억눌러 왔던 울음이었다. 그것은 기쁨과 쓰라림, 흐뭇함과 한이 뒤섞인 뜨거운 감정의 폭발이었다. 어머니는 죽은 남편을 그려 오던 자기 못지 않게 아들

또한 아버지를 그리고 있었다는 사실을 비로소 깨닫게 되었다.

일 년 후에 아들은 결혼을 했고, 그리고 어머니는 할머니가 되었다. 아장아장 걸음마를 시작한 손자를 데리고 처음으로 성묘하러 왔을 때였다. 아들은 영문도 모른 채 잔디 위에서 뒹구는 손자를 일으켜 세우면서 "너의 할아버지는 애국의 용사이셨다" 라고 한마디 한마디에 힘주어 가며 일러주는 것이었다. 부자의 그 모습을 바라보면서 어머니는 땅속의 남편을 향해 조용히 말한다.

"이제 나는 내 할 일을 다 했다오."

그러나 똑같이 전사했으면서도 국립묘지에 묻히지 못한 용사들도 많다. 그들은 학도병이라는 이름의 군번(軍番)없는 군인들이다. 그 중에는 고등학교 학생들도 많았다. 고국을 지키겠다고 일본에서 달려와서 지원한 교포 학생들도 있었다. 그들은 일반 군인들과 함께 싸우고, 그리고 죽었다. 그러나 그들에게는 아무것도 남은 것이 없다. 전사해도 그들은 국립묘지에 묻히지도 못했으며 그들의 유가족에게 어떤 연금 혜택도 없다. 그들은 전사(戰史)에도 제대로 기록되어 있지 않다.

또 '지게 부대'라는 것이 있었다. 보통 군인보다 월등히 나이가 많은 그들은 일선 부대에 보급품을 지게에 싣고 운반하는 일을 도맡았다. 그들은 총을 들고 싸우지는 않았지만 포탄이 날아오는 속에서도 지게를 지고 산을 오르내려야 했다. 그러나 그들의 죽음은 어디에도 기록되어 있지 않다.

모두가 똑같이 소중한 목숨이요 거룩한 죽음이다. 그런데도 아직 "우리 아버지는 나라를 위해 몸을 바쳤다!" 라고 자랑스레 말하지 못하는 전몰자의 유가족들이 많다.

자유는 면허증이 아니다

프랑스 혁명의 반동으로 보수주의가 세력을 펴고 또 한편으로 마르크스-엥겔스 사상이 유행하기 시작한 1859년에 J. S. 밀이 사상의 자유를 옹호하는 고전적 저서 『자유론』을 발표했다. "자기 자신의 행복을 제각기의 방식에 따라 추구할 수 있는 자유만이 참다운 의미의 자유이다." 이렇게 전제한 다음에, 밀은 다음과 같이 강력하게 주장했다.

"만약에 한 사람을 제외한 나머지 모든 인류가 의견을 같이 하고 여기 한 사람만이 반대 의견을 갖고 있을 때, 인류가 그 한 사람을 침묵시키는 것은 그 한 사람이 힘으로 인류를 침묵시키는 것 이상으로 정당하지 못하다."

대학생들의 폭력 시위를 변호하려 드는 일부 대학교수와 정치인들도 밀의 『자유론』을 그대로 빌려쓰고 있다. 그러나 그들이 정말로 『자유론』을 읽었는지는 몰라도, 그 책을 끝까지 제대로 읽지 않은 게 분명하다. 왜냐 하면 밀은 다른 사람의 권리나 자유를 침해하거나 공동체의 안전을 위협할 때에는 그 자유를 억제해야 한다고 단서를 붙였던 것이다.

"곡물 상인들이 가난한 사람들을 굶주리게 하고 있다든지, 사유재산은 약탈의 결과라든지 하는 의견은 단순히 활자로 인쇄되어 보급

할 때에는 방해 받아서는 안되지만, 곡물 상인 집 앞에 모인 흥분한 군중 앞에서 말로 연설할 때에는 처벌당해 마땅하다."

이어 밀은 보호받아야 하는 자유와 제한받아야 하는 자유를 다음과 같이 구별했다.

"개인에게나 또는 공중에게나 분명한 가해(加害) 또는 가해의 분명한 위험이 있을 때에는 그것은 자유의 영역을 떠나서 도덕이 아니면 법의 영역에 속하게 된다."

관객으로 꽉 찬 극장 안에서 "불이야!" 하고 큰소리칠 수 있는 자유란 정말로 그 극장에 불이 났을 때에 한한다. 설사 불이 났을 때라 해도 자칫 사람들을 공포에 질리게 하고, 이 때문에 출구가 막혀서 더욱 사상자를 낼 위험이 있다면 "불이 났다!" 라고 소리칠 수 있는 자유를 스스로 억제해야 한다.

『법의 정신』을 쓴 몽테스키외도 말했다. "자유란 법의 한도 내에서 무엇이든 하고 싶은 것을 할 수 있는 권리이다. 만약에 한 시민이 법이 금지한 것을 할 수 있게 된다면 그 순간부터 그는 자유를 박탈당하게 된다. 왜냐 하면 다른 시민들도 그와 똑같은 힘을 행사하게 되기 때문이다" 라고.

보통 사람이 남의 집에 무단 침입하고 기물을 파손하거나 자기 뜻대로 되지 않는다면서 거리에서 경관에게 돌질을 하고 몽둥이를 휘두르면, 그 동기 여하를 막론하고 형사 처벌받아도 당연한 것으로 여긴다. 그러면서 그보다 몇 곱 더 심한 집단 난동을 대학생들이라는 이유로 봐줄 수는 없다. 민주주의란 어떤 사람의 특권도 인정하지 않는 데서 출발하는 것이다. 특히 사상의 자유 또는 표현의 자유를 내세워서 대학생들의 폭력 행사를 정당화시킬 수는 없다.

밀보다 2백 년 전에 밀튼은 『아레오파지티카』에서 "나쁜 책도 금지되어서는 안된다. 왜냐 하면 진실이란 허위 없이는 밝혀지지 않으며, 부정이 있어야 비로소 정의가 분명해진다" 라고 주장했었다. 여기에는 나쁜 책과 함께 좋은 책도 읽는다는 전제가 붙는다. 그런 뜻에서 "이 세상의 근본적인 문젯거리는 어리석은 자들은 너무 독단적이고 머리 좋은 자들은 너무 앞뒤를 가린다는 데 있다" 라는 버트란드 러셀의 말을 반추해 볼 필요가 있다.

존 어빙의 장편소설 『호텔 뉴햄프셔』에서 테러리스트가 비엔나의 오페라극장 무대를 폭파할 계획을 세운다. 그리고 폭파됐을 때의 무대 위의 아수라장을 상상하면서 이렇게 말한다.

"무대에서 떨어져 안전한 관람석에 앉아 있는 사람들에게는 이것이야말로 오페라 바로 그것이며 기막힌 구경거리가 될 것이다."

한 대학 교수는 데모 학생의 벽돌에 맞아 죽은 의경의 영결식이 있던 날 밤, 어느 텔레비전의 좌담회에서 '쌍방의 감정적 대립의 격화'를 우려하기만 했다. 만약에 내 아들이 학생들의 돌에 맞아 쓰러지고, 내 연구실의 소중한 연구 자료들을 학생들이 불살라 버린다면, 그래도 주의며 사상을 위해 학생들이 쇠 파이프를 휘두를 수 있는 자유를 보장해야 한다고 주장할 수 있을까?

토크빌의 말대로 자유란 혼자 살 수 있는 것이 아니다. 그것은 도덕, 법, 정의, 공익, 책임 중의 어느 한 가지와 짝지어 있을 때 비로소 존재할 수 있다. 극단주의가 위험한 것은 그들이 극단적이기 때문이 아니라 대화와 타협과 관용을 모르기 때문이다. 프랑스 혁명 때, 로베스피에르의 테러 정치에 희생되어 단두대에서 처형당하기 직전에 마담 롤랑은 이렇게 외쳤다.

"오 자유여, 그대 이름 아래 얼마나 많은 범죄가 저질러졌느냐!"

은퇴를 앞둔 마지막 설교에서 투투 대주교도 "자유란 편리한 면허증은 아니다" 라고 말했다.

아인슈타인의 첫사랑

1901년 5월의 어느 날, 아인슈타인은 밀레바라는 여인에게 이런 편지를 써 보냈다. "기운을 내라, 내 사랑아. 그리고 역정내지 마오. 여하튼 나는 당신 곁을 떠나지 않겠으며 모든 것에 행복한 결과를 맺게 할 것이다."

그녀는 정식 결혼만을 안했을 뿐 이미 아인슈타인의 아이를 뱃속에 가지고 있었다. 아인슈타인은 17세 때 취리히에 있는 공과대학에 입학했다. 여기서 그는 같은 물리학 강의를 듣는 밀레바 마리크라는 여학생과 사랑을 속삭이게 되었다. 흔히 그녀는 매우 평범하고 멋없는 여성이었다고 알려져 있다. 그러나 아인슈타인을 사로잡을 정도였으면 명석한 두뇌의 소유자였음이 틀림없다.

그들은 결혼을 3년 넘게 미뤄야만 했다. 그것은 밀레바가 네 살이나 위인 데다가 가정주부감이 아니라 학자라고 어머니가 반대했기 때문이었다. 아인슈타인의 어머니가 반대한 가장 큰 이유는 밀레바가 가난하고 천한 집안 출신이라는 사실이었다. 21세가 되던 해에 아인슈타인은 밀레바에게 이런 편지를 보냈다.

"내가 (당신과) 결혼할 의사를 밝히자, 어머니는 몸을 침대 위에 던지고 얼굴을 베개 밑에 파묻더니 어린애처럼 목놓아 울었다. 당초의 충격으로부터 회복하자 어머니는 '너는 너의 장래를 망쳐 놓으려 한다'고 말했다." 그러나 주위에서 반대하면 할수록 사랑은 더 굳어지는 게 보통이다. 아인슈타인의 경우에도, 적어도 밀레바가 임신했을 때까지는 그랬다.

밀레바가 딸을 낳자 아인슈타인은 더 이상 결혼을 미룰 수가 없었다. 어머니의 반대는 여전했다. 어머니와 아내 사이에서 겪어야 했던 아인슈타인의 고통도 작지는 않았을 것이다. 그러나 밀레바의 고통은 여기 비할 바가 아니었다. 두 번째로 낳은 사내아이는 정신장애자였다. 이를 전후하여 첫째 딸은 다른 집에 양녀로 보내졌다.

밀레바는 이런저런 고통과 충격, 특히 시어머니의 구박을 이겨내지 못하고 정신적으로나 육체적으로나 정상을 잃게 된다. 그러나 아인슈타인은 이혼을 회피하려는 '냉혹한 꾀'라고만 여겼다. 그는 자기 아내를 '흔히 볼 수 없을 만큼 추악한 여인'이라고 평하기도 했다.

드디어 아인슈타인은 1919년에 이혼했다. 이를 누구보다도 기뻐한 것은 그의 어머니였다. 이 해에 그는 '상대성 이론'으로 세계적인 인물이 되었다. 그러나 그는 그 후에 단 한번도 정신병원에 들어가 있는 아들을 찾아가지 않았다. 그가 67세에 쓴 『자서전적 각서』에도 그에 대해 단 한마디도 없었다.

여기서 최근 7천만 원의 공동 위자료를 물게 된 어느 이혼소송의 시어머니 이야기를 연상하지 않을 수 없게 된다. 사람들은 파경으로 몰아간 시어머니만을 나무란다. 그리곤 어머니와 한편이 되어 아내를 학대한 아들에 대해서는 전혀 말들이 없다. 만약에 그가 조금이라도 줏대 있게 굴고 아내에게 힘이 되어 주었다면 시어머니의 구박을 어떻게든 견디어 나갈 수도 있었을 것이다. 아인슈타인의 경우도 이와 크게 다르지 않았을 것이라 짐작된다.

그 동안 공개되지 않았던 서한들을 통해 보여준 아인슈타인의 인간상은 별로 매력 있는 것이 못된다.

인간에게는 앞면과 뒷면이 있게 마련이다. 참다운 위인이란 그 많은 결점에도 불구하고 또는 그처럼 많은 결점 때문에 더욱 친밀감을 느끼게 만든다. 그런데 우리는 높은 사람들이란 으레 모든 면에서 훌륭해야 한다는 것으로 여기려 든다. 매우 딱하게도 본인들도 그렇게 행세하려 든다.

거둔 만큼 뿌린다

클라이드는 평범한 젊은이다. 그의 꿈은 남들만큼 잘 살아보자는 것이었다. 그것은 특별한 재주도 돈도 없는 그에게는 이룰 수 없는 꿈이었다. 다행히도 그에게는 공장을 경영하는 잘 사는 큰아버지가 있었다.

이 공장에서 일하던 클라이드는 착한 여직공 로비타를 사랑하게 된다. 그런지 얼마 후에 그는 부잣집 딸과 친하게 된다. 만약에 그가 그녀와 결혼하게 된다면 그의 모든 꿈이 이루어지게 된다. 그러자면 로비타와의 관계를 청산해야 했다. 그는 로비타를 외딴 호수로 유인하여 함께 배를 탄다. 그러나 겁이 난 그는 차마 죽이지 못한다. 이상한 낌새를 눈치 챈 그녀는 배 안에서 클라이드와 다투다 배가 흔들리고, 그녀는 물 속에 빠진다. 클라이드는 물 속에서 허우적거리는 그녀를 살리지 않고 혼자 배를 타고 떠난다. 결국 그는 애인 살인의 혐의를 받고 잡힌다. 검사는 그에게 충분한 살의가 있었다고 논고했다. 클라이드는 이를 부정하지 못하고 사형선고를 받게 된다.

데오돌 드라이저의 명작 『미국의 비극』이다.

클라이드를 물질 만능의 자본주의 사회의 희생자로 그려낸 이 소설이 나온 것은 1925년, 그때는 사회주의와 프롤레타리아의 편에서 쓴 이른바 신흥 문학이 유행하기 시작한 때였다.

요새 온갖 자기 반성의 요란한 소리들이 들린다. '소외층과 더불어 사는 풍토'를 키우자는 소리가 있고, 계층 위화감의 조성 방지를 위한 '전국민 의식개혁 운동'을 일으키자 하기도 하고, 인성 교육의 필요성을 역설하기도 한다.

우리는 이른바 '지존파'를 통해 병든 우리 사회에 대해 숙연한 마음으로 자성할 필요는 있다. 물질만능과 '가진 자들의 홍청대는 과시적 소비풍조'가 있는 것도 사실이며, 많은 사람이 '상대적 빈곤감'을 느끼고 있는 것도 사실이다. 그렇다 하더라도 '있는 놈들' 운운하는 지존파를 마치 '분배의 불균형'의 딱한 희생자로 만들어 내는 또 다른 심각한 과오를 알게 모르게 저지르고 있는 것만 같다.

그때 어느 텔레비전에서는 취조를 받던 범인의 한 사람이 몇천 원짜리인가 하는 식사 대접을 받으며 "이렇게 맛있는 음식은 처음 먹어봤다" 하더라고 아나운서가 말하면서 은근히 시청자들의 동정심을 자극하려 했다. 그리고 또 일부에서는 그들과 극단적으로 대립적 위치에 있는 야타족과 범인들을 대비시키기도 한다. 그것은 마치 '가난이 죄'라는 인상을 부각시키려는 의도가 담겨져 있는 듯이 보이기도 한다.

만약에 분배의 불균형이 지존파와 야타족을 낳았다면, 그것은 단순한 사회 정화나 인성 교육이 아니라 자유민주주의며 자본주의 체제 자체를 바꿔 놓기 전에는 없어지지 않는다. 이처럼 우리에게 위험스러운 시각은 없을 것이다.

아무리 우리 사회가 병들어 있다 하더라도 지존파는 어디까지나 예외 중에 예외에 지나지 않는다. 그런 짐승만도 못한 범죄인은 가장 도덕적이었다는 영국의 빅토리아 시대에도 있었다. 마찬가지로 야타족 역시 우리가 법석을 떨 만큼 많은 것도 아니다. 잘 사는 집안의 자제들이 모두 야타족이 되는 것은 아니며, 야타족의 책임은 무엇보다도 먼저 그들의 부모에게 있는 것이다.

지존파의 다음 '공격'의 목표는 러브 호텔이었다고 했다. 그 이유를 짐작하기는 그리 어렵지 않다. 그들은 광신적인 도덕가들이기 때문에 비도덕적인 러브 호텔을 '싹쓸이' 하겠다는 것이 아니었다. 그들은 그저 그들이 누리지 못하는 쾌락을 독차지하고 있는 '있는 놈'들에 대한 선망과 증오에서였을 뿐이었다.

야타족에 대한 그들의 증오도 같다. 그런데 지존파의 두목은 동네 선배의 조카인 어린 중학생을 성폭행했다. 그것이 그들이 주장하는 바와 같은 사회에 대한 보복 행위인가. 범행 장소는 또 어느 러브 호텔은 아니었을까.

"어머니도 내 손으로 못 죽여 한"이라고 거침없이 말하는 범인을 우리는 정상인이라 봐서는 안된다. 이천 쌀에도 쭉정이가 있고, 잘 걸러도 돌이 섞이는 법이다. 우리는 다른 나라보다 뛰어나게 잘 나지도 착하지도 않지만, 그렇다고 남들보다 뛰어나게 추악하지도 병들어 있지도 않다. 우리는 토인비가 40년 전에 경고한 문명의 대가를 지금 치르고 있을 뿐이다. 우리 모두가 이렇게 믿고 행동할 때, 제2의 지존파도 막을 수 있다.

노는 것과 쉬는 것

해마다 추석이 되면, 빤히 고생길인 줄 알면서도 사람들은 귀성 길에 나선다. 수백만 명의 귀성객이 같은 날에 같은 길을 타고 고향으로 떠나고, 다시 모두가 같은 날에 서울로 돌아온다면 전국의 도로가 어떻게 될 것인지 모두가 빤히 알고들 있다. 이들이 3~4일 동안 길거리에 버리는 시간이며 생산력의 감소가 얼마나 엄청난 것인지를 모두가 빤히 잘 알고 있으면서도 으레 추석 같은 연휴 때는 놀러 나가야 하는 것으로 모두가 여긴다. 신문도 3일이나 쉰다.

스위스의 건국일은 8월 1일이다. 그것을 공휴일로 하느냐는 것은 국민투표 끝에 겨우 지난 93년에 결정되었다. 그러나 이 날을 유급휴가로 하느냐 마느냐는 것은 그 후 3년이 지나도록 결정을 내리지 못했다. 노동조합 측에서는 당연히 유급으로 하자고 주장하고 있지만, 여론의 절반은 여기에 반대하고 있기 때문이다. 우리는 모든 공휴일을 당연히 유급이라 여긴다.

아놀드 토인비가 75년 죽기 직전까지 연구한 주제는 '조국의 기틀을 뒤흔드는 노동조합과 정부와의 역관계'였다. 그리고 "영국에는 정부와 노동조합이라는 두 개의 주권, 아니 복수 노조의 힘까지 생각한다면 두 개 이상의 주권이 존재한다" 라고 분석하고, 영국병의 가장 큰 원인도 이런 데 있다는 결론을 내렸었다.

되도록 적게 일하고, 되도록 많이 받도록 하려는 것이 근로자를 위한 노조의 필연적인 요구이기도 하다. 그러나 그런 요구에는 지켜야 하는 적정선이 있어야 한다. 그 적정선을 넘을 때는 경제 전체가 위협을 받게 되는 것이다. 토인비가 우려한 것도 바로 이런 점이었다. 그는 노조의 존재이유를 부정하는 보수주의자는 아니었다.

문명이 발달하면 노동시간은 단축되게 마련이다. 약 20년 전에 프랑스의 경제학자 장 푸라스티에가 『4만 시간』이라는 책을 내놓았었다. 그에 의하면, 20세기 말에는 주당 노동시간이 30시간으로 줄어든다. 연간 40주 동안 일한다 치고, 사람이 한평생 중 35년간 일한다면 모두 합쳐서 4만 2천 시간을 일하는 셈이 된다.

미래학자 허만 칸의 예측은 한발 더 나아간다. 그는 21세기에 들어서면 적어도 미국에서는 매주 3일 동안만 일하면 되고 하루 노동시간도 7.5시간으로 단축된다고 내다보았다. 그러니까 노동시간이 지금보다 3분의 1이나 줄어든다는 이야기가 된다. 그러나 여기에는 일하는 시간 동안은 모두가 착실히 일을 한다는 전제가 붙어 있다.

미국의 경제가 크게 후퇴하기 시작한 70년대 후반부터 그 조짐은 '프라이데이 카(금요일에 만든 자동차라는 뜻)'나 '먼데이 레몬(월요일에 만든 불량품)' 현상으로 나타났다.

미국에서는 어느 공장이나 토요일부터 논다. 근로정신이 건전했을 때, 근로자들은 금요일에 손을 털기 전까지 더 열심히 일했다. 여기에는 자기 일에 대한 자부심이 겹쳐 있기도 했다. 그러나 근로정신이 해이해진 다음부터는 놀기 전날부터 일이 손에 잡히지 않게 되었다. 그래서 휴일을 앞둔 금요일과 휴일 다음 월요일에 조립되는 자동차에 결함이 많이 나타나게 됐다는 것이다.

우리 나라 근로자가 일하는 8시간은 인도네시아나 중국의 근로자가 일하는 8시간과 똑같지 않다. 우리 나라의 공장에서 일하는 1백 명의 생산력도 일본 공장의 1백 명의 생산력과 다르다. 70년대 또는 80년대에 우리 나라의 고도성장을 지탱한 것은 노동의 양이었다. 이제부터 우리를 지탱해 주는 것은 노동의 질이지 양이 아니다. 왜냐하면 우리는 중국이나 태국과 양으로는 맞설 수 없기 때문이다.

지금 미국은 다시 경제적인 상승기를 맞고 있다. 그것은 그들이 노동의 질을 높이는데 성공한 결과이다. 원래 미국에서는 일하지 않으면 돈을 못 받는다는 원칙이 철저하게 지켜지고 있다. 일을 잘 하거나 남보다 더 많이 일하는 사람이 일을 못하는 사람보다 돈을 더 많이 받는다는 것도 당연한 것으로 받아들여져 왔다.

우리 나라에서는 아무리 일을 안 하거나 무능해도 남과 같은 봉급을 받을 수가 있다. 능력과 성과에 따라 지급되는 인센티브 시스템(개별적인 특별 보너스)도 우리 나라에서는 발붙이기 어렵다. 그것은 남보다 더 열심히 일하려는 근로자들의 근로 의욕을 감퇴시킬 게 틀림없다.

걸음이 더딘 사람과 걸음이 빠른•사람이 똑같은 시간 동안 걷는다면 당연히 걸음이 더딘 사람이 뒤지게 된다. 반대로 아무리 걸음이 빠른 토끼라 해도 게으름을 부리면 거북에게 뒤지게 된다. 걸음이 남보다 빠르지도 못하면서 남들만큼도 열심히 걷지 않는다면 더욱 뒤지게 마련이다.

밤새, 안녕하셨습니까

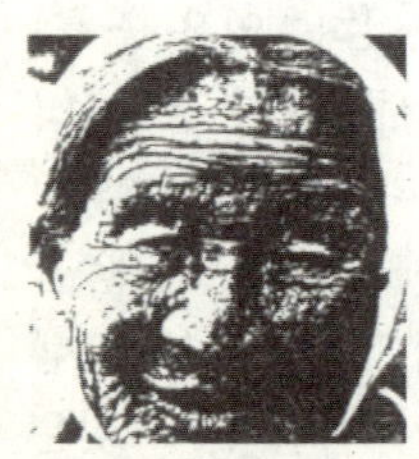

1883년에 한국인으로는 처음으로 미국에 간 민영익, 홍영식 등 특별 사절은 9월 18일 아더 대통령의 접견을 끝낸 다음 뉴욕 시내를 두루 구경했다. 그들은 센트럴 공원을 둘러본 다음 바로 몇 달 전에 완공한 부루클린 다리를 마차를 타고 건너가 보았다.

그 다리는 지금도 멀쩡하게 살아 있다. 바로 이 해에 맨해턴 섬과 부루클린 사이에 교각이 없는 다리를 건설하겠다는 존 뢰블링이라는 기술자가 있었다. 그것은 황당한 꿈 같기만 했다. 공사에 착수한 지 3개월이 못되어 끔찍한 사고가 일어나 존 자신이 죽었다. 그를 돕던 아들 워싱턴도 전신마비가 되어 움직이지 못하고 말도 하지 못하게 되었다.

공사는 중단될 수밖에 없었다. 그러나 그는 손가락 하나만을 움직일 수가 있었다. 그는 손가락 하나로 아내에게 의사를 전달할 수 있는 방법을 찾아냈다. 이때부터 그는 병실에 드러누운 채 현장에 공사 지시를 해 나갔다. 부루클린 철교는 드디어 13년 후에 완성되었다.

그때는 사람이나 화물이나 모두 마차를 이용하던 때였다. 요새처럼 교통량이 늘어나리라고는 꿈에도 상상하지 못하던 때에 설계된 다리였다. 그러나 1백 년이 지난 지금까지도 그 다리는 뉴욕의 자랑거리의 하나가 되고 있다.

우리의 성수대교는 15년도 못되어 무너졌다. 팔당대교, 행주대교처럼 완공되기도 전에 무참하게 붕괴된 다리들도 많다. 우리는 미국보다 1백 년 이상이나 기술이 뒤져 있다는 이야기인가.

또 하나 우리와 너무나도 대조가 되는 예가 있다. 시속 2백 킬로미터 이상으로 달리는 일본의 신간선(新幹線)은 지난 94년 10월 1일로 30주년을 맞이했다. 그 동안 10억 4천만 킬로미터를 달렸다. 지구와 달 사이를 1천3백 번 왕복한 폭이 된다. 그 동안 나른 승객 수도 28억 명이 넘는다.

30주년을 맞은 날, 일본 철도공사는 일간 신문에 전면광고를 냈다. 그 속에서 그 오랫동안 단 한 명의 승객도 사고로 죽지 않았다고 자랑했다. 그처럼 거의 완벽에 가까운 안전성을 유지하기 위해 매일같이 차량 검사를 하고, 3년마다 차량을 거의 완전 해체하고 오버홀한다는 것이다. 이보다 더 오랫동안 동경의 지하철도 달리고 있다. 그러나 지금까지 단 한 명의 희생자도 내지 않고 있다.

우리는 94년 한 해에 78명의 희생자를 낸 끔찍한 열차 전복 사고를 체험했다. 그렇건만 언제 또 철도 사고가 일어날지 모른다. 국민의 목숨을 소중히 여기는 마음에 있어 우리는 일본보다 30년 이상이나 뒤져 있는 것인가?

도대체 우리의 일상생활에서 정말로 안전한 것이 있는가?

텔레비전의 심야 토론에서 어느 참가자가 물었다. 한강 다리처럼 뭇 사람의 눈에 띄는 것들에 대한 안전관리도 엉망이다. 그런데 눈에 보이지 않는 것들에 대한 정부 이야기를 어떻게 믿을 수 있느냐는 것이다. 따지고 보면, 우리는 "설마 그럴까?" "그래도 나만은 괜찮겠지…" 하며 애써 다가오는 재난으로부터 눈을 돌리며 살고 있다. 그렇지 않고서는 마음놓고 먹을 수 있는 음식도 의약품도 없다.

인간이 과오를 저지르는 데에는 각기 다른 유형이 있다. 어떤 과실을 범하는가를 보면 그 사람의 인품을 알 수가 있다. 공자의 말이다. 나라도 마찬가지이다. 나라를 가장 괴롭히고 있는 것이 무엇인지를 보면 그 나라가 어떻게 될 것인지를 짐작할 수 있다.

영국 해군에 전해지고 있는 교훈에 '원 인치, 원 이어(one inch one year)'라는 말이 있다. 선원들이 육지에 상륙할 때마다 조금씩 짐이 늘어난다. 제각기 '이것쯤' 하고 배에 들고 돌아오는 짐도 쌓이다 보면, 거대한 군함이 일 년에 한 치씩 가라앉는다. 그리하여 배의 속도도 늦어지고 방향타도 제대로 움직이지 않게 된다.

우리는 거의 해마다 열차 전복, 항공기 추락, 선박 전복 등 대형 참사를 겪는다. 모두 다른 선진국에서는 10년에 한 번도 일어날까 말까 하는 사고들이었다. 그리고 또 그 모든 게 얼마든지 피할 수 있는 사고들이었다.

우리 나라는 지금 해마다 한 치 이상씩 가라앉고 있다.

"밤새 안녕히 주무셨습니까?" 라고 인사를 나눠야 했던 옛 조상을 딱하게 여기던 우리에게는 지금 낮과 밤이 따로 없다. 우리는 매일같이 러시안 룰렛 놀이를 하고 있는 것이다.

서재필 박사의 옛 무덤

안동의 윤씨네 마을에 '무정아제'라는 사람이 살고 있었다. 그는 일밖에 모르는 구두쇠 영감이었다. 어찌나 구두쇠 노릇을 하는지 자식들도 돈이 든다고 학교에 보내지 않았다. 돈도 제법 모았다는 소문이었지만, 여전히 오막살이집에서 살고 있었다.

그런 그가 종중(宗中) 산에 기막힌 묏자리를 찾아냈다. 풍수사에게 큰마음 먹고 대금을 내어 보게 했더니 틀림없이 명당 자리라는 것이었다. 그렇다고 자기 마음대로 그걸 무덤으로 쓸 수는 없었다. 누구든 문중에서 먼저 죽는 사람이 그 명당을 차지할 수 있는 것이었다. 욕심 많고 어리석은 그는 궁리 끝에 농약을 먹고 죽었다.

윤학준(尹學準) 씨가 일본에서 펴낸 『역사 속에 묻힌 한국』이라는 책에서 알려준 실화이다. 믿어지지 않을 만큼 극단적인 예이기는 하지만, 이처럼 한국인은 무덤을 아낀다. 때로는 집안 자랑을 위해 또는 불효에 대한 뉘우침에서 무덤을 되도록 크고 호화롭게 만들려 하기도 한다.

유럽인들은 무덤을 우리처럼 대단하게 여기지 않는다. 드골 대통령도 유언에 따라 시골 고향의 마을 한구석에 초라한 무덤으로 묻혀 있다. 비석에도 그저 이름 석 자만이 적혀 있을 뿐이다. 자기는 호화로운 무덤을 필요로 하지 않을 만큼 위대하다는 오만 때문에 그런 유언을 남겼다고 봐서는 안된다. 우리와는 판이하게 다른 사생관(死生觀) 때문이라고 보는 게 더 옳을 게다. 서양 사람은 어떻게 살았느냐 하는 것을 소중하게 여긴다. 죽은 다음에 어떻게 되느냐에는 별로 관심이 없다.

한국 사람에게는 또 태어난 곳이 중요하다. 서양인은 그렇지 않다. 죽으면 고향 땅에 묻힌다는 낙엽귀근(落葉歸根)의 사상은 서양 사람들에게는 생소하다.

프랑스가 세계에 자랑하는 문호 로맹 롤랑의 무덤은 시골 구석의 교회 묘지 안에 있다. 으슥한 나무 그늘 밑에 절반 가량 흙 속에 묻혀 있다. 제법한 비석도 없다. 몽마르트르의 공동묘지 안에 있는 작곡가 베를리오즈의 무덤도 적어도 10년 전에 찾아봤을 때만 해도 검소하기 짝이 없었다. 그것은 마치 가난 속에서 허덕이던 그의 생전을 알려주는 듯했다. 파리 교외의 한적한 시골에서 자살한 고흐의 무덤도 그 마을 밖 보리밭 속에 있다. 비석도 검소하기 짝이 없다.

이처럼 유럽에서는 세계적인 예술가들의 무덤들이라도 어디에 있는지조차 알지 못할 만큼 초라하다. 물론 몽파르나스나 몽마르트르의 공동묘지에는 제법 호화로운 묘비 밑에 묻혀 있는 작가, 음악가, 화가들도 많다. 그러나 무덤을 값지게 만드는 것은 호화로운 묘비가 아니다. 굉장하고 화려한 묘역도 아니다. 파리의 페르 라쉬에즈 공동묘지 안에 있는 쇼팽의 무덤에는 일 년 내내 꽃이 끊이지 않고 있다. 스위스의 한 마을 교외에 있는 헤르만 헤세의 무덤에도 그의 애독자들이 보내 오는 편지들이 쌓일 때가 많다.

지난 94년 초에 해외에 묻혀 있던 많은 독립 투사들의 유해가 환국하여 국립묘지에 안장되었다. 같은해 봄에 서재필 박사와 전명운 의사의 유해가 서울에 돌아왔다. 자나깨나 독립을 꿈꾸다 돌아가신

분들이었다. 얼마나 독립 조국의 땅에 묻히기를 염원했겠는지 짐작하고도 남음이 있다.

그분들의 유해를 국립묘지 안에 잘 모신다는 게 우리들의 당연한 도리임에는 틀림이 없다. 한 가닥 의문은 환국한 분들의 옛 무덤은 어떻게 되는가 하는 점이다.

상해와 만주 벌판에 묻힌 의사들의 무덤은 초라할 수밖에 없었다. 그러나 이름 석 자뿐인 그 초라한 무덤들은 용기와 자기 희생과 애국심의 생생한 상징물이 되어 그곳을 찾는 한국 여행객들을 감동시킬 게 틀림없는 것이다. 그런 무덤이 텅 비게 되고 댕그랑 기념비만 세워지게 된다면 그때부터 그것은 별 의미를 못 갖게 된다.

'미스터 김, 미스 리'의 나라

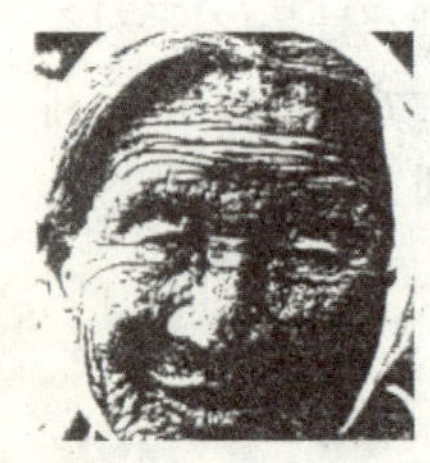

옛 서울의 하늘이 생각나게 만드는 새봄의 화사한 햇살을 받아 가며 종로 네거리에서 광화문까지 걸어가 본다. 그 거리는 한때 가장 서울다운 곳, 한국다운 곳이었다. 그러나 지금 서울의 이끼 낀 역사며 정서를 일깨워주는 것은 아무데서도 발견하지 못한다. 온통 보이는 것은 국적도, 멋스러운 개성도, 전통의 아름다움도 찾아볼 길이 없는 빌딩들뿐이다.

반평생을 한국에서 살았다는 어느 프랑스인 교수가 이렇게 쓴 적이 있다.

"서울에서 사는 젊은이들은 일상생활 속에서 한국의 전통문화에 접하기란 쉽지가 않다. 파리에서는 한 발짝만 나오면 오늘의 거리에서 어제의 프랑스를 발견할 수 있다. 서울에서는 그렇지 않다."

파리의 어느 카페 문 앞에는 '장 조레스, 여기서 암살되다' 라는 비문이 적혀 있다. 어느 레스토랑 안의 의자에는 또 '장 콕토, 여기서는 식사했다' 라고 적혀 있기도 하다. 노틀담 사원 건너편 거리를 조심해서 걸으면 '여기서 애국자 아무개가 파시스트의 총탄에 쓰러지다' 라고 적힌 비문을 여기저기서 발견하기도 한다.

파리만이 아니다. 유럽의 어느 도시를 찾아봐도 제각기의 개성이 살아 있으며 오랜 전통의 무게를 느끼게 하고, 또 어느 광장이나 국적 있는 문화를 느끼게 한다.

서울은 매력만 없는 게 아니다. 국적마저 잃어 가고 있다. 지난해에 그토록 꽹과리 치며 '한국 관광의 해'를 국내외로 선전했어도 외국 관광객이 늘지 못한 가장 큰 이유 중의 하나도 이런 데 있다.

외국의 관광객들은 물가가 비싸다고 투정하면서도 여전히 일본으로 몰려간다. 그것은 일본의 어디를 가나 일본다운 맛을 즐기고 사진 찍을 것도 많기 때문이다. 요새는 또 한국을 외면하고 홍콩, 태국, 인도네시아, 말레이시아 등으로 몰린다. 서양에 물들지 않은 동양다운 이국 정서를 만끽할 수 있기 때문이다. 우리가 지금 가장 염려해야 할 것은 그러나 외국인에게 보여줄 게 많지 않다는 데 있지 않다.

서울시는 서울을 '역사와 문화를 국제적인 도시'로 가꾸기 위해 총사업비 1천6백억 원을 들여 '서울 팔경(八景)'을 조성하겠다고 발표한 적이 있다. 그 계획에 따르면, 고작 광장과 공원을 일곱 개 만들고, 조형물을 두세 개 높다랗게 세우고, 명동 거리를 보다 밝게 꾸미고, 법원 주변 거리에 개나리 화단을 만드는 정도뿐이다. 이런 식의 경관을 팔경(八景) 아니라 십팔경(十八景)을 만들어 낸다고 서울이 국적을 되찾을 수 있을까.

서울에 역사를 담는다면서 고작 계획한 것은 광화문 앞에 어도(御道)와 육조(六曹) 관아의 행랑들을 복원하는 정도에 그치고 있다. 또 하나의 문화 복제품을 만들겠다는 것이다. 우리에게 필요한 것은 생활 속에 살아 있는 전통문화이지 인위적으로 만들어진 구경거리나 박물관 진열장 속의 장식품 같은 것이 아니다.

크기만으로 한몫 보는 어설픈 조형물을 여기저기 세우기보다는 우리의 문화나 역사와 깊게 관계되는 자랑스러운 인물의 동상을 세우는 것이 얼마나 더 바람직할지 모른다. 그러나 그것도 아무데나 설치하면 되는 게 아니다. 이순신 장군 동상 옆에 서서 사진을 찍고 비문을 아들에게 읽어 줄 수 있어야 한다.

"나는 현대의 젊은이들이 자기 나라 전통을 사랑하지 않게 된 것은 그릇된 행정의 탓이라고 단언할 수 있다." 이렇게 그 프랑스인은 말하기도 했다. 그러나 우리가 국적을 상실하고 문화 전통을 등지게 만든 것을 정부 탓으로만 돌릴 수는 없다.

우리 나라의 어느 직장에서나 서로 부를 때 "미스 김" "미스터 리" 한다. '이 양'이니 '김 형'이니 하는 호칭은 전혀 들리지 않는다. 그리고 아무도 그런 외국식 호칭이 토착화된 데 대해서 조금도 부끄러워하지 않는다.

언젠가 한 일본 지식인이 이런 질문을 던진 적이 있다. 한국인은 입만 열면 민족문화를 강조하고 문화 전통을 자랑한다, 그러면서 왜 어엿한 자기네 말을 버리고 '미스터 김' 하는지 모르겠다 라고.

우리보다 적어도 두세 대쯤 앞서 서구 문화의 세례를 받은 일본이면서도 '미스터' '미스'니 하고 부르는 일본인은 없다. 악수로 인사를 하는 법도 없다. 아직도 일본인들끼리 악수 대신 허리를 굽히며 인사한다. 우리는 마치 옛 조상으로부터 물려받은 예법인 양 지극히도 자연스레 악수를 한다.

여섯마당 ● **아직도 끝나지 않은 변명**

진실은 사람을 해치지 않는다. 사람을 해치는 것은 과오와 무식이다

클린턴 대통령의 책읽기

클린턴 대통령이 최근에 자기의 가치관에 가장 큰 영향을 주었다는 책 다섯 권을 소개했다. 그 중에는 당연히 성서가 끼여 있다. "나는 매주 성서를 읽고 있으며, 특히 사도 바오로의 가르침에서 늘 많은 것을 배우고 있다." 그 중에서도 특히 그가 좋아하는 구절은 로마서 제7장 제15절이다. '나의 행하는 것을 내가 알지 못하노니 곧 원하는 이것은 행하지 아니하고 도리에 미워하는 그것을 함이라.' 클린턴은 또 15세기의 수도승 토마스 아켐피스가 쓴 『그리스도를 본떠서』를 들고 있다. 이 책을 통해 그는 "무엇보다도 먼저 자기 자신의 영혼의 건강을 추구하라"는 것을 배웠다고 한다. 클린턴의 또 다른 애독서는 신학자 라인홀드 니버가 쓴 『도덕적 인간과 비도덕적 사회』였다.

"가장 완벽한 정의는 영도자의 도덕심과 그가 이끄는 사람들의 욕구나 이해관계가 일치할 때에만 실현된다. 그러나 정의가 도덕적 선의(善意)를 따르지 않을 때에는, 정의를 위한다며 사용되는 비합리적인 수단은 사회를 위험에 빠뜨리게 한다. 단순한 정의에 지나지 않는 정의는 어느 사이에 정의롭지 못한 것으로 타락하게 된다. 따라서 그것은 무엇인가 정의 이상의 것에 의해 구제되어야 한다."

이렇게 베버는 경고하고 있다.

클린턴 대통령은 대학을 졸업할 때 로드(Rhodes) 장학생에 선발되기도 했다. 따라서 그는 대학 성적도 좋았고 독서의 폭도 매우 넓었으리라고 짐작된다. 그래도 그가 2~3년에 한번씩은 마르크스 아우렐리우스의 『성찰록(省察錄)』을 되풀이 읽는다는 말이 여간 신기하게 들리지 않는다.

"할아버지로부터 나는 도의심과 절제력을 배웠으며, 죽은 아버지의 명성과 추억으로부터 겸손함과 사나이다운 성격을 배웠고, 어머니로부터 경건한 마음과 박애정신과 검소한 생활을 배웠다."

이렇게 시작되는 『성찰록』은 두꺼운 책은 아니지만 전편에 천금같은 교훈들이 깔려 있다. 그는 통치자에게 흔한 위선과 오만을 경계하고, 진실과 정의, 국민의 자유를 존중하고, 남의 말에 귀를 기울일 것을 다짐하고 있다. 그 책에는 또 이런 말들이 들어 있다.

"마치 1만 년이라도 살 수 있을 것처럼 행동하지 말라. 죽음은 바로 눈앞에 있는 것이다. 그러니 살아 있는 동안, 권력을 가지고 있는 동안 좋은 일을 하라."

"내가 잘못 생각하고 있다거나 잘못하고 있다고 나를 설득하는 사람이 있으면 나는 기꺼이 바꾸겠다. 진실은 사람을 해치지 않는다. 사람을 해치는 것은 과오와 무식이다."

클린턴의 다섯 번째 애독서는 막스 베버의 『직업으로서의 정치』였다. "만약에 다른 사람들을 지배할 수 있는 권력을 갖게 된다면, 비록 그것이 민주적 합법적으로 얻은 것이라도 우리는 그 권력을 잘못 행사하기가 쉽다. 왜냐 하면 완벽한 지혜를 갖고 전혀 결함이 없는 사람은 없기 때문이다."

이렇게 권력의 위험성을 일깨워준 것이 베버였다고 클린턴은 말하고 있다. 『직업으로서의 정치』는 베버가 죽기 일 년 전인 1919년 겨울에 독일 학생들에게 행한 강연이었다. 여기서 그가 강조한 것은 정치의 윤리였다. 베버에 의하면, 권력을 추구하는 정치는 어디까지나 정치일 뿐 윤리는 아니다. 그렇다 해도 정치는 정치 나름의 윤리를 따라야 한다는 것이었다. 첫째로 정치인은 자기 일에 몰두하는 정열이 있어야 한다. 둘째로 일에 대한 투철한 책임감이 있어야 한다. 셋째로 거리를 두고 '객관적으로' 있는 그대로의 현실을 통찰할 수 있는 관찰력이 있어야 한다.

이와 같은 정치인의 세 가지 필수조건 이외에 또 하나 중요한 게 있다. 정치를 하는 사람에게는 결과가 어찌될 것인가는 하느님에게 맡기고 그때 그때의 사회악에 대한 분노에 이끌리는 대로 행동하겠다는 '심정(心情)의 윤리'가 있다. 이와는 반대로, 좋은 동기가 반드시 좋은 결과를 낳지 않는다는 사실을 인식하면서 예측할 수 있는 결과에 대해서 책임을 지려는 '책임의 윤리'가 있다.

이런 서로 대립되는 두 개의 윤리 속에서 '심정의 윤리'만을 좇는다면 그것이 아무리 순수한 것이라도 '불모(不毛)의 흥분'에 도취된 무책임한 정치인이 될 뿐이다. 참다운 정치인은 '책임의 윤리'를 따라야 한다는 게 베버의 주장이었다. 베버가 볼 때, 권력이란 다른 가치있는 목적을 달성하기 위한 수단이지만 그것은 마성(魔性)을 지닌 매우 위험스러운 수단이다. 특히 그런 수단이 목적으로 바뀌어질 때 더욱 위험해진다는 것이다.

그의 두려움은 결국 히틀러의 등장으로 나타났다. 이처럼 천금같은 교훈을 담은 책들을 아무리 많이 읽었다 해도 훌륭한 정치인이 되기는 어렵다. 책을 안 읽는 정치인은 더 말할 것도 없다.

정치에도 왕도는 있다

기원전 300년 경에 이집트 왕 톨레미가 유크리드에게 기하학을 배운 적이 있다. 하도 공부가 어려우니까, 왕이 "기하학을 손쉽게 배울 수 있는 방법은 없겠느냐?" 라고 물었다. 그러자 유크리드는 대답하기를 "기하학에 왕도(王道)는 없습니다."

아무리 모든 것이 왕의 뜻대로 이뤄진다 해도 학문에서만은 왕을 위한 지름길은 없다는 뜻이었다.

『길의 문화사』의 저자 슐라이바는 왕도에 대해 이렇게 말하고 있다. "서민들의 길은 꾸불꾸불 돌아가며 좁다. 임금의 길은 직선적이고 넓다. 그리고 또 돈을 받는다."

그것은 유럽의 옛 도로를 두고 한 말이었다.

옛 페르시아의 다리우스 1세는 지중해에서 페르시아만에 이르는 광대한 제국을 가로지르는 고속도로를 만들었다. 이것이 역사상 처음으로 등장하는 왕도였다. 보통 길의 길이가 2천5백 킬로미터에 이른다면 대상(隊商)이 3개월 걸려야 갈 수 있는 거리였다. 그러나 왕도에서 왕의 급사(急使)가 말을 바꿔 타며 달리면 10일밖에 걸리지 않았다. 서민들은 통행세며 관세를 물어야만 이 길을 이용할 수가 있었다.

왕도는 왕이 사는 곳과 지방 끝을 일직선으로 잇는 가장 짧은 직선거리였다. 따라서 그 길은 큰 도시를 비켜 가기도 하고 인기척 없는 무인 지대를 가로지르기도 했다. 그것은 백성의 일상적인 편의를 위해 마련된 것이 아니라 왕의 정치적, 군사적 필요를 위해 권력으로 길 아닌 곳에 길을 뚫어 가며 만든 지름길이었다.

이런 왕도와는 달리, 보통길은 마을과 마을을 이어나가면서 자연적으로 만들어진 길이다. 따라서 그것은 꾸불꾸불 돌아가기도 하고, 때로는 마차가 달리기 어렵도록 비좁기도 했다. 그것은 길목마다에 정이 깃들고 서민 생활의 한복판을 꿰뚫고 있는 길이었지만 매우 엉성하고 여행하기도 힘들었다.

절대 권력자들은 모두가 통치의 편의를 위해 고속도로를 만들기 좋아했다. 진시황도 중국을 통일하자마자 전국 사방으로 도로를 만들었다. 그리고 그 도로의 중앙을 도로 양깃보다 높이 돋우고 황제 전용차선으로 만들었다. 그러나 그는 이것을 '왕도'라 부르지 않고 '치도(馳道)'라 불렀다.

동양에서는 왕도란 전혀 다른 뜻으로 사용되어 왔다. 곧 왕도란 권력으로 백성을 누르고 겁을 줘 가며 다스리는 게 아니라 인(仁)과 덕(德)을 기본으로 하여 나라를 다스리는 것을 말했다. 이와는 달리 힘이나 권모술수로 나라를 누르는 것을 '패도(覇道)'라 했다.

맹자가 살고 있던 시대에도 이런 패도가 주름잡고 있었다. 여기에 반대하여 그가 주장한 것이 왕도였다. 그에 의한다면, 천하에서 제일 넓은 인(仁)이라는 집에서 살며, 천하에서 가장 올바른 예(禮)라는 곳에 서서, 의(義)라는 가장 큰길을 걷는 것이 왕도였다. 그것은 통치자가 따라야 하는 정도(正道)였다.

이런 왕도를 우리가 오늘의 정치 지도자들에게 바라기는 어렵다. 인과 덕을 갖춘 정치가가 반드시 인기 있는 것은 아니며, 인격이나 능력보다도 인기가 많아야 권력을 휘어잡을 수 있는 것이 오늘의 정치 풍토이기 때문이다. 그렇다 해도 오늘의 정치의 기본이 왕도에서 벗어나도 좋다는 것은 아니다.

오늘의 '만백성'이 바라고 있는 것도 그렇게 거창하지가 않다. 그저 우리 방위전선에 이상이 없다는 국방부장관의 말을 철석같이 믿을 수 있고, 오늘의 경제 불황은 어디까지나 일시적인 현상일 뿐이라는 경제부처 장관들의 말을 조금도 의심하지 않고, 불법 선거운동을 했다는 여당 국회의원의 혐의를 전혀 찾아내지 못했다는 검찰 발표가 액면 그대로 받아들여질 수 있기를 바랄 뿐이다. 오직 그뿐이다.

'기하학에는 왕도가 없다' 라고 말한 유크리드는, 그래도 정치에는 왕도, 곧 지름길이 있다고 봤던 모양이다. 제3공화국 때 '한강의 기적'을 일으킬 수 있던 것은 그때 우리가 지름길을 달린 때문이었다. 그러나 그 기적이 지금 어이없이 무너져 가고 있다. 그것은 우리 왕도의 기초가 너무나도 나약하기 때문이다.

역사상 가장 규모가 큰 왕도는 로마 황제들이 만든 것들이었다. 그 기초는 여간 단단하지 않았다. 로마 사람들은 왕도를 만들기 위해 우선 땅 밑을 2미터나 깊게 파헤치고 그 속을 모래로 채웠다. 그 다음에 30센티미터 가량 돌 조각을 깔고, 다시 그 위에 석회 모르타르를 넣어 굳혔다. 그런 다음에 주먹 크기의 자갈을 깔고 맨 위를 편편한 큰 돌판을 올려서 포장했다. 이렇게 기초가 견고했기 때문에 2천년이 지난 오늘날까지 끄떡없이 옛 모습을 자랑할 수도 있는 것이다.

정치에도 왕도가 있고 지름길이 있을 수는 있다. 다만 그 기초를 끊임없이 위정자들이 성실과 진실과 공정심으로 다지고 또 다져 나가야 한다. 그러나 우리에게는 그런 왕도는 보이지 않고 '치도'만이 있는 게 아닌가 의심스러워질 때가 많다.

'대통령병'에 걸리면

"이 세상의 말썽 중의 대부분은 권력욕에 사로잡힌 사람들에 의해 일어난다." T. S. 엘리어트의 『칵테일 파티』에 나오는 한 구절이다. 그러나 권력욕도 없이 순전한 우국충정이 뻗쳐서 대통령이 되겠다는 사람처럼 엄청난 위선자는 없다. 그래서 미국에서는 권력욕이라는 상스러운(?) 표현 대신 '대통령병(Presidentialfever)'이라는 말을 쓴다.

1942년에 뉴욕 주지사 알 스미드가 '대통령이 되고 싶어하는 사람들이 걸리는 열병'이라고 처음 말했다지만, 그 어원은 1858년까지 거슬러 올라간다. 1879년에도 셔만 장군이 다음과 같이 말했다는 기록이 있다. "나는 지금이나 앞으로나 대통령병에 걸리지 않는다."

같은 해에 대통령 물망에 올랐던 제임스 가필드는 이렇게 일기에 적었다. "나는 오래 전부터 내 주변의 가까운 사람들에게 대통령병이 얼마나 많은 해독을 끼치는지를 너무나도 자주 봐 왔기 때문에 나만은 그 병에 걸리지 않기로 했다." 그런 그도 일 년 후에 대통령병에 걸려 결국 대통령이 되었다.

대통령병에는 예방약도 치료약도 없다. 이 병에 걸리면 우선 아랫배가 타오른다. 그것을 영어에서는 '뱃속의 불(fire in the belly)'이라고 말한다. 1989년 샌프란시스코 시장 다이안 페인스틴이 캘리포니아 주지사에 출마했을 때, 여러 해 동안 그녀의 정치참모를 하던 사람이 "그녀에게는 뱃속의 불이 모자란다"면서 그녀의 곁을 떠났다. 꼭 이겨야 하겠다는 집념이 모자란다는 뜻이었던 모양이다. 그런지 얼마 후에 자궁 수술을 받은 페인스틴 시장은 "나는 뱃속에 가지고 있던 불을 제거시켰다" 라고 말하면서 선거전에서 물러났다.

이런 화기(火氣)가 도지면 심한 가려움증을 일으키고 이를 참다못해 몸부림치게 된다. 그것을 영어에서는 '출마에의 통증, 갈망(itch to run)'이라고 표현하고 있다. 이 병은 또 '대통령 벌레'에 물리면 걸리게 된다. 링컨 대통령은 그것을 '들파리(chin fly)'라 불렀다.

그가 대통령이었을 때, 그의 재무장관은 사사건건 링컨을 비난했다. 그것은 그 자신이 대통령 꿈을 꾸고 있었기 때문이었다. 그런 장관을 왜 갈지 않느냐고 측근이 묻자, 링컨은 이렇게 말했다.

"예전에 동생과 함께 밭을 갈고 있는데, 보통 때에는 게으름만 부리던 말이 갑자기 내가 따라갈 수 없을 정도로 부지런해졌다. 한참 후에 보니까 말에 들파리 한 마리가 붙어 있었다. 나는 그 파리를 잡아 죽였다. 그러자 파리에 물렸기 때문에 말이 그렇게 열심히 달린 것인데, 왜 그 파리를 잡아죽였느냐고 동생이 항의하는 것이었다."

지금 우리 나라에서는 대통령병에 걸린 사람이 한 둘이 아니다. 너무나도 분수들을 모른다고 우리는 생각하지만 아무개가 다 대통령이 될 수 있다면 난들 못할 게 뭐냐는 것이다.

옛날에는 왕이나 재상을 고를 때 관인팔법(觀人八法)이라는 기준을 썼다. 첫째로 위(威), 권력이며 명성에 어울릴 만큼 위엄이 있느냐는 것이다. 그것은 은연중에 사람을 누르는 힘을 말한다. 둘째가 후(厚), 그릇이 얼마나 크냐는 것이다. 좀스럽고 옹졸하고 너그럽지 못하면 안된다는 것이다. 셋째가 청(淸)으로, 깨끗한 정신의 소유자여야 한다. 그래야 사심 없는 정치를 펼 수 있다고 보기 때문이다.

넷째로 고(古)는 굳은 의지를 말한다. 한번 자기가 옳다고 믿으면 끝까지 밀고 나갈 수 있어야 한다는 것이다. 다섯째가 고(孤), 인생이 외로우면 안된다는 것이다. 단순히 집안에 화목하다는 것만을 뜻하는 것은 아니다. 인정이 많아 사람들이 그를 따른다는 뜻이다. 여섯째가 박(薄), 체모가 빈약하고 건강하지 못하면 안된다. 그것은 키가 작고 크고를 따지는 것이 아니다. 일곱째가 악(惡), 인성이 간악하고 표독스러우면 못쓴다는 것이다. 마지막이 속(俗), 기품이 고상하지 못하고 경박한 사람은 안된다고 되어 있다.

이와 같은 기준에 모두 합격점을 받을 수 있는 대통령감이란 지금까지도 없었지만 앞으로도 나타날 것 같지는 않다. 하는 수 없이 한층 더 기준을 낮춰볼 때, 생각나는 게 닉슨이 퇴임 후에 쓴 『지도자의 조건』이라는 책이다. 여기서 그는 훌륭한 영도자에게 요구되는 자질이란 고도의 지성, 용기, 노력, 끈기, 대의를 위해 멸사봉공하는 각오, 인간적인 매력, 통찰력, 강한 의지, 운, 그리고 판단력이라고 말했다. 이것도 우리 나라의 대통령병 환자들에게는 어림도 없는 조건들이다. 다행히 마키아벨리가 "통치자가 되고자 하는 사람은 온갖 좋은 성질을 모두 갖추고 있을 필요는 없다" 라고 한 말이 있다. 그러나 이 말끝에 그는 "그렇지만 마치 다 갖추고 있는 듯이 사람들로 하여금 믿게 만들 필요는 있다" 라고 덧붙이고 있다. 그만한 연기력을 우리네 대통령병 환자들이 갖고 있는 것 같지도 않다.

결국 우리는 가장 바람직하지 않은 대통령감이란 무엇인가로 돌려 생각할 수밖에 없다. 케네디 대통령이 다음과 같이 말한 적이 있다. "프랑스 혁명 때 '저기 내 국민이 가고 있다. 나는 그들의 앞에 나서기 위해 그들이 어디로 가고 있는가를 알아내야겠다'고 말한 지도자와 같아서는 안된다." 한마디로 대중의 비위만을 맞추고 여론에 끌려다니는 사람이어서는 안된다는 것이다. 이 또한 바라기 어렵다.

세대교체가 뭐길래

언젠가 월스트리트 저널에 이런 글이 실린 적이 있다. "골다 메이어가 이스라엘의 수상이 된 것은 71세 때였다. 윌리엄 피트가 영국의 수상이 된 것은 24세 때였다. 조지 버너드 쇼는 94세 때에 처음으로 자기 희곡이 상연되는 것을 봤다. 모차르트의 교향곡이 처음으로 출판됐을 때 그의 나이는 겨우 7세였다. 벤저민 플랭클린은 16세 때 신문 사설을 쓰고 81세 때에 미국 헌법의 초안을 썼다. 능력만 있다면 너무 어리다든지 '너무 늙었다던가 하는 게 문제되지 않는다는 사실을 우리는 인정해야 한다."

20대나 30대에 이미 뛰어난 업적을 남긴 사람들 이야기는 잠시 제쳐놓고, 노익장을 과시한 뛰어난 '노인'들을 생각나는 대로 좀더 열거해 보겠다.

조지 번스가 오스카상을 받은 것은 80세 때였다. 조지 버너드 쇼가 자기 집 뒤뜰에 있는 나뭇가지를 자르러 나무 위에 올라갔다가 떨어져서 골절상을 입은 것은 96세 때였다. 모세스 할머니가 그림을 그리기 시작한 것은 80세 때부터였다. 그녀는 죽는 날까지 1천5백 점의 작품을 제작했으며 그 중의 24퍼센트는 1백 세 이후의 작품들이었다. 미켈란젤로는 71세에 시스틴 성당의 벽화를 그렸다. 슈바이처 박사는 89세가 되던 해에도 아프리카의 한 병원에서 수술을 직접 집도했다. 전직 대통령 허버트 후버가 미국의 벨기에 대사로 임명된 것은 84세 때였다. 처칠은 65세 때에 영국 수상이 되었다. 그의 노벨문학상 수상 작품인 『영국사』가 완성된 것은 82세 때였다.

채플린은 74세 때에도 자기 영화를 감독했다. 올리버 웬델 홈즈는 90세가 될 때까지 미국 사법계의 최고의 권위자였다. 철학자 버틀란드 러셀은 94세 때에도 국제평화운동을 위해 활약했다. 이몬드 발레라가 아일랜드 대통령이 된 것은 91세 때였다. 아데나워는 88세 때까지 서독 수상직을 맡았다. 피카소는 90세 때에도 그림을 계속 그렸다. 루빈스타인과 카잘스도 89세 때까지 연주회를 가졌다.

롱펠로우가 60세 때 쓴 시에 '너무 늦다니'라는 게 있다.

"너무 늦다니, 너무 나이 들었다니. 카토는 80세에 희랍어를 배웠다. 소포클레스가 희랍 비극을 쓴 것은 80세가 넘어서였으며, 초서가 '캔터베리 이야기'를 쓴 것은 60세 때였으며, 괴테는 80세가 넘어서 '파우스트'를 완성시켰다. 저녁 노을이 가신 다음, 하늘에는 무수한 별들이 빛난다."

물론 지금까지 열거한 '노인'들은 극히 드물게 보는 예외들이기는 하다. 이들보다 더 많은 수의 '노인'들이 노망하고 노추를 보여온 예도 얼마든지 들 수 있는 것이다. 그런가 하면, 미처 60세도 안됐는데도 건전한 판단력을 상실한 정치가들도 없지는 않다.

사람은 마흔 고개에 오르기 무섭게 하루에도 수만, 수십만의 뇌세포들이 죽어 간다. 따라서 50세의 창조력은 20세 때와는 비교할 수 없을 만큼 저하된다. 아인슈타인은 20세를 전후해서 찾아낸 상대성 원리에 버금가는 업적을 그 후 남겨 놓지 못했다. 그러나 그가 세계적인 영향력을 발휘할 만큼 커진 것은 50세 이후였다.

세대교체란 새로운 세대에 의해 새 질서를 수립하는데 그 목적이 있으며, 그것이 성공할 때에 한해서 정당화될 수도 있다. 그러나 이것처럼 어려운 일도 없다. 왜냐 하면 가령 40대로 세대교체의 기준을 삼는다면 틀림없이 50대 이상의 '낡은' 세대들을 적으로 돌리게 되는 것이다.

인위적인 세대교체론에 문제가 있는 것처럼, 드물게 보는 '노인'들의 대기만성(大器晩成)의 예에 사로잡혀 있는 것도 문제는 문제이다. 아마도 앞에 열거한 경우를 제외한 대부분은 그 반대일 수도 있기 때문이다. 건전한 판단력과 경험이 중요한 것이라고들 하지만, 또 한편으로는 그 판단력과 경험이 그 시대성에 어떻게 부합하느냐가 요체일 수 있다.

우리 나라에서는 툭하면 세대교체 논쟁이 터져 나온다. 그러나 몇 살이니까 나가고, 몇 살이니까 들어오고는 납득하기 어렵다. 우리가 관심을 가져야 되는 것은 그 사고방식, 판단력, 경험 등이 낡고 권위주의적이며 전(前) 세대적이고 구태의연한 것이냐 아니냐 하는 관점이다.

"우리 사회는 마치 낡은 자동차를 폐차처분하듯이 사람들을 자동적으로 버려 나간다. 그것은 디트로이트 증후군과도 같다. 그러나 새로 나온 모델이 항상 제일 좋은 것은 아니다."

마가렛트 컨의 말이다.

대통령의 친위대

링컨은 변호사가 된 지 얼마 안되어 매우 중요한 사건을 맡게 되었다. 그와 함께 변호를 맡게 된 변호사들은 대단히 관록이 있는 변호사들이었다. 그 중의 한 명은 링컨을 보자마자 "저런 애숭이가 왜 여기 있단 말인가. 나는 저런 촌뜨기와는 같이 일할 수 없으니 빨리 꺼지라고 해!"

링컨은 그런 모욕적인 폭언을 들으면서도 애써 못들은 척했다. 재판 중에도 링컨은 다른 변호사들로부터 완전히 따돌림을 당했다. 그러면서도 그는 매일같이 재판장에 나와서 자기를 모욕한 변호사의 능숙한 변호 솜씨를 지켜보았다. 재판은 링컨 쪽 승리로 끝났다. 그 다음 날로 링컨은 사표를 내면서 동료 직원에게 이렇게 말했다.

"그분의 눈부신 변론은 내게는 엄청난 계시였다. 나는 도저히 그의 맞수가 되지 못한다. 나는 시골에 돌아가서 공부를 다시 해야겠다."

여러 해가 지나 링컨은 대통령이 되었다. 그러나 그를 그토록 심하게 면박했던 변호사는 계속 대통령의 가장 강력한 비판자가 되었다. 그래도 링컨은 국방장관 자리가 비었을 때 주저없이 그를 후임에 임명했다. 그만큼 유능한 적임자가 없다고 판단했던 것이다. 장관이 된 다음에도 그는 기회 있을 때마다 대통령에게 직언 하기를 서슴지 않았다. 그러나 링컨이 암살되었을 때 둘도 없는 위인을 잃었다며 누구보다도 서러워한 것은 바로 그였다.

마키아벨리는 이렇게 『군주론』에서 말하고 있다.

"군주가 명성을 얻는 것은 군주 자신의 소질이 아니라 측근의 좋은 조언에 의한다는 이야기가 있다. 그러나 이것은 잘못된 생각이다. 군주 자신이 현명하지 않으면 무엇이 좋은 조언인가를 모른다. … 군주의 머리가 좋은가 나쁜가를 알려면 먼저 측근을 보면 된다. 측근이 유능하고 성실하다면 군주는 현명하다고 생각해도 된다. 측근의 능력을 알아내고 성실하게 만드는 것은 그 인간의 능력을 활용할 줄 안다는 증거가 되기 때문이다. 거꾸로 측근이 무능하다면 대단한 군주일 수가 없다. 사람을 알아보는 눈이 없는 군주이기 때문이다."

존슨 대통령의 회고록에 의하면, 해리 트루먼이 대통령에 취임하자마자 하원 의장 레이번이 이렇게 충고했다고 한다.

"해리, 자네 친위병들은 자네를 에워싸고 자기네 의견 이외의 것들은 모두 차단할 걸세. 그들은 또 대통령이 세상에서 제일 똑똑하다고 자네 자신이 믿도록 만들려 할 걸세. 그렇지만 그렇지 않다는 걸 자네도 알고 있고, 나도 알고 있는 게 아닌가."

이런 충고에도 불구하고 트루먼은 자기 친구들의 의견을 너무 따른다는 비판을 받았다. 미국으로서는 다행스럽게도 그는 자기가 비범한 대통령이라고 착각해 본 적은 없었다.

아무리 학식이 많고 뛰어난 대통령이라 해도 자기 혼자서 모든 것에 통달할 수는 없다. 필연적으로 그는 사람들을 쓰지 않으면 안된다. 그러나 그가 아는 사람의 범위는 한정되어 있다. 한평생을 두고 정치판에서 살아온 사람이 누가 믿을 만한 경제 전문가이며 누구의 교육 이론을 따라야 하는지 결단을 내리기는 어려울 것이다. 자연히 그는 남의 의견을 따르지 않을 수 없다. 그 '남'은 물론 그가 안 믿을 수 없는 가까운 사람들이다. 그들은 그를 위해 '사심 없는' 의견을 말한다고 한다. 그러나 그 사심 없는 의견이 얼마나 편협하고 경솔한 것인지를 판별할 능력이 그에게 없을 때 정치는 어지러워진다.

미국에서는 대통령을 보호한다면서 그를 세상으로부터 고립시키며, 때로는 부당하게 권력을 누리는 측근들을 '궁정 친위대(Palace guard)'라고 비꼬아서 부른다. 하딩은 자기 친위대와 포커 놀이를 즐기면서 이들의 의견을 들었다. 그런 그가 절친한 언론인에게 이렇게 하소연했다.

"원 세상에…. 이처럼 일이 어려울 줄이야 누가 알았겠나. 나는 내 적들과는 아무 문제가 없단 말야. 그런데 그놈의 내 친구들은 … 그놈들이 내 잠을 설치게 만들거든."

권력자 주변에는 언제나 친위대가 생기게 마련이다.

한비자(韓非子)는 그 폐단을 이렇게 말했다.

"군주는 지혜가 많은 사람의 의견을 들은 다음에는 그것을 채택하느냐 마느냐는 것을 측근에게 의논할 것이다. 그러나 측근이 모두가 지혜 있는 것은 아니다. 곧 어리석은 자에게 지혜 있는 자를 평가하게 만드는 셈이다. 또 군주가 비범한 인물을 쓰기로 마음먹고는 이를 측근에게 의논할 것이다. 그런데 측근이 모두 비범한 인물일 수는 없다. 곧 범인(凡人)으로 하여금 비범한 인물을 평가하도록 하는 꼴이 된다. 이처럼 지혜 많은 사람의 의견이 어리석은 사람에 의해 좌우되고, 비범한 인물의 행위가 평범한 자에 의해 평가받게 된다면 군주가 올바른 의견을 갖게 되기는 어렵다."

요새는 그나마 대통령의 인사(人事)에 대해서 사람들은 별 관심을 갖지 않는다. 누가 장관이 되고 비서관이 되든 '감히' 대통령에게 '노'라 말할 수 있는 사람이 간택될 것 같지 않기 때문이다.

'보수주의'의 원조집

요새 '보수주의'가 세월 만난 건강식품인 듯 잘 팔리고 있다. 그러자 한쪽이 원조(元祖)집이라니까 또 한쪽에서는 정통(正統)집이라 우긴다. 엊그제까지 개혁과 변화를 팔던 집까지도 진정(眞正) 보수주의 집이라고 간판을 뜯어고친다.

당초에 프랑스 혁명이 너무 자극적이며 맵다 하여 만들어 낸 게 보수주의였다. 자타가 공인하는 원조집 에드먼드 버크가 말하는 보수주의란 '신중하게 변화를 통제하고 새바람을 서서히 조심스럽게 받아들이면서 안정을 보존하자'는 것이었다. 그것은 변화에 전연 반대하자는 것은 아니었다. 그러나 보수주의를 요리할 때 조금만 불(火)이 과하면 굳어져서 전혀 새바람이 통하지 않게 된다. 그런 극단적인 보수주의에 맛들인 사람을 '구석기 시대인'이라고 표현하는 경우도 있고, '네안데르탈인'이라고 부를 때도 있다. 아들라이 스티븐슨은 '공룡파(恐龍派)'라고 이름 붙이기도 했다.

옛 전설에, 아득한 옛날부터 살아왔기 때문에 등에 이끼가 끼고 해초가 무성한 바다 괴물이 나온다. 이래서 트루먼 대통령은 완고한 보수주의자를 '이끼 낀 등뼈(moss back)'라고 흉을 봤으며, 부시 대통령은 공화당 소속 상원 의원들을 비난할 때 이 말을 썼다. 바위처럼 완고하고 부동하다 하여 '바위등뼈'라고 비웃는 사람들도 있다.

이렇듯 보수주의는 지금까지는 별맛 없는 '음식'이었다. 그런 보수주의를 팔겠다면 적어도 이름만이라도 그럴싸하게 바꿔볼만도 했다. 특히 툭하면 '신(新)'자 붙이기를 좋아하던 사람들은 '진정 보수' 대신에 '신보수주의'라고 개명했더라면 한결 듣기에도 좋았을 것이다. 또 '신보수주의'란 어엿하게 정치사상의 족보에도 들어 있는 것이다.

신보수주의의 이론가 어빈 크리스톨에 의하면, 그것은 국가의 통제를 부정하는 전통 보수주의와는 달리 복지사회를 긍정하고 민주적 자본주의를 따른다. 여기에 근사한 정치를 펴려 했던 게 아이젠하워였다. 그는 49세에 이렇게 연설했다.

"미국의 미래에 이르는 길은 규제받지 않은 금권(金權)과 견제받지 않는 정부권력 사이의 길 중간에 놓여 있다."

그건 분명 전형적인 보수주의는 아니었다. 그래서 그는 무엇이라 부르는 게 좋겠는가 하고 여간 고민하지 않았다. 처음에는 그냥 '보수적 다이너미즘'이라 불렀다. '다이너믹한 보수주의'라고 불러 보기도 했다. '진보적 온건주의' 또는 '온건 진보주의'라고 붙여보기도 했다. 그러자 대학교수 출신의 아들라이 스티븐슨이 그런 말이 어디 있느냐고 핀잔을 주었다. 궁리 끝에 아이젠하워 대통령은 자기 정치를 '중도적'이라고 평했다. 그러자 시인 로버트 프로스트는 이렇게 비웃었다. "길의 중앙에는 흰줄이 쳐 있으며 그것은 자동차를 운전할 때 제일 못된 곳이다."

이렇게 사람들의 식성은 보수주의에 관한 한 여간 까다롭지가 않다. 그래서 여러가지 별미 집들이 팔리게 된다. 그 동안 꾸준히 잘 팔려 나간 것은 온건주의와 중도파이다. 조미료를 기준으로 삼는다면, 짭짤한 쪽에 자유주의가 있고, 밋밋한 맛 쪽에 보수주의가 있다면, 온건주의는 그 중간에서 살짝 왼쪽에 치우쳐 있다. 그것은 중도파보다 좀더 맛이 자극적이다.

64년에 록펠러가 공화당 대통령후보 지명전에 출마했을 때, 그의 선거참모는 '리버럴' 대신 '온건파'라는 말을 쓰기를 권했다. 그래야 보수주의자라고 자처하기를 꺼려하지만 자못 보수적인 성향의 유권자를 획득할 수 있다고 본 것이다.

최근 들어 미국에서는 중도파를 '중앙파(centrist)'라고 잘 부른다. 이들은 다수파의 의견을 대변한다. 따라서 이데올로기에 있어 온건한 자유주의자와 온건한 보수주의자들을 다 흡수한다. 아서 슐레진저는 '중요한 중심(vital center)'이라는 말을 쓰고 있다. 이들은 어느 한쪽으로 너무 급격하게 이끌려 가지 않기를 바란다.

'중도 과격파'라는 말은 70년인가 타임 잡지에 처음 나온다. 이 말을 본따서, 캐나다의 트뤼도 수상이 78년에 "우리는 중심 바로 한가운데 '과격한 중도'의 정당이다" 라고 말했다. 로스 페로의 지지자들도 92년에 '과격한 중도파' 라고 불리기도 했다. 다니엘 벨은 '과격한 우익'이란 말을 쓰기도 했다.

이렇게 별미 집도 많은 만큼, 어느 새 정당의 대표가 자기는 '중도 우파' 집을 차린다 해도 조금도 이상할 것은 없다. 그러나 그는 "장애인 채용 규정을 강화하고 이를 어기면 형사처벌하겠다" 라고 말했다. 그런 것은 '중도'도 아니며 '우파'도 아니다. 정통 보수주의는 물론 아니다. 하기야 같은 음식도 요리 솜씨에 따라 조금씩 맛이 달라질 수는 있다. 그렇다고 말고기를 쇠고기라고 우겨 팔 수는 없는 일이다.

우리 나라의 장사꾼들은 매우 고약한 데가 있다. 그냥 말없이 좋은 음식만 만들어 팔면 되는 것을 할 소리 못할 소리 다 해 가며 경쟁자들을 헐뜯는다. 그래도 절대로 피해야 할 말이 있다. '보수 반동'이다. 그것은 한때 공산주의자들이 자기들에게 동조하지 않는 사람들을 한 묶음으로 비판할 때 즐겨 쓰던 말이기 때문이다.

논리학으로 본 정치논리

'이 사람은 나를 사랑하고 있다. 그러나 나에게는 남편이 있다. 고로 나는 이 사람을 사랑해서는 안 된다.' 이것이 보통 사람의 상식적인 논리이다. 그러나 사랑에 눈이 어두워진 여성의 논리는 이렇게 다르다. '나에게는 남편이 있다. 고로 나는 이 사람을 사랑해서는 안된다. 그러나 이 사람은 나를 사랑하고 있다.' 정당하지 못한 행위를 정당화시키기 위한 논리에 대해 러시아의 소설가 레르몬토프가 이렇게 말한 적이 있다.

그것은 분명 궤변이다. 논리학에서는 곡론(曲論)이라고 한다. 의식적으로 남을 현혹시키기 위해 곡론을 펴는 경우도 있지만 스스로 곡론을 정론으로 착각하는 경우도 있다. 정론으로 시작했다가 논리가 빗나가서 곡론으로 끝나는 경우도 있다.

선거 때마다 자주 나 도는 게 인격(人格)의 곡론이다. 사람의 사생활이나 신분, 혈통, 직업 또는 연령, 재산 등은 그가 훌륭한 정치가가 될 수 있느냐 없느냐는 것과는 아무 관계가 없다. 충실한 남편이요 착한 아버지라고 해서 그의 정견이 옳고, 그래서 뛰어난 국회의원이 될 수 있는 것은 아니다. 재산이 없다고 해서 반드시 가난한 자의 대변자가 될 수 있는 것도 아니다.

그런데 '그는 재산이 많다. 고로 그는 보통 서민들의 고충을 알지 못한다' 라고 상대방을 비난한다. 나이만 젊다고 해서 새로운 비전을 갖게 되는 것도 아니다. 그런데도 '나는 다른 후보보다 젊다. 고로 나는 새 시대에 어울리는 정치인이다' 라고 우긴다.

이와 비슷한 것이 불고사정(不顧事情)의 곡론이다. 가령 군인은 일반적으로 용감하다. 그러나 비겁한 군인도 있을 수 있다. 대학교수는 일반적으로 학식이 풍부한 인격자들이다. 그러나 그렇지 않은 교수도 있다. 인격적인 학자라고 해서 그의 학설이 옳은 것도 아니다. 이렇게 일반적인 경우와 특수한 경우가 다를 수 있는 데도 한 묶음해 버리는 논리이다.

은폐의 곡론도 흔히 나온다. 자기에게 유리한 사실만 늘어놓고 자기에게 불리한 일들은 숨기는 일종의 아전인수의 눈가림 논리이다.

상쇄(相殺)의 곡론도 자주 사용되고 있다. 전혀 같지 않은 두 가지 사실을 마치 같은 것처럼 우겨대며 상대방의 말문이 막히도록 하는 논법이다. "누가 감히 나를 책할 수 있느냐, … 예수도 죄 없는 사람이 간통한 여자를 돌로 치라고 하지 않았느냐" 라고 우겨대는 게 그 좋은 예이다.

인과(因果)의 곡론도 활개치고 있다. 건전한 정신은 건전한 육체에 깃들인다고 우리는 흔히 말한다. 이게 사실이라면 지체부자유자는 모두 불건전한 정신의 소유자가 될 수밖에 없으며, 스포츠 선수들은 모두 건전한 정신의 소유자가 되어 마땅하다. 이처럼 원인과 결과의 관계에 대한 그릇된 인식을 유도해 가며 궤변을 전개시키는 것이 인과의 곡론이다. "안정을 위해서는 여대야소(與大野小)여야 한다"든가 "견제를 위해서는 여소야대여야 한다" 라는 주장들이 그 전형적인 보기이다. 거대 야당이어야만 안정을 누리게 되는 것은 아니다. 또 안정이 반드시 바람직한 것도 아니다. 중단 없는 개혁을 주장하면서 어떻게 안정을 바랄 수 있느냐는 모순도 여기서는 완전히 묵살되고 있다.

순환논증의 곡론도 있다. 그것은 갑(甲)이라는 결론을 증명하기 위해 을(乙)이라는 이유를 대고, 그 을이라는 이유를 증명하기 위해 다시 갑이라는 결론을 내세우는 궤변을 말한다. "우리 당이 새 시대를 대표해야 한다. 왜냐 하면 새 시대는 개혁을 부르고 있기 때문이다. 왜 우리 당이 새 시대를 대표해야 하느냐. 우리 당이야 말로 개혁을 위한 당이기 때문이다" 하는 논법이 그 좋은 예이다.

이와 대조되는 게 집합(集合)의 곡론이다. 곧 '3은 기수(奇數)이다. 7도 기수이다. 고로 3과 7을 합친 10도 기수이다' 라는 논리이다. "장학노는 청와대 비서이다. 그는 엄청난 부정 축재를 했다. 고로 그와 같은 곳에서 근무하는 다른 A비서, B비서도 부정축재를 했다고 봐야 한다." 이처럼 비록 몇몇 개개인의 경우에는 들어맞는 일이라 해도 이들 전체를 한통속이라고 한 묶음 해서 단죄할 때 쓰는 논법을 말한다.

이와 쌍을 이루는 게 분리(分離)의 곡론이다. 전체를 가지고 논할 때에는 '진(眞)'이니까 그 속의 부분 하나 하나에 대하여 말할 때에도 똑같이 '진'이라고 주장하는 논리이다. "우리 정당은 개혁 정당이다. 나는 그 정당에 속한다. 고로 나는 개혁주의자다" 하는 게 그 전형적인 논법이다.

이밖에도 앞뒤를 뒤바꿔 가면서 엉뚱한 결론을 내리는 도착인과(倒錯因果)의 곡론도 흔히 나돈다. "집권 여당의 힘을 빌리지 않고 어떻게 지역 개발을 할 수 있느냐" 라고 선결(先決) 문제의 곡론을 펴는 후보도 있다. 논리학 교과서에서는 미처 배우지 못한 수다한 논법들이 우리를 마냥 현혹시키고 있다.

늘 '생각만 해보는' 사람들

"모두가 슬기롭게 살아가야 할 때가 아닌가 하는 생각을 가져 봅니다." 어느 날, 라디오의 인기 있다는 MC가 어지러운 세태를 개탄하면서 한 말이다. 어느 텔레비전의 어느 토론 시간에 한 대학교수는 이렇게 말했다.

"물론 그렇게 생각되지 않는 것도 아닙니다." 언제부터인가 우리는 '나는 그렇게 생각한다' 라고 딱부러지게 말하기를 꺼린다. 그 대신 '그렇게 생각된다' 라고 완곡한 피동형을 쓴다. 멋부린다고 '생각되기도 한다'라고 말하기도 한다. 어찌 보면 겸손한 것처럼 보인다. 사실 그것은 내 생각의 전부가 아니라면서 은근히 책임 회피의 여지를 남기기 위한 교묘한 화술이다.

요즘은 더욱 멋있는 화법들을 쓴다. 텔레비전이나 라디오에 단골로 나오는 사회자나 뉴스 해설자 또는 앵커들이 즐겨 쓰는 말 중에 '생각을 가져 봅니다' '생각을 해봅니다' 라는 게 있다. '그런 생각이 들 때가 있다'는 것도 있다. '생각을 가져 봅니다'를 더욱 완곡하게 또는 멋스럽게 말하려 해서인지 '생각을 가져 보기도 합니다' 라고 말하기도 한다.

'그런 생각이 들 때가 있다' 또는 '생각이 들기도 한다' 라고 할 때에는 항상 같은 생각이 든다는 뜻이 아니다. 또 생각이 고정되어 있는 것이 아니라 잠시 머리를 스쳐 지나가는 수많은 것 중의 하나일 뿐이라는 표현이기도 하다.

"오늘날 세계의 문젯거리의 근본적인 원인은 미련둥이는 확신에 가득 차 있는데 똘똘이들은 의심으로 가득 차 있단 말야."

이렇게 버트런드 러셀이 말한 적이 있다. 언젠가 그에게 "당신은 당신의 신념을 위해 죽을 용의가 있습니까?" 라고 물은 기자가 있었다. 그러자 그는 대답하기를 "천만에, 나의 신념이 틀릴 수도 있지 않은가." 물론 그것은 그의 철학자다운 익살이었다.

우리는 불확실한 시대를 살고 있다. 확정된 것은 아무것도 없다. "이 세상에는 우리가 확신을 가질 수 있는 것은 극히 드물다. 이것만이 내가 확신할 수 있는 유일한 사실이다."

이렇게 서머싯 몸이 말한 적도 있다. 그렇다면 '나는 이렇게 생각한다. 나는 그렇게 생각하지 않는다' 라고 딱 부러지게 말하지 않는 것은 몽테뉴로부터 이어지는 강인한 서구의 회의주의를 반영한 것이라고 말할 수도 있겠다는 '생각이 들기도 한다.'

'나는 명확한 견해를 갖지 않는다'

'나는 판단을 보류한다'

'나는 나 자신을 한 의견에 구속시키지 않는다.'

근대 회의주의를 대표하는 몽테뉴는 이런 말을 즐겨 썼다.

"얼마나 우리는 그릇된 판단들을 하고 있는 것인가. 얼마나 우리는 자주 생각을 바꾸는 것인가."

이와 같은 몽테뉴의 '회의(懷疑)'는 '잘 모른다. 의심한다'는 것이 아니라 확실한 답을 얻을 때까지 '검토한다' '탐구한다'는 것이다. 그가 경계한 것은 어설픈 판단과 성급한 결론, 위태로운 확신이었다. "그는 국왕의 처신을 비난하고 있다. 따라서 그는 은근히 반역을 꿈꾸고 있다. 나는 이런 식의 그릇된 논법을 비난할 뿐이다."

이렇게 그는 『에세이』에서 설명했다. 그것은 '생각을 가져 본다'는 것과는 근본적으로 다르다. 그때의 '생각'은 생각하고 또 생각한 끝에 나온 것이 아니다. 그것은 시장에서 사고파는 값싼 상품과도 같이 아무때나 싫증나면 손쉽게 버릴 수 있는 것이다. 파는 사람도 크게 책임을 느끼지 않는다.

'여러 많은 생각 중에서 나는 특히 이런 생각을 갖는다' 라고 할 때에는 그런 생각을 갖게 되기까지의 분명한 근거가 있어야 한다. 또 자기가 주장하는 '생각'이 일으키는 결과에 대해서도 책임을 져야 한다.

'이런 생각이 들기도 한다. 그런 생각을 가져 본다' 라고 할 때에는 '꼭 그렇다는 게 아니라 그렇게 생각할 수도 있다'는 것이니까, 내가 책임져야 할 '생각'이 아니라고 얼마든지 발뺌할 수도 있는 것이다.

가령 "비록 당 총재의 뜻이 그렇다 해도, 나는 그것이 옳다고는 생각하지 않는다." 이렇게 자기 생각이 분명하다면, 그는 아무리 당의 지시가 있다 해도 반대 투표를 해야 마땅하다. 그러나 그저 "바람직한 것이 못되지 않느냐는 생각을 잠시 가져 봅니다" 할 때에는 찬성 투표를 한다 해도 조금도 양심의 가책을 안 느낄 수 있게 된다.

그리하여 '생각을 해보는' 나는 미국의 정신분석학자 로버트 리프트가 말한 프로테우스적 인간이 되어 버린다. 희랍 신화에 나오는 프로테우스는 경우와 상황에 따라 뱀도 됐다가 사자도 되고, 불도 되고 홍수로 변하기도 한다. 어느 때는 민주주의의 수호자가 됐다가도 눈 하나 까딱하지 않고 그 반대로 탈바꿈하게 된다.

거짓말 감별해 내는 비결

고대 희랍의 철학자 디오게네스는 대낮에 등불을 켜 들고 아테네 거리를 걸어다녔다. 사람들이 "왜 그런 거냐?" 라고 묻자, 그는 "정직한 사람을 찾는 중"이라 대답했다. 디오게네스가 아무리 등불을 켜고 다녀도 정직하게 재산 공개를 한 우리 나라 국회의원을 찾아내기는 매우 어려울 것이다.

우리는 하루에도 몇 번씩 거짓말을 하며 산다. 늙은 어머니가 다 자란 아들에게 "밥 먹었느냐?" 라고 물을 때, 어머니를 안심시키기 위해 먹지 않은 밥도 먹었다고 대답한다. 엉망으로 노래부른 어린이에게 "참, 잘했습니다" 라고 유치원 선생이 거짓말로 칭찬한다. 권태기에 접어든 남편이 아내에게 "사랑한다" 라고 거짓말을 하기도 한다. 6·25때 정부가 대전으로 피신한 다음에도 '서울을 사수한다'는 거짓 방송을 했다.

몹시 아름다운, 때로는 감동적인 거짓말도 있고 정치적인 교활한 거짓말도 있다. 메마른 인간관계를 부드럽게 만드는 윤활유와도 같은 선의의 거짓말도 있다. 고귀한(?) 거짓말도 있다. 플라톤은 『국가론』에서 이렇게 말했다.

"위정자는 때로는 사람들이 신용할 만큼 훌륭한 거짓말을 할 필요도 있다."

그러나 훌륭한 거짓말과 못된 거짓말을 가려내는 것은 쉬운 일이 아니다. 만약에 서울을 사수한다고 거짓말을 하지 않았다면 국민은 더욱 감당할 수 없는 혼란에 빠졌을 것이다. 그러나 그것이 훌륭한 거짓말이었는지 아닌지를 판단하기는 어렵다.

거짓말은 다음과 같은 세 가지 조건 중의 하나를 충족시켜야 한다. 첫째로 자기가 하는 말이 사실과 다르다는 것을 본인 스스로 잘 알고 있는 경우이다. 둘째로 남을 속일 의도가 분명한 경우이다. 셋째로 남을 속일 목적이 분명한 경우이다. 따라서 거짓말이냐 아니냐는 것을 가려내려면 거짓말의 의도를 분석해야 한다. 곧, 첫째로 그것이 고의적인 것이냐 아니냐, 둘째 그 동기가 자기를 위한 것이냐 남을 위한 것이냐, 셋째 거짓말의 결과가 어떻게 되는지를 미리 알고 있었느냐 아니냐는 것이다.

남을 위한 거짓말도 그것이 용서받을 수 있을 정도냐 아니냐는 판단은 다음과 같은 세 가지 기준에 따른다. 첫째로 그것이 어느 정도로 진실과 거리가 먼 것이냐, 둘째로 상대방이 그것을 얼마나 믿고 있느냐, 셋째로 거짓말 때문에 상대방이 받는 피해나 이익이 얼마나 크냐는 것이다. 가령 "언제까지 깨끗한 수돗물을 공급하겠다" 라고 장관이 국회에서 답변했다고 하자. 만약에 그가 그 '언제까지' 수돗물을 깨끗하게 만들 자신이 없으면서 그런 말을 했다면 그는 틀림없는 거짓말쟁이다. 그래도 장관 나름으로 끝까지 최선의 노력을 다했다고 국민이 믿을 수만 있다면 그의 거짓말에 대한 비난의 강도는 줄어든다.

12·12사건의 재판에서도 검찰 측의 증인과 변호인측 증인들의 증언은 날카롭게 대립하고 있었다. 진실은 하나밖에 없다면 양측의 한 쪽은 틀림없이 거짓말을 하고 있다. 그러나 그 사건은 10년 전의 일이다. 사람의 기억력은 그렇게 대단한 게 아니다. 좋게 봐서 사실대

로 말한다면서도 잘못 기억해서 틀린 증언을 할 수도 있다. 또 어렴풋 기억나는 것은 세월의 풍화 작용을 받아서 자기에게 유리하게 기억되는 경우도 있다. 따라서 틀린 증언을 하는 경우라도 자기 기억에 충실하다면 의도적으로 거짓말을 했다고 보기는 어렵다. 또 기억이 생생한데 그대로 진술하면 자기에게 불리하게 될 때 기억이 안 난다고 말하는 것은 거짓말임에는 틀림이 없지만 적어도 위증(僞證)의 죄는 저지르지 않게 된다.

그러나 뻔한 거짓말을 하면서도 증인들은 기억이 잘 안 난다고 하는 법도 없고 얼굴을 붉히지도 않는다. 가령, 재산등록을 한 국회의원들은 모두가 양심껏 일하겠다고 굳게 약속한 사람들이다. 그러나 자기 부모 및 자녀들의 재산은 슬쩍 공개하지 않은 의원들이 많다. 적어도 그들은 거짓말을 하지는 않았다. 그저 숨겼을 뿐이다. 본인의 재산조차 숨김없이 공개했다고 볼 수 있는 의원들도 드물다. 분가한 아들이라서 신고하지 않았다지만 이미 재산상속을 끝마친 다음인지도 모르는 일이다.

심리학자들에 의하면, 사람들이 거짓말을 할 때에는 안면이 살짝 경련을 일으키거나 억지웃음을 짓거나 한다. 남의 시선을 피하려 하기도 하고, 때로는 더듬거리고 말이 빨라지기도 한다. 손으로 얼굴 한 부분을 매만지는 사람도 있고, 아예 손을 상대방이 보이지 않도록 감추려 들기도 한다.

그러나 정치의 세계에서 사람들은 눈 하나 깜박이지 않고 얼마든지 천연스레 거짓말을 할 수 있다. 언제나 최후에는 진실이 이긴다는 거짓말보다 더 큰 거짓말도 없다고 보기 때문이다.

'민중 선동정치'의 위험

선거 철만 되면 나는 1백10여 년 전에 올테가 가세트가 『대중의 반역(反逆)』에서 한 말들을 되씹게 된다. 지금 거의 모든 정치인들이 여러 갈래로 갈라져서 제각기 대중에게 아양을 떨고 대중의 비위에 맞춰서 당치도 않은 선거공약을 남발하고 상대방을 헐뜯는 그럴싸한 '진담'으로 대중을 자극하고 있다. 그들은 영락없는 민중 선동정치가, 즉 '데마고그'들이다. 데마고그(demagog)는 고대 희랍의 데마고고스(demagogos)라는 말에서 나왔다. 그것은 원래는 '민중의 지도자'라는 뜻을 담고 있었다.

기원전 5세기 후반에 아테네는 스파르타와 30년 동안이나 치열한 전쟁을 하고 있었다. 전국(戰局)은 일진일퇴를 거듭했으며, 그러는 동안에 아테네는 지치기 시작했다. 이와 함께 정치적 불안과 사회적 혼란이 심했다. 이런 어지러운 상황을 틈타서 데마고고스들이 등장하기 시작했다. 그들은 아테네 사람들의 애국심과 자존심을 자극하면서 마냥 전쟁으로 몰아가기만 했다. 그들은 또 전쟁에 이기면 스파르타의 땅이며 재물들을 나눠 갖게 되어 잘 살 수 있게 된다면서 가난한 사람들의 꿈을 부풀려 놓았다. 그런 데마고고스들이 아테네 사람들 눈에는 진정한 애국자처럼 보였다.

스파르타와 평화조약을 맺을 기회는 여러 번 있었다. 그때마다 그들의 선동에 놀아난 아테네 시민들은 지나친 요구 조건을 내걸어 스스로의 무덤을 파는 결과를 빚었다. 그것은 국론을 통일하고 아테네 사람들에게 용기를 불어넣기 위한 것이 아니었다. 자기 개인의 인기와 권력의 유지를 위해 민중을 선동한 것이었다.

그런 데마고고스의 계보는 데마고그라는 이름으로 오늘날에까지 이어진다. "자유스러운 나라에서 모든 정치가는 일종의 민중 선동가가 되지 않을 수 없다." 이렇게 영국의 언론인이 1백 년 전에 한탄한 적도 있다.

현대의 민중선동가 데마고그를 브리태니카 백과사전은 이렇게 설명하고 있다. '자기 자신의 권력이나 이권의 증진을 위해 군중 또는 대중의 정열과 편견에 호소하는 정치 지도자.' 어느 정치학사전은 이렇게 풀이하고 있다. '탐욕과 공포와 증오에 호소하는 사람이며, 사실을 왜곡하고 합리적 판단을 어렵게 만드는 위험 인물' '분명한 가치관도 없이 허무맹랑한 약속으로 대중을 선동해 가며 자기의 권력욕을 충족시키려는 정치가' 라고 풀이한 사전도 있다.

고대 희랍의 데마고고스와 현대의 데마고그에게 공통적인 것은 그들이 크든 작든 대중의 지지를 받고 있다는 사실이다. 다시 말해서 데마고그의 등장을 가능하게 만든 것은 대중이다.

우리는 우리 대중의 수준에 어울리는 정치인을 뽑게 된다. "훌륭한 대중이 부패한 국회의원을 뽑은 적이 없으며, 비열하고 무분별한 대중이 훌륭한 정부를 갖지 못하게 된다는 것은 역사의 철칙이다."

이렇게 에드먼드 버크가 말했을 때, 그는 사실 대중의 질이 정치의 질을 결정한다고 말하고 싶었던 것이다.

옛 데마고고스와 오늘의 데마고그 사이에 다른 점이 있다면, 그것은 옛 대중과 오늘의 대중이 다르다는 것이다. 그때의 대중은 몽매하고 가난하고 무력한 사람들의 무리였다. 그들은 늘 지배당하는 쪽에 있었다.

오늘의 대중은 못사는 사람들이 아니다. 그들은 사회의 평균적인 교육과 교양의 소유자들이다. 그들은 또 스스로 대의정치를 실현할 능력과 권력을 가지고 있다고 생각하고 있다. 백화점도 텔레비전도 대중의 구미를 따른다. 아무도 감히 대중의 '여론'을 비판할 수는 없다. 대중의 '국민정서'를 거역할 만큼 강력한 것은 아무것도 없다. 자유민주주의의 이론가 토크빌이나 존 스튜어트 밀이 민주주의가 다수자의 횡포로 흐르는 것을 우려한 것도 이 때문이었다.

토크빌이나 올테가가 바라던 이상적인 민주주의가 가능하려면 민중의 대부분이 정신적 귀족(貴族)이 되어야 한다. 그러나 올테가가 볼 때 오늘의 대중은 그렇게 될 수 있는 조건을 모두 상실한 사람들이다. 이처럼 올테가를 실망시킨 1백 년 전의 대중과 오늘의 대중과는 물론 엄청나게 다르다. 그러나 의견을 달리하는 사람들이 공존에 입각한 자유민주주의를 혐오한다는 점에서는 조금도 달라진 게 없다. 오늘의 대중은 또 인기 있는 정치인이 반드시 옳고 유능한 것은 아니며, 옳고 유능한 정치인이 반드시 인기 있는 것도 아니라는 사실을 여전히 깨닫지 못하고 있다.

"어느 문명이 데마고그의 손아귀에 들어갈 만한 단계에 이르면 그 문명을 구제한다는 것은 사실상 매우 어려워진다" 라고 올테가는 말했다. 지금 우리 나라는 그런 위험수위에 육박하고 있는 것 같다.

데카르트의 '한국정치 보고서'

데카르트는 1633년에 지동설(地動說)에 입각한 우주론을 완성했다. 그것은 4년에 걸친 연구의 결과였다. 그러나 그는 갈릴레이가 로마 교황청으로부터 유죄선고를 받았다는 소식을 듣고 그 출판을 단념했다.

어느 데카르트 전기에는 이렇게 적혀 있다. 친구 호이헨스가 데카르트를 책하기를 "자네가 지동설의 순교자 부루노처럼 의연하게 불타 죽는다면, 나는 눈물 흘리며 슬퍼할 것이다. 그런데 자네에게는 '그래도 지구는 돈다' 라고 중얼거린 갈릴레이의 용기의 절반도 없느냐?" 그러자 데카르트는 고개를 숙인 채 "나는 생각하기 때문에 존재한다" 라고 대답했다는 것이다. 이 말이 나중에 '나는 생각한다. 고로 나는 존재한다(cogito ergo sum)'로 바뀌어졌다고 한다.

이 유명한 말이 나오는, 이성을 바로 이끌고 학문에서 진리를 탐구하기 위한 방법의 서설(序說), 통칭 『방법서설』은 다음과 같이 시작된다.

"건전한 양식이란 이 세상에서 가장 공평하게 분배되어 있는 것이다. 왜냐 하면 누구나 다 그것을 충분히 갖추고 있다고 생각하고 있기 때문이다. 그래서 다른 어떤 것에 대해서도 쉽사리 만족하지 않는 사람들조차 양식에 관한 한, 자기들이 가지고 있는 것 이상을 갖기를 원하지 않는다."

여기서 데카르트가 말하는 양식이란 '올바른 판단을 내리고 진리와 허위를 구별하는 능력'이다. 사람들의 이런 능력은 대개 비슷하다. 데카르트 자신도 다른 사람보다 월등한 사고력을 갖고 있다고 자부하지는 않았다. 문제는 '뛰어난 사고력을 갖고 있다는 것이 아니라 그것을 어떻게 올바르게 쓰느냐'에 있다는 것이다. 여기서 데카르트가 강조한 것은 강인한 회의(懷疑)의 정신이다. 다만 그의 회의는 그냥 회의(또는 비판)를 위한 회의(비판)가 아니라 사고의 방법으로서의 '조직적 회의'였다.

데카르트에 따르면, 어느 의견 또는 주장이 옳으냐 그르냐를 검증하는 '조직적 회의'에는 네 가지 방법이 있다. 첫째로 어떠한 것도 자기가 분명하게, 그리고 정확하게 진실이라고 인식할 수 없는 한, 결코 진실로 받아들여서는 안된다. 따라서 성급하게 결론을 내린다던가 조금이라도 편견이나 환상의 영향을 받아서는 안된다. 둘째로는 마치 고장난 시계를 완전히 분해한 다음에야 수리할 수 있듯이 문제를 가능한 데까지 많은 부분으로 분해한다. 셋째로는 단순한 것으로부터 조금씩 복잡한 것으로 옮겨 나간다. 마지막으로 분해했던 부분품들 중에 혹시 하나라도 빠뜨리지 않았나 하고 마지막까지 철저하게 검사해 나가야 한다.

가령, 한국인은 민주주의를 누릴 만한가 하는 문제를 데카르트가 다룬다고 치자. 그는 우선 국회의원이 되겠다고 출마하는 입후보자들의 자질과 이들을 뽑는 유권자들의 능력을 물을 것이다. 정당들이 어느 정도로 민주화되어 있으며 선거제도가 얼마나 합리적으로 운영되고 있느냐는 문제도 검토할 것이다. 선거를 치르는데 왜 후보들이 10억 원 이상씩의 돈을 써야 하는가, 또 그들은 왜 뒷감당하지도 못할 공약들을 남발하며, 왜 쇠 파이프이며 가스총까지 등장하는 폭력 사태가 곳곳서 난무할 수 있는지 하는 문제도 떠올릴 것이다. 데카르트는 또 수없이 제기되는 선거법 위반 소송 사건들이 얼마나 공정하게 법적으로 처리되는가를 문제삼을 것이다. 그토록 어렵게 당선된 국회의원들이 과연 지금까지 무엇을 했으며, 또 무엇을 할 수 있겠는지도 따져 볼 것이다. 혹은 국회의원이 되고 싶어하는 참다운 동기가 무엇인지를 물을지도 모른다.

이와 아울러서 유권자들은 후보의 무엇을 보고 투표하는가도 물을 것이다. 돈도 뿌리지 않고, 지역이기주의에도 호소하지 않는 후보자가 당선될 수 있는 가능성이 얼마나 되겠는가를 캐내려들 것이다. 이어 선거 때 관권 개입의 여지가 있는지 없는지 또는 삼권분립이 확립되어 있는지를 문제 삼을 것이다.

끝으로 그는 지금의 한국인에게 민주주의가 어울리느냐, 아니면 민주주의를 잘못 생각하고 있는 것은 아니냐는 문제를 제기할 것이다. 우리는 그러나 이처럼 데카르트가 제기할 만한 문제들 중의 어느 하나도 제대로 생각하지 못하고 있다.

96년 3월 31일로 데카르트는 4백 회 생일을 맞았다. 프랑스에서는 이 날을 기해 데카르트를 되살리는 갖가지 행사를 잇달아 열었다. 그러나 우리 나라에서는 데카르트가 되살아 날 기미가 전혀 보이지 않는다.

소크라테스의 자존심

사형선고를 받은 소크라테스는 "악법(惡法)도 법이니까 따라야 한다" 하면서 조용히 독약을 마셨다고 사람들은 알고 있다. 사실은 소크라테스가 그런 말을 한 적은 없다.

기원전 399년에 70세가 넘은 소크라테스는 신들을 모욕하고 아테네의 젊은이들을 부패시켰다는 죄명으로 시민 대표들의 고발을 받았다. 당시의 재판은 매년 추첨으로 선출되는 재판관 5백1명의 투표로 이뤄지는 것이었다. 소크라테스는 극형을 받지 않을 수도 있었다. 그러나 그는 재판관들이 볼 때 몹시 불손한 태도로 일관했다. 그는 재판 중 단 한번도 그들을 관례대로 '재판관'이라 부르지 않고 그냥 "아테네 사람들이여" 라고만 불렀다. 그것은 그들에게는 자기를 재판할 도덕적 권리가 없다고 여긴 때문이었다.

플라톤의 『소크라테스의 변명』에 따르면, 그는 자기 변론 때에도 "나는 제군(諸君)을 따르기보다 신(神)을 따르리라" 하면서 계속 재판관들의 비위를 건드렸다.

"제군이여, 나에게 죽음을 선고하려 드는 사람들이여, 나는 감히 제군에게 말한다. 내가 죽으면 당장에 내가 여러분으로부터 받은 형벌보다 한층 더 무거운 벌이 제군 위에 떨어질 것이다."

소크라테스가 미워한 것은 법이 아니라 법을 내세워 가며 진실과 정의를 뒤틀어 놓는 재판관들이었다. 소크라테스의 거듭되는 도발적 언사에 몹시 감정을 상한 재판관들은 두 번째 투표에서 3백61표 대 1백40표의 큰 차로 사형선고를 내렸다. 그래도 끝내 소크라테스의 입에서는 '악법도 법'이라는 말은 나오지 않았다.

그는 평소에 악법은 법이 될 수 없다고 말한 적은 있다. "법은 옳다고 믿기 때문에 법을 따르게 된다" 라는 말도 한 적이 있다. 그러나 악법이라도 따라야 한다는 말을 한 적은 없다. 다만 비리법권천(非理法權天)과 비슷한 말을 한 적은 있다. 비(非)는 법을 이기지 못하고, 리(理)는 법을 이기지 못하고, 법은 권(權)을 이기지 못하고, 권력은 하늘을 이기지 못한다는 뜻이다.

"정(正)과 부정(不正), 추(醜)와 미(美), 선과 악에 대해서 우리는 다수자의 의견을 따르거나 이를 두려워해야 하는가, 아니면 모든 사람을 다 합친 것보다도 더 존경해야할 한 사람의 의견을 따라야 할 것인가." 이렇게 말하면서 소크라테스는 재판관들이 여론을 내세워 가며 진실을 말살하려 한다고 비난하기도 했다.

사형선고를 받은 다음에 소크라테스는 옥중에서 30일 동안 살았다. 그 동안 탈옥의 기회도 많았다. 재판관들도 은근히 그러기를 바랐다. 사형 집행의 날이 임박해지자, 옥으로 찾아온 친구 크리토가 다시 한번 탈옥을 권한다. 그러자 소크라테스는 이렇게 대답한다.

"도망치려는 나에게 국법이 찾아와서 나에게 이렇게 묻는다면 뭐라 대답할 수 있겠는가. 소크라테스, 자네는 우리 법률과 국가 조직의 전체를 파괴하려는 게 아닌가, 아니면 자네는 한번 내려진 판결이 아무 실행력도 없고 한 개인에 의해 무시된 다음에도 그 국가가 존립하고 파괴되지 않을 수 있다고 생각하는가.?"

그는 탈옥할 수 없는 또 하나의 이유를 이렇게 설명했다. "내가 법을 거역하고 탈옥한다면 법을 노리개감으로 여기는 재판관들과 같아지지 않겠느냐." 크리토가 대답을 하지 못하자, 소크라테스는 이렇게 말을 잇는다. "국법은 또 말할 것이다. 소크라테스, 자네는 나를 좋아했기 때문에 단 한번도 외국에 나간 적이 없지 않은가. 자네는 또 다른 나라며 다른 법률을 알고 싶어한 적도 없지 않은가. 이 나라에서 자식들까지 낳은 것도 내가 싫지 않아서가 아니었느냐."

소크라테스가 친구에게 들려준 탈옥할 수 없는 이유는 이밖에도 많았다. "내가 탈옥하면 탈옥을 도운 친구들까지 벌을 받게 된다. 또 탈옥한 나를 반길 나라도 없을 것이다. 왜냐 하면 한 나라의 국법을 어긴 사람은 다른 나라의 국법도 어길 수 있다고 의심하기 때문이다. 또한 국법의 파괴자는 젊은이의 마음을 파괴할 수도 있다고 본다면, 나에게 사형선고를 내린 재판관들의 그릇된 판결도 결과적으로는 정당화되지 않겠느냐?"

법은 소크라테스의 말대로 나라의 신성한 규범이기 때문에 존중해야 하는 것이다. 그런 법이 만의 하나라도 권력에 의하든 대중의 여론에 의하든, 무시되고 유린되고 신성함을 잃을 때 사람들의 불안은 증폭되고 나라는 더욱 어지러워질 수밖에 없다.

뇌물에도 법칙은 있다

어느 날 맹자에게 한 제자가 물었다. "선생님은 제나라에서 주겠다는 돈 2천 냥은 안 받으시면서도 송나라의 돈 1천4백 냥은 받으셨습니다. 무슨 이유입니까?" 맹자는 이렇게 대답했다. "송나라 것은 전별금이라 받았다. 그러나 제나라 때는 받아야 할 분명한 이유가 없었다. 그런 돈을 받으면 뇌물이 된다." 맹자는 학자이지 공직자가 아니다. 따라서 그에게 돈을 준다고 해서 송나라나 제나라나 크게 도움될 것은 없었다. 따라서 그가 받은 돈은 우리가 요새 말하는 금일봉에 해당할 뿐이다. 그것마저 맹자는 이유가 분명치 않은 것은 부정탄다고 받지 않았다.

그러나 돈의 유혹에 약한 게 사람이다. 그래서 뇌물은 아득한 옛날부터 있었다. 신은 모세에게 경고했다. "그대는 뇌물을 받지 말라. 그것은 현명한 사람의 눈을 멀게 하느니라."

그렇건만 뇌물의 관행은 온 세계에 퍼져 나갔다. 그것을 이집트에서는 '바크시시'라고 부른다. 케냐에서는 '다시'라고 하고, 멕시코에서는 '볼리다'라고 말한다. 중국에서는 '가속비(加速費)'라고 부른다. 미국에서는 '윤활유(grease)'라고도 부른다. 영국에서는 '장갑 돈(glove money)'이라고도 한다. 이탈리아에서는 급행료를 '라코만다치오니'라고 한다.

언제가 그것을 완전히 금지하자는 법안을 상정한 야당 의원이 있었다. 그러자 한 신문은 "그것은 나라의 질서를 전복하려는 중대한 음모이며 국가를 해체로 이끄는 망발이다" 라고 비판하는 사설을 내기까지 했다.

프랑스의 사회학자 말셀모스에 의하면, 인간관계는 '기브 앤드 테이크(give and take)'로 이루어진다. 따라서 뇌물이란 일종의 필요악일 수도 있다. 더욱이 법규이며 규정을 내세우며 권력의 재미를 보려는 말단 공무원들을 '인간적인 차원'에서 구슬리기에는 뇌물처럼 좋은 것이 없다고 한다.

뇌물에는 두 가지 법칙이 있다. 첫째, 더 많이 주지 않으면 효과가 없다. 둘째로 남들이 다 주는데 자기만 주지 않으면 손해를 본다. 뇌물을 줄 때에는 은근해야 한다.

예전에 중국 사람들은 공직자에게 청탁할 때마다 뇌물을 주지는 않았다. 그러면 너무 표가 나기 때문이다. 그 대신 자기가 신세진 공직자가 퇴진한 다음에 '인사'를 한다. 우리 나라에서도 상대방의 품격(?)을 존중해 가며 점잖게 뇌물을 바치는 방법들이 많았다. 케이크 상자 속에 돈 봉투를 넣는 것은 미숙한 수법에 속한다. 쉽게는 골프채를 선사하는 것이 있고, 좀더 크게 손을 쓰려면 골프클럽 회원권이나 콘도를 선사하는 방식도 있다. 요새는 모든 것이 속전속결이다. 내일 주겠다는 돈은 조금도 반갑지 않다.

뇌물을 받는 사람 이외에 뇌물을 좋다고 말하는 사람은 없다. 그러면서도 우리 나라에서 뇌물이 가시기는 어렵다. 그 이유는 92년 노벨경제학상을 받은 게리 맥커 박사가 다음과 같이 한 말속에 들어 있다.

"규제는 부패를 낳는다. 규제가 많을수록 더 많은 부패를 낳는다. … 강력한 정부가 경제를 통제하면 바퀴가 잘 돌아가도록 기름칠이 필요하게 된다."

이 병을 고칠 수 있는 비법의 묘약은 없다. 그렇지만 작고 민주적이고 능률적인 정부는 큰 도움이 될 것이다. 맥커 교수는 지난 연말 비즈니스 위크에 기고한 글에서, 많은 이권을 여러 이해집단에 나누어줄 수 있는 권력을 가지고 있는 강대한 정부가 있는 한 공직 사회의 부패는 가시지 않을 것이라고 말한다.

만약에 수출하기 위한 과일의 선적도 끝났는데 수출 절차에 하자가 있다며 출항을 못한다면 과일은 썩고 말 것이다. 그런 때 업자는 '무슨 짓을 해서도, 무슨 수를 써서라도' 하루빨리 허가를 받고 싶을 것이다. 그래서 콜럼비아 대학의 자그다시 바그와티 교수는 "정부의 불합리하고 번거로운 규제가 있을 때에는 뇌물은 불가피하다" 라고 말하는데 서슴지 않는다.

뇌물이 정부 안팎으로 구석구석까지 퍼져 있을 때 중요한 것은 사법부의 엄정 중립과 법의 공정성이다. 썩은 물이 흐를 때 아랫물만 손질해도 소용이 없다. 표적 수사를 한다며 썩은 물의 부분만 도려낸다고 되는 것도 아니다. 2년 전에 뉴스위크 잡지는 부패에 관한 특집에서 이렇게 결론을 내린 적이 있다.

"정부의 간섭을 줄인다는 것은 필요한 것이기는 하지만 그것만으로는 충분하지 않다. 공무원들을 후하게 대접하고 언론과 사법의 고발을 장려하고 시민의 도덕심을 키우는 것이 중요하다." 그러나 그것들은 하루아침에 이루어지는 게 아니다.

누가 정의를 저울질하는가

소크라테스가 사형선고를 받은 뒤, 옥중으로 그를 찾아간 그의 아내 쿠잔펫티는 슬픔을 참다못해 울음을 터뜨렸다. 그러자 소크라테스는 이렇게 말하면서 아내를 위로했다. "나만 유죄 판결을 받은 게 아니다. 나에게 유죄 판결을 내린 재판관 자신들도 유죄가 된 것이다."

재판관은 여론이나 개인적 감정에 흔들리지 않고 법과 양심에 따라 공정한 재판을 해야 한다. 그렇지 못할 때, 그들은 법과 정의의 수호자로서 책무를 다하지 못했다고 봐야 한다. 따라서 그들은 법과 양심 앞에 죄인이 된 것이다. 소크라테스는 이렇게 말하면서 아내를 달래려 했던 것이다.

소크라테스의 아내는 사려가 깊은 여자는 아니었다. 남편의 그런 깊은 뜻을 헤아릴 수 있을 만큼 유식하지도 않았다. 그녀는 상식밖에 모르는 여자였다. 그런 그녀가 볼 때, 남을 해친 적이 한 번도 없는 자기 남편이 사형선고를 받는다니 "이런 부당한 재판이 어디 있느냐"며 또 한번 넋두리를 폈다. 그러자 소크라테스는 이렇게 반문했다. "그러면 당신은 내가 정당하게 유죄 판결을 받기를 원하느냐?"

죄가 없는 데도 유죄 판결을 받거나, 죄가 있는 데도 무죄가 된다면 부당한 재판이 된다. 죄가 있기 때문에 유죄 판결을 받는다면 그것은 정당한 재판이 된다. 자기는 부당한 재판에 의해 사형선고를 받은 것이니까 떳떳할 수 있는 게 아니냐는 것이다. 그러나 비록 엄청난 죄를 저지른 사람이라도 법의 운용이 잘못되어 있을 때에는 자기는 부당한 재판을 받고 있다고 항변할 구실을 만들어 주게 된다.

96년 2월에 헌법재판소가 '특별법'은 '합헌'이라는 결정을 내리자 대부분의 언론은 특별법을 가로막은 법적 걸림돌이 제거되었으며, '소모적인 법리 논쟁'이 일단락 되었다고 논평했다. 특별법 제정에 따른 위헌 시비의 뒤탈이 없어진 것을 다행스레 여기는 듯했다.

헌법재판소 재판관 9명이 완전 합의를 보지 못하고 5대 4로 의견이 크게 갈라졌다는 것은 그만큼 재판관들의 고민이 컸음을 말해 준다. 그들은 헌법에 관한 한 우리 나라 최고의 의결기관이다. 그들의 권위에 대해서 의심을 품을 사람은 아무도 없다. 그런 그들이 간신히 합헌 정족수를 채웠다는 것은 더 이상 논의를 거듭한다 해도 두 의견 사이가 좁혀지지 않는다는 것을 의미한다.

법에는 "위헌 결정을 위해서는 재판관 6명의 찬성이 있어야 한다"라고 분명하게 적혀 있다. 따라서 비록 5대 4로 위헌론이 우세했다 하더라도 합헌 결정을 내릴 수밖에 없는 것이다. 그러나 바로 이 점이 우리의 상식으로는 풀리지 않는 첫 번째 의문이다. 만약에 4명중에 단 한 명만이라도 주장을 바꾸었다면, 그리고 위헌론이 한 표만 더 얻었다면 두 전직 대통령은 비록 무죄가 되지는 않는다 하더라도 면죄가 될 수 있다. '정의'가 단 한 표에 의해 좌우되었던 것이다. 그러나 정의란 단 한두 표의 차이로 왔다갔다하는, 그렇게 값싼 것은 아닐 것이다.

두 번째 의문은 헌법재판소가 과연 '정의'를 가려내는 곳인가 하는 점이다. 다시 말해서, 헌재 재판관들이 '정의의 최고 심판자'가 될 수 있느냐 하는 의문이다. 재판관의 저울대는 어디까지나 법이지 '정의'

는 아니다. 비록 소수 의견이나마 헌재 재판관들이 '실질적 정의 이념'을 그들의 논리의 표면에 내세울 때, 그들은 명백히 정치논리를 우선시키고 있다고 볼 수밖에 없다.

더욱이 특별법이 합헌이라고 보는 재판관들이나 위헌이라고 보는 재판관들이나 네 번씩이나 '자유민주적 기본 질서'를 내세우고 있었다. 다만 소수 의견 측에서는 '자유민주적 기본 질서'의 수호라는 목적은 위헌적인 수단까지도 정당화시킬 수 있으며 또 자유와 기본질서를 파괴한 사람은 법의 보호를 받을 권리가 없다는 논리를 폈다. 여기에 반해 다수 의견 측에서는 자유민주적 기본질서의 유지도 어디까지나 합법적인 테두리 안에서 이뤄져야 한다는 주장이었다. 이처럼 선명하게 대립되고 있는 두 의견이 타협점을 찾기는 어려울 것이다. 한가지 분명한 것은 두 의견을 저울질해주는 저울대는 절대적인 것이 아니라는 사실이다.

헌재는 또 '왜곡된 한국 반세기 헌정사의 흐름을 바로잡아야 하는 시대적 당위성과 … 정의를 회복해야 할 국민적 과제'를 내세웠다. 그러나 9분의 4밖에 안되는 소수 의견에 의해 특별법이 합헌 판정을 받았다고 해서 정말로 '정의'가 회복된다고 볼 수 있을까?

여러 해에 걸쳐 정의가 더렵혀지는 동안, 지금 정의의 사도임을 자처하는 사법부는 침묵을 지켰다. 준사법부는 오늘의 피고들이 저질렀다는 온갖 불법을 합법화시키는데 한몫 거들기도 했다. 분명 키케로의 말대로 "무기 앞에서 법률은 침묵한다." 그러나 그렇다고 오늘 정의의 칼을 휘두르는 사법부의 '정의'가 과연 얼마나 값지게 국민 앞에 비쳐질 것인가? 이것이 세 번째 의문이다.

일곱마당 • **내일을 사람답게 사는 지혜**

문화는 식빵에 바르는 잼처럼 넓게 바를수록 얇아진다

인류는 멸망하는가

예수 그리스도 탄생 당시의 세계의 인구는 2억 5천만 명이었다고 한다. 이보다 1만 년쯤 전, 곧 세계에서 농업이 시작됐을 무렵에는 2백만~3백만에 지나지 않았을 것이라 추산되고 있다. 그후 세계 인구가 5억 명으로 두 배로 느는데 1천5백 년이 걸렸다. 그것이 다시 10억 명으로 느는 데는 3백 50년이 걸렸다. 그것이 또 그 배인 20억으로 증가한 1925년까지는 75년밖에 걸리지 않았다. 세계은행이 최근 발표한 바로는 현재 55억에 이르는 세계 인구가 2030년에는 85억으로 증가된다는 것이다. 현재의 추세대로라면 10년 후에는 아프리카, 아시아, 남미의 인구는 60억 명 이상으로 늘어날 것이며, 그것은 세계 인구의 81퍼센트를 차지하게 된다.

가난한 나라일수록 인구 증가율은 높다. 유럽의 인구는 오히려 감퇴하고 있는데 비해, 아프리카는 해마다 3퍼센트씩 늘어나고 있다. 아시아에서는 평균해서 매 초마다 2명이 죽는 대신 7명의 아이가 태어난다. 그리하여 매일 15만 명, 매월 4백60만 명, 1년에 5천5백만 명씩 인구가 늘어나고 있다. 이대로 간다면 6백50년 후에는 지구상의 모든 육지에서 한 사람이 차지할 수 있는 땅은 30평방 센티미터밖에 안된다. 옴짝달싹 할 수 없는 러시아워 때의 지하철을 상상하면 된다. 지금 온 세계가 당면하고 있는 문제 중에서 가장 심각한 것이 인구 문제이다. 『이기적 유전자(利己的 遺傳子)』의 저자로 유명한 도킨스는 이대로 간다면 "인류는 멸망할 수밖에 없다" 라는 비관론을 펴고 있다. 이에 대해서 『성장의 한계』의 메도우스는 "가치관의 일대 전환으로 그럭저럭 적응이 가능해진다" 라는 낙관론을 펴고 있다. 그러나 우리에게 보다 설득력 있어 보이는 것은 비관론이다.

인간은 기하급수적으로 증가하는데 식량은 산술급수적으로밖에 증가하지 않는다. 따라서 인구 증가를 억제하지 않는 한, 사회의 빈곤과 죄악은 해소되지 않는다. 너무나도 유명한 말사스의 인구론(人口論)이다.

비슷한 말을 이보다 2천년 전에 한비자(韓非子)도 했다. 그도 인구의 증가율과 재화의 불균형으로 인간이 아무리 노동해도 의식, 기타 자연자원의 부족을 피할 길이 없기 때문에 아무리 범죄를 엄하게 다스린다 해도 세상이 편안해질 수 없다고 예언했었다. 말사스가 제시한 해결책은 성욕의 도덕적 억제였다. 그것은 도덕적인 빅토리아 시대에서나 생각할 수 있는 해결책이었다. 『역사의 종말』의 후쿠야마는 현대적인 방안으로 '인류의 지적(知的) 창조력'에 기대를 걸며 낙관하고 있다. 그러나 이대로 간다면 인류는 멸망할 수밖에 없다는 견해에는 다름이 없다.

코넬 대학의 피멘델 박사 연구팀의 보고로는 "2100년에 세계의 인구가 현재의 약 3분의 1인 20억 명 정도로 감소되지 않는다면, 사람들은 현재의 생활수준을 유지하는 게 힘들게 된다. 기아와 빈곤 질환이 만연하는 비참한 세계가 될 것이다."

피멘델 박사의 분석으로는 인구를 20억 명 정도로 감소시키려면 "여성 1인당 평균출생률은 1.5명 정도로 억제해야 한다. 그러면 사회적, 정치적 문제를 낳게 되겠지만 2100년에 인구가 1백억 명을 넘었을 경우에 야기될 경제, 사회, 정치적 혼란과 비긴다면 대단한 문제가 아니다."

저개발국 쪽에서 볼 때에는 선진국 사람들은 이들 50억 명의 희생 아래 잘 살고 있다. 미국인 1명의 자원 소비량은 인도인 50인분에 맞먹는다. 포식하는 그들의 공업문명은 지구의 환경을 오염시켜 가며 저개발국들의 자원을 잠식시켜 가고 있다.

잘 사는 나라들 쪽에서 볼 때에는 인류의 멸망을 재촉하고 있는 것은 가난한 나라들의 너무나도 높은 인구증가율이다. 이런 인구 폭발과 빈곤과 환경 파괴를 해결하는 길은 교육과 기술 혁신밖에는 없다. 그러나 그것이 인구 증가의 템포를 따라갈 수 있을 것 같지도 않다.

스승의 그림자

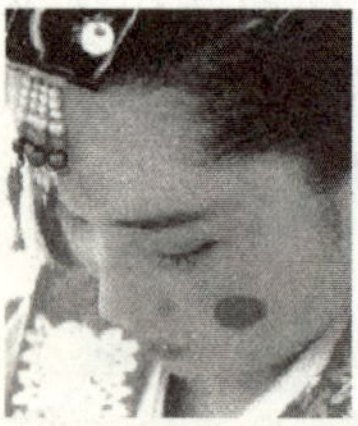

스승은 거룩하다. 스승의 은혜는 태산만큼이나 크다. 그러기에 석 자(尺) 뒤로 물러서서 스승의 그림자조차 밟지 않는다고 했다. 그만큼 공경해야 한다고 우리는 배워왔다. 스승의 그림자도 밟지 말라는 말은 공자가 한 말이 아니다.

공자는 제자 자로(子路)를 늘 철없는 망나니 동생 다루듯 했다. 자로는 또 공자를 스승이라기보다 어려운 형님 대하듯 응석도 부리고, 때로는 거침없이 비판도 했다. 공자는 그런 그를 권위로서 누르려 하지 않고 애틋한 사랑으로 감싸주었다. 자로만이 아니었다. 공자의 제자들은 모두 허물없이 스승과 나란히 걷기도 하고 앞서 가기도 했다. 공자는 제자들과 나란히 걸으면서 교육하는 게 보통이었다.

공자는 평소 끔찍이 아끼던 안회(顔回)가 죽자 목놓아 울었다. 자로가 죽었을 때에는 식사까지 거르며 슬퍼했다. 그것이 스승이다. 그것이 참다운 교육이다. 공자가 1천 명 이상이나 제자를 가졌던 것은 단순히 그의 학식이 뛰어나서만이 아니었다.

"누구든 훌륭한 스승 슬하에 앉아 본 적이 있는 사람이라면 교육이란 과연 어떤 느낌을 주는 것인지를 알게 된다."

실험심리학의 세계적 권위였던 하버드 대학의 유스텐버르히 박사의 말이다.

스승의 그림자를 밟아서는 안 된다는 말은 당나라 때 『교계율의(教誡律儀)』라는 불교 책에서 처음 나왔다고 한다. 중은 속세의 모든 것, 부모 처 자식도 버리고 출가한다. 따라서 스님의 은혜이며 권위는 절대적이 될 수밖에 없다. 그래서 스승의 그림자도 밟지 말라는 계율이 생긴 것이다. 그러나 세속의 세계에서 스승의 권위는 그런 계율에서 생기는 것이 아니다.

"우리는 우리를 가르친 뛰어난 스승을 존경한다. 그러나 우리의 인간적인 감정에 파고드는 스승에게는 무한한 고마움을 느끼게 된다. 학교교육은 필요한 원료임에 틀림이 없다. 그러나 선생이 제자에게 뿌리는 따뜻한 마음씨야말로 사물을 키우는 데나 어린이의 마음에 있어서나 가장 중요한 요건이 된다."

이렇게 정신분석학자 칼 융이 말한 적이 있다.

토파스 선생은 개구쟁이들을 가르치는 중학 교사이다. 그는 매우 가난했다. 허름한 옷차림으로 수염 깎을 사이도 없이 학교 일에 매어 달린 그는 학생들에게는 늘 웃음거리의 대상이었다. 그는 또 고지식하고 정의감에 넘쳐 있었다. 그는 학교의 유력한 후원자인 한 사회 명사 아들의 시험 답안을 고지식하게 채점했다. 그러자 어머니가 달려와서 교장에게 항의했다. 교장 선생은 토파스 선생을 불러서 점수를 올려주라고 이른다. 그러나 토파스 선생은 교장의 권고를 따르지 않는다. 유력자의 부인은 여기에 불만을 품고 자기 아들을 다른 학교로 전학시킨다. 이리하여 유력한 후원자를 잃게 된 교장은 토파스 선생을 면직시킨다.

토파스 선생은 하는 수 없이 다른 학교에 취직하려 했으나 골칫거리라는 딱지가 붙은 그를 받아들이려는 학교는 없었다. 일자리를 구하다 못한 그는 돈 많은 어느 국회의원의 애인 집에 가정교사로 들어

간다. 그녀는 세상 물정에 어둡고 어수룩한 토파스 선생을 꾀어 엉터리 회사의 사장 자리에 앉힌다. 사장이 됐지만, 그는 자기 회사가 부정과 사기에 깊이 관련되어 있는 것도 모른다. 뒤늦게 이 사실을 알게 된 그는 신경쇠약에 걸리고 잠도 설친다.

토파스 선생은 어느덧 돈맛을 알게 되고, 돈이 행복을 낳는다고 믿기에 이른다. 돈 앞에서는 정의도 법도 무력해지고, 명예도 돈으로 살 수 있는 현실이 어느 사이에 그를 변질시킨 것이다. 뒤늦게 그는 학생들 앞에서 진리이며 정의를 강조했던 자기가 얼마나 어수룩했으며, 가난을 오히려 자랑스레 여겼던 자기가 얼마나 어리석었는가를 깨닫게 된 것이다.

마르셀 파뇰의 희곡 「토파스」의 줄거리이다. 그것은 금권만능주의에 물들기 시작한 당시의 프랑스 사회를 풍자한 것이었다. 그는 토파스 선생을 비웃은 것이 아니었다. 선생마저 교육자로서의 긍지를 잃게 만드는 타락한 사회풍조에 대해 파뇰은 경종을 울리려 했던 것이다.

이 작품이 1928년 파리에서 처음 상연되자 3년 동안이나 롱런을 했다. 그것은 자기도 모르게 타락해 간 토파스 선생에게서 프랑스 사람들이 일종의 낯뜨거운 공감을 느낀 때문이었다.

오늘의 우리는 1920년대의 프랑스 사람들과는 비교할 수 없을 만큼 물질주의와 속된 현실주의에 물들어 있다. 우리들 가운데는 토파스 선생을 비웃을 수 있는 사람은 얼마나 될까? 그런 속에서도 가난을 마다하고 자기 직업에 대한 긍지를 잃지 않고 있는 성실한 '선생님'들도 많다.

국민교육헌장을 뜯어고친다 해도

제퍼슨은 자타가 공인하는 당대의 으뜸가는 문장가였다. 당연히 그는 미국 독립선언서의 기초자로 뽑혔다. 제퍼슨은 며칠 동안 심혈을 기울이며 독립선언서를 작성했다. 그가 보기에 그것은 단 한 자의 수정도 필요없을 만큼 완벽했다. 그러나 독립의회는 그의 초안의 수정 작업에 들어갔다. 그것은 제퍼슨의 자존심을 몹시 상하게 만드는 일이었다. 그는 친구인 벤자민 프랭클린에게 불만을 털어놓았다. 그러자 프랭클린은 제퍼슨에게 이런 얘기를 들려주었다.

한 젊은이가 모자 가게를 차리기로 했다. 그는 멋진 간판을 만들겠다고 생각하고, 모자 그림을 그리고 그 위에 '모자장 존 톰슨, 모자 주문 제작 및 현금 판매' 라고 적은 간판을 만들었다. 그리고는 친구들의 의견을 물었다.

한 친구가 말했다. "모자 주문 제작이라고 적혀 있는 만큼 '모자장' 이라는 말은 불필요하다". 라고. 두 번째 친구는 말했다. 제작이라는 말은 구태여 간판에 안 써넣어도 된다. 왜냐 하면 고객들은 모자를 누가 만드는지에 대해서는 관심을 가질 것 같지 않기 때문이라는 것이다. 세 번째 친구가 또 의견을 말했다. 외상 거래의 관습이 없는데 '현금 판매'라고 굳이 밝힐 필요가 없지 않느냐 라고.

이리하여 톰슨은 간판에 그냥 '존 톰슨 모자를 판다' 라고만 적기로 했다. 그러자 또 다른 친구가 말했다. "아무도 네가 모자를 그냥 나눠주리라고 생각하지 않는다. 그렇다면 '판다'는 말만 넣을 필요가 없지 않겠는가." 이 말을 받고 또 한 친구도 말하기를 "판다는 말만 불필요한 게 아니라 '모자'란 글자도 불필요하다. 왜냐하면 간판에 모자 그림이 들어가 있지 않은가." 그리하여 간판에는 모자 그림과 '존 톰슨'이라는 이름 석자만이 들어가게 되었다. 이 이야기를 듣고 제퍼슨도 자기 독립선언문에 위원회가 손을 대는 것을 수락하게 되었다.

만약에 우리의 국민교육헌장에서 공허한 수식어며 중복되는 어휘 등을 손질하고 나면 그 3백93자 중 몇 자나 살아남을까.

"우리는 민족 중흥의 역사적 사명을 띠고 이 땅에 태어났다."

국민교육헌장은 이렇게 시작되고 있다. 언뜻 보기에 여간 멋진 말이 아니다. 그러나 우리의 마음을 움직여주지는 못한다.

우선 특별한 사명을 띠고 태어나는 사람은 없다. '민족 중흥'이라는 추상어도 이제 와서는 진부하게만 들린다. '자주독립의 자세를 확립'한다는 구절도 대한민국이 수립된 지 반세기가 넘는 이제 와서는 별다른 의미를 부여하지 못한다. 중복되는 말, 비슷한 이념의 나열도 많다. '인류 공익' '공익과 질서' '상부상조의 전통' '따뜻한 협동정신' '협력' 또는 '성실한 마음' '경애와 신의' '봉사' 등. 그러나 이런 허망한 수식어, 어휘의 중복 등을 손보기만 한다고 해서 교육헌장이 멀쩡해지지는 않는다. 아무리 교육헌장이 멋들어져도 그것을 교육의 실제에서 살려 나가려는 분명하고도 확고한 의지가 없으면 거짓이 된다.

국민교육헌장에서 가장 짙게 나타나고 있는 것은 그 국가주의적 요소이다. '공익과 질서를 앞세우며'부터 시작하여 '스스로 국가 건설에 참여하고 봉사하는 국민정신을 드높인다'에 이르기까지 헌장이 강조하고 있는 것은 개인이 아니라 국가이며, 권리가 아니라 의무이다.

그것은 헌장의 제정을 필요로 했던 1968년 전후의 정치적 배경을 우리에게 일깨워주고 있는 것이다. '나라의 융성이 나의 발전의 근본'이라는 대목도 당연한 논리 같기는 하지만 교육헌장의 중심 기둥이 될 수는 없다.

최근에 국민교육헌장을 고쳐야 한다는 소리가 높아지고 있다. 그러나 몇 개의 자구 수정이나 하고 '교육헌장'이라 이름만 바꾼다고 되는 게 아니다. 우리에게 필요한 것은 '헌장'이 아니다. 아무리 멋들어진 헌장이라 해도 온 국민이 교육의 날에 큰 소리로 낭송한다고 교육이 바로 잡혀지는 것은 아니다.

왜 왼손잡이와 괴짜가 없을까

클린턴 대통령은 왼손으로 서명을 한다. 부시, 레이건, 포드, 트루먼 대통령도 모두 왼손잡이였다. 옛날부터 서양에는 왼손잡이가 많았다. 레오나르드 다빈치, 모차르트도 왼손잡이였다. 영화 '라임라이트'에서 채플린은 왼손으로 바이올린을 켰다. 그것은 서양에서는 조금도 이상한 게 아니었다. 원래부터 왼손이 더 발달하여 왼손으로 글을 쓰고 밥을 먹고 일을 하는 것뿐이다. 왼손잡이가 애써 오른손을 쓴다면 그것이 이상한 것이다.

우리 나라에는 왼손잡이가 없다. 학교에서도 선생들은 학생이 왼손으로 글을 쓰지 못하게 한다. 집에서는 또 아이들이 왼손으로 밥을 먹으면 버릇 나쁘다며 어른들로부터 꾸지람을 듣는다. 옛날부터 오른손잡이가 정상이며 왼손잡이는 비정상이라는 고정 관념에 사로잡혀 온 것이다.

사람이 왼손잡이가 되는 것은 뇌신경이며 근육이 그렇게 되어 있기 때문이다. 만약에 왼손잡이 미켈란젤로를 부모나 미술 선생들이 억지로 오른손잡이로 만들었다면 그처럼 뛰어난 작품들을 만들어 낼 수 있었을까. 그러나 우리는 옛날부터 우리가 정상이라고 일방적으로 설정한 틀에 모든 사람을 뜯어 맞춰 왔다. 그리고 이런 것을 두고 우리는 교육이라 불렀다. 그것은 개성이 두드러지고 남다른 행동을 하거나 틀에 박힌 생활을 역겨워 하는 사람을 '말썽꾸러기'로 만들어 버리고, 대신 틀에서 한 발자국도 벗어나지 않는 순종형의 '착한 어린이'만을 키우기 위한 것이었다. 그 결과를 우리는 국민학교의 모범생들처럼 대통령이 웃으면 덩달아 웃어 가며 대통령의 비위만을 맞추려 하는 장관들, 숨 죽여 가며 높은 분의 입김만 따라다니면서 제 소리 하나 내지 못하는 대통령 후보들의 딱한 모습에서도 발견하게 된다.

우리 나라에는 왼손잡이도 없지만 '괴짜'도 없다. 서양에는 왼손잡이만큼 괴짜들이 많다. 글랜 굴드라는 전설적인 피아니스트는 여름에도 외투를 입고 장갑을 끼고 다녔다. 가수 마이클 잭슨, 화가 앤디 워홀, 영화배우 우디 알렌은 모두 세상이 다 아는 괴짜들이다. 예술계에만 괴짜가 흔한 게 아니다. 과학자 알렉산더 벨, 벤자민 프랭클린, 아인슈타인도 모두 괴짜였다. 그처럼 괴짜들이 흔한 데도 J. S. 밀은 다음과 같이 한탄하기도 했다. "우리 시대의 가장 큰 위험은 괴짜 노릇을 하겠다는 사람이 너무나 적다는 데 있다." 그것은 개성을 존중하지 않는 획일주의에 대한 경고이기도 했다. 그래서 미국은 9월 6일을 특별히 '괴짜의 날'로 정하기까지 했다.

10년 동안 1천 명 이상의 괴짜들을 연구한 에딘버러 대학 교수 데이비드 위크스의 『정상과 이상(異常)의 연구』에서 보면, 괴짜들은 "용기 있게 자기 개성을 내세우고, 보통 사람들에게 즐거움을 주며, 개방적이고 솔직하고 낙관적이다. 그들은 틀에 얽매이기를 거부하고 창조적이고 호기심이 많고 이상주의적이다." 한마디로 창조적인 인간형이다. 그의 연구 결과에 의하면, 괴짜에게는 다음과 같은 공통점이 있다. 첫째로 틀에 박힌 생활을 하는 것을 싫어하고, 둘째로 남들은 대단치 않게 여기는 것들에 대한 호기심이 강하며, 셋째로 '괴상한' 취미에 심취되기 잘하고, 넷째로 어릴 때부터 자기는 남들과 다르다고 생각하며, 다섯째로 고집이 세고, 여섯째로 경쟁심이 적으며, 일곱째로 생활 습관이 비정상이고, 여덟째로 철자가 엉망이다.

아리스토텔레스가 관찰한 바로는 "탁월한 정신에는 다소나마 광기가 섞여 있지 않을 수 없다." 이를 뒷받침해 주는 뛰어난 인물들은 조지 오웰, 헤밍웨이, 포그너 등 많다. 그러나 위크스에 의한다면, 괴짜는 우리가 오해하고 있는 것처럼 정신이상자는 절대 아니다. 오히려 그들 중에 정신질환자는 보통 사람들보다 더 적다.

사회에 창조적인 활력을 불어넣는 것은 다양성이다. 다양한 능력, 다양한 개성들이 하나의 틀에 얽매이지 않고 자유롭게 숨쉬고 서로 겨룰 수 있을 때 비로소 사회는 발전해 나간다. 조선왕조, 특히 그 마지막 3백 년을 그처럼 메마르게 만든 것도 오른손잡이와 괴짜들이 발붙이지 못하게 만든 때문이었다. 이것은 그대로 오늘날에도 해당된다. 오늘의 정치며 교육은 여전히 다양한 인간성, 다양한 지능을 말살해 가고 있다.

하버드 대학의 심리학자 하워드 가드너가 쓴 『지도적 정신-리더십의 해부』에 의하면, 사람의 지능에는 여덟 가지가 있다. 곧 T. S. 엘리어트와 같은 언어적 능력, 아인슈타인과 같은 논리적 사고력, 스트라빈스키와 같은 음악적 재능, 피카소와 같은 미적 감수력, 마사 그래함과 같은 운동(율동) 감각, 프로이트와 같은 정신적 통찰력, 간디와 같은 감정적 이해력, 다윈과 같은 박물학적 파악 능력들이다. 이 여덟 가지 능력은 모두 동등하다. 그러나 우리는 판에 박힌 저울대의 똑같은 눈목으로 모든 사람을 저울질한다. 그리고 이런 저울대에 맞지 않으면 사회의 낙오자가 된다. 그러나 이런 낙오자가 많은 사회일수록 새로운 시대의 낙오자가 된다는 사실을 우리는 너무나 모르고 산다.

기억하는 것과 창조하는 것

나는 30여 년을 두고 글쓰는 직업에만 종사해 왔다. 그런 나도 서울대학의 96년도 논술시험 문제가 무슨 뜻인지 어렴풋하게나마 짐작하는데 10분 가까이 걸렸다. 그러면서도 출제 교수가 무슨 글을 요구하고 있는지를 제대로 파악했다는 자신을 가질 수 없었다. 만약에 나도 수험생들과 함께 그 난해한 논술 문제에 대한 답안을 써야 했다면 아마도 그 문제 자체가 얼마나 문장학적으로 치졸하며, 문제가 얼마나 논리적으로 잘못되어 있는가를 조목조목 따지는 것으로 답안지를 채웠을 것이다. 그 밖에는 쓸 게 없다고 여겼기 때문이다. 그리고 나는 분명 마이너스 점수를 받았을 것이다.

그처럼 스핑크스의 수수께끼 이상으로 아리송한 문제에 대해서, 그것도 제한된 시간에 쫓겨가며 제대로 글을 쓸 수 있다면, 그는 대단한 문장가임에 틀림이 없다. 그런데도 답안을 전혀 쓰지 못했다는 수험생도, 두드러지게 나쁜 점수를 받았다는 수험생 이야기도 들려오지 않았다. 수험생 중에는 문제가 무엇인지를 잘 알지 못하면서도 제법 그럴싸하게 '논술'한, 요령 있고 영리한 학생들도 적지 않았던 모양이다. 그리고 그들 대부분이 오자(誤字) 하나 없이 깨끗하게 줄도 잘 맞춰서 썼기 때문에 채점 교수들의 호감을 샀을 것이다.

그들은 한마디로 '머리 좋은' 학생들이다. 우리 학교에서 선생들의 귀여움을 받는 것은 이런 학생들이며, 사회에서 인정받는 것도 이런 사람들이다. 그들은 시키는 일은 무엇이든 요령 있게 또 능률적으로 잘 따라 할 수 있으며 적응 능력도 뛰어나다. 사회의 어느 분야에서나 출세하기 쉬운 것도 이런 학생들이다. 이들에게 공통적인 장점은 뛰어난 기억력과 현실에 대한 순응력이다. 그러나 그들에게 부족하기 쉬운 것은 강인한 비판정신과 창조의 밑받침이 되는 상상력, 그리고 바른 인생의 기둥이 되는 용기다.

다윈은 에딘버러 대학의 의학부에 낙방했지만 그래도 케임브리지 대학에 간신히 턱걸이 할 수 있었다. 우리 나라에는 그처럼 기억력도 좋지 않고 공부도 잘 하지 못한 학생을 어느 대학도 받아주지 않는다. 프랑스의 문호(文豪) 에밀 졸라도 대학 진학은 단념해야 했을 것이다. 그는 역사적인 대사건의 연대도 제대로 외우지 못했을 뿐만 아니라 외국어 성적도 엉망이었던 것이다.

일본의 경제가 미국을 압도하기 시작한 1984년 여름에 뉴욕 타임스는 4회에 걸쳐 일본의 교육제도에 대해 심층 분석을 한 적이 있다. 일본의 눈부신 경제발전의 비밀은 그 교육제도에 있다고 본 때문이었다. 여기에 따르면, 일본의 학교는 지식을 가르치고 이를 외우게 하고 이들을 우수 대학에 입학시키는 것에 수업의 목표를 두고 있다는 것이다. 여기 비해서 미국에서는 지식의 전달보다는 학생들이 스스로 문제를 해결해 나가는 힘을 키우는데 목표를 두고 있다. 그리하여 일본에서는 개성보다도 집단에 순응하는 심성이 강조되고, 비판의 능력보다 다량의 정보를 정확하게 기억하는 능력이 존중된다는 것이다. 이런 분석의 결론은 다음과 같은 것이었다.

"이대로 갈 때, 고도로 발달한 기술사회에서 지도력에 절대 없어서는 안될 상상력이며 창조적인 능력이 개발될 수 있을까?"

그래도 일본에는 경도(京都) 대학과 같은 개성 있는 대학이 있고, 경응(慶應) 대학의 상남(湘南) 캠퍼스나 쓰쿠바 대학과 같은 특색 있는 대학이 있다. 명치 대학의 일부 학부에서는 또 '강의 이해력' 테스트만으로 학생을 뽑기까지 한다. 경도 대학은 처음부터 출세지향적인 동경 대학생과는 다른 타입의 학생들을 키운다.

교수 방법도 다르다. 지금 세계적으로 권위를 인정받고 있는 중국학의 전통을 세운 내등호남(內藤湖南) 교수는 사범학교 시험에도 낙방하고 대학 졸업장도 없는 학자였다. 그러나 그런 파격적인 대학이기에 노벨상을 받을 만한 세계적인 과학자들을 동경 대학보다 더 많이 배출할 수 있었다.

만약에 모든 대학이 똑같은 교육 목적 아래 똑같이 '머리만 좋은 학생'들만을 뽑으려 하고, 똑같은 교육법에 의해 가르친다면, 대학의 '순위'는 분명해지고 대학간의 격차는 더욱 벌어지게 마련이다. 이를 모면할 수 있는 최선의 길은 다윈과 졸라도 들어올 수 있도록 대학마다 독자적인 모집 기준을 마련하는 것이다.

대학 전체를 바꾸기가 어렵다면 그 일부분만이라도 바꿔 가면서 특색 있는 대학을 만들어야 한다. 가령 한때의 홍익대학이나 한양대학처럼 특정 학부 중심의 대학을 만드는 식으로 과감한 전환이 있어야 할 때이다. 대학이 이처럼 내부적 혁명을 일으킬 수 있으려면 정부가 과감히 규제를 풀어야 함은 물론이다.

상식을 거부하는 대학교육

일본의 동경대학 교양학부의 교수들이 교양학부 학생들을 위해 펴낸 부교재로 『지(知)의 기법(技法)』이라는 게 있다. 보통 대학 강의실에서는 지식과 커뮤니케이션의 일방통행만이 있다. 그것도 경직된 권위의 사다리를 타고 위에서 밑으로만 내려가는 커뮤니케이션이다. 그러나 대학이란 전문적인 지식을 전달하는 장소라기보다는 '특별한 지(知)의 행위의 주체가 되는 방식을 훈련하는' 장소이다.

『지의 기법』을 쓴 일본의 중견 학자들은 대학의 기능을 이렇게 보고 있다. 그리고 학문의 기쁨이란 "문화와 시대를 초월해서 여러 '남'과 만나고 여러 가지 '남'의 진리와 대화를 할 수 있다" 라는 데 있다. 거기서 진리를 인식한다는 것은 동시에 '남'과의 대화의 실천을 뜻한다. 그런 대화의 전제가 되는 것은 '남'에 대한 이해, 내가 믿고 있는 진리 이외에 또 다른 진리가 있을 수 있다는 인식이다.

아프리카의 마리 공화국이라는 가난한 나라의 시골에서 몇 달 동안 살면서 한 인류학자는 그 마을의 지도를 만들었다. 그러나 그는 마을 사람들이 지도를 볼 줄 모른다는 사실에 충격을 받는다. 으레 그들도 지도를 볼 줄 알 것이라고 짐작했던 자기가 잘못되어 있었다는 사실을 깨닫게 된다. 이어 '과연 내가 만든 것만이 지도라고 할 수 있을까?' 하는 의문에 부딪치게 된다. 결국 그는 그들(원주민)이 생활하는 데에는 우리가 지도라고 말하는 것 따위는 필요하지 않다는 결론을 얻는다. 그 교수는 자기의 이와 같은 체험담을 통해서 세계를 인식하는 새로운 시각을 학생들에게 알려주고 있다.

남을 이해한다는 것은 항상 자기 상식을 의심한다는 것이기도 하다. 그것을 또 다른 교수는 6년 전에 배를 타고 일본에 표류해 온 2천 명의 '베트남 난민'에 대한 신문 보도를 통해 알려주고 있다. 이들 '난민'은 자기네가 베트남 사람들이라고 주장했다. 알고 보니 그들은 중국에서 온 사람들이었다. 그러자 '난민' 대접을 받던 그들은 당장에 '불법 입국자' 또는 '위장 난민'으로 전락(?)하고 말았다. 그것은 일본인의 '상식'에 따른 판단이었다.

그러나 '중국인'이냐 '베트남인'이냐 하는 구별은 그런 '상식'대로 되지 않는다. 원래가 베트남 북부에는 중국계 주민이 상당히 많이 살고 있었다. 이들 중에는 중국 국적을 그대로 가지고 있는 화교도 있고 베트남 국적을 취득한 중국계 베트남인도 있었다. 70년대 말에는 그 중 30만 명 가까이 베트남에서 중국으로 탈출한 적도 있다. 따라서 일본 언론의 '상식'으로는 불법 입국한 중국인들이었지만, 당사자들로서는 베트남인이라고 주장하는 게 당연한 일이었을 것이다. 이런 사실을 밝히면서 그 교수는 오늘과 같은 변동기에 있는 세계를 제대로 이해하려면 무엇보다도 언론이 갖고 있는 '상식'부터 의심해야 한다고 이르고 있다.

또 다른 교수는 영상문화 시대에 범람하고 있는 이미지들 속에 담겨져 있는 숨은 뜻을 어떻게 찾아내는가 하는 문제를 마돈나의 나체 사진집 분석을 통해 풀어내고 있다. 그의 분석 결과에 대해서는 얼마든지 학생들이 의견을 달리할 수가 있다. 그러나 그가 마돈나의 나체 사진 한 장 한 장에서 꺼내어 보여주는 이미지와 숨은 의미들은 새로운 인식의 방법과 함께 '발견'하는 즐거움을 학생들에게 담뿍 전해주고 있다.

우리 나라 교육부나 대학들은 하루가 멀다 하고 학제 개편을 말하고 있다. 그러면서도 무엇을 어떻게 가르치느냐는 것에 대한 반성은 전혀 없다. 대부분의 교수들도 대학을 그저 지식을 전달하는 장소라고만 인식하고 있는 듯하다.

"대학 개혁의 한 목적은 경직화된 대학 제도를 개편하여 국제적으로나 사회적으로나 그 지(知)의 삶을 개방하는데 있다. 그러나 그런 개방은 단순히 제도적으로 실현시키기만 하면 되는 것이 아니다. 새로운 제도가 마련되어도 그것이 개방된 의식의 뒷받침을 받지 않고서는 가능하지 않다."

일본 교수의 이 말은 우리를 향한 충고처럼 들리기도 한다.

우리는 또 식상할 정도로 '세계화'를 외쳐 왔다. 세계화의 주체는 어디까지나 사람이다. 세계화의 기본이 되는 것도 사람의 시야를 넓히고 의식을 밖으로 개방하는 것이다. 그러나 의식의 '세계화'를 위해 교육의 내용을 어떻게 바꿔야 하는지에 대해서는 아무도 말을 하지 않고 있다. 그런 점에서도 『지의 기법』은 세계화를 위한 우리의 대학 교육이 일본에 비겨 얼마나 뒤져 있는가를 여실히 보여주고 있다.

그 책임은 대학 또는 교수들에게만 있는 것도 아니다. 『지의 기법』이 일반 독자들이 읽기에도 재미있는 것은 사실이지만 그 속에는 '반증 가능성'인 하이젠버그의 '불확정성 원리'니 게델의 '불완전성 정리(定理)'니 하는 까다로운 낱말들이 예사로이 나온다. 그런 책을 우리 나라 대학의 신입생들이 제대로 소화할 수 있을 것 같지 않다. 물론 그것은 학생들 잘못이 아니다.

'최후의 심판' 복원

14년에 걸친 복원 작업 끝에 제 모습을 찾게 된 미켈란젤로의 '최후의 심판'이 94년 봄부터 일반에게 공개되고 있다. 그것은 미켈란젤로가 60세 때부터 그리기 시작하여 6년 후에 완성시킨 벽화였다. '최후의 심판'이 그려져 있는 시스티나 예배당은 교황 전용의 예배당이다.

그 천장화를 그리라는 명령을 교황 율리우스 2세로부터 받았을 때 그의 나이 33세였다. 그것은 당시의 화가로서 이만저만한 큰 영광이 아니었다. 그러나 미켈란젤로는 처음에는 이를 거절했다. 자기는 조각가이지 화가가 아니라는 이유에서였다. 미켈란젤로에 대한 교황의 두터운 신임을 시기한 어느 건축가가 미켈란젤로가 그림을 잘못 그려 망신당하기를 바라서 꾸민 책략이라는 설도 있다. 결국 그는 천장화 '천지창조'를 4년 후에 완성시켰다. 그것은 지금도 르네상스가 남긴 가장 뛰어난 걸작의 하나로 손꼽히고 있다.

이 제작에 착수했을 때, 그는 구태의연한 종교화를 그릴 마음이 없었다. 그는 이것을 인간의 신체가 갖는 아름다움과 표현력의 가능성을 철저하게 추구해 나가는 무대로 삼은 것이다. 이 벽화에는 1백명이 넘는 인물이 나오지만 그 어느 하나도 똑같은 포즈를 보여주고 있지 않다.

'최후의 심판'의 중심에는 역시 그리스도가 있다. 미켈란젤로가 그린 그리스도는 긴 턱수염을 기른 전통적인 이미지의 그리스도가 아니라 늠름한 체격의 젊은이였다.

미켈란젤로를 사로잡은 것은 종교적인 것이 아니라 어디까지나 인간적인 것, 예술적인 것이었다. '최후의 심판' 속에 나오는 천사들이 모두 날개를 달고 있지 않다는 것이 이를 말해 주고 있다. 그런 그가 그리스도를 비롯한 38명의 성자들을 모두 완전한 나체로 그린 것은 너무나 당연한 일이었을 게다.

그러나 그것은 특히 종교개혁의 태풍 속에서 더욱 경직된 가톨릭 교회 내부의 보수 세력이 용납할 수 있는 게 아니었다. 특히 배신적(背神的)이라며 맹렬히 비난한 게 교황청의 의전실장 비오지오였다. 이에 대한 보복으로 미켈란젤로는 그의 얼굴을 지옥에 떨어진 미노스의 얼굴로 만들었다. 이를 알고 비오지오가 교황 파울로스에게 진정하자, 교황은 "난들 지옥에 떨어진 자를 어떻게 구원할 수 있겠는가" 라고 대답했다.

'최후의 심판'에 대한 시비는 완성된 다음에도 더욱 치열하기만 했다. 특히 비열했던 게 피에트로 알레티노였다. 그는 미켈란젤로에게 제작 중에 여러 가지로 자상하게 조언을 주었다. 그리하여 미켈란젤로로부터 데생 작품을 선물받으려는 속셈에서였다. 그러나 미켈란젤로는 이를 무시했다. 이에 대한 앙갚음으로 그는 '최후의 심판'의 나체들이 추잡하다고 비난하는 한편, 그의 동성애까지도 폭로 선전했다.

그리하여 교황 파울로스 4세는 주요 인물들의 앞을 가리도록 명령했다. 처음에 이 일을 맡은 것은 화가 다니엘라 다볼텟라였다. 이 때문에 그는 '속옷 장사꾼'이란 별명을 받았다. 그후 17~18세기에도 여러 화가들이 나체들 앞을 허리띠로 가리는 수정 작업을 했다.

93년 11월에 로마 교황청은 원화에 없던 허리띠들을 제거하기로 결정했다. 시스티나 예배당의 천장화와 벽화의 수복 작업이 막바지에 이르러, 후세 화가들에 의한 가필이 원화의 예술성을 훼손시켰다고 판단한 결과였다.

그러나 94년부터 일반 공개된 새로워진 '최후의 심판'에도 '속옷 장사꾼'이 가필한 허리띠들은 그대로 남는다. 그 이유는 그게 '역사적 사실'이며 또 지극히 예술적이기 때문이라는 것이다.

14년에 걸친 미켈란젤로 벽화의 복원 비용은 일본의 한 텔레비전 방송국이 부담했다. 그 대신 그림 판권을 갖는다. 실속과 생색을 다 챙기는 일본의 약삭빠름이라고 손가락질할 일이 아니다. 우리는 그런 엄두도 내지 못할 뿐만 아니라 그런 데까지 머리를 쓸 만큼 문화적이지도 국제적이지도 못하다.

달은 어느 쪽에 떠 있나

지난 94년 초에 일본의 영화 잡지가 해마다 뽑는 지난해의 일본 영화 베스트 10의 으뜸에 '달은 어느 쪽에 떠 있나'를 꼽았다. 이 영화는 작품상뿐만 아니라 감독상, 각본상, 신인 남자주연상을 싹쓸었다. 또한 93년도의 매일(毎日)영화 콩쿠르의 일본 영화대상 등 40개가 넘는 상을 휩쓸었다.

"영화 '달은 어느 쪽에 떠 있나'는 올해의 수확으로 끝나는 것이 아니라 앞으로 아마도 시대에 하나의 매듭을 지어준 작품으로 기억되지 않을까." 조일(朝日)신문에서는 이렇게 격찬했다. 한 작가는 또 다음과 같이 절찬했다. "터부에 과감히 도전하고 예술적으로 심각한 체 하지 않는 엔터테인먼트의 걸작을 만들어서 폐쇄 상황에 빠져든 일본 영화에 돌파구를 만들고 상쾌한 바람을 불러들였다."

이 영화의 감독은 최양일이라는 재일교포이다. 각본도 교포가 썼다. 영화 속의 주인공도 강충남이라는 교포 2세이다. 그는 조선인 고등학교를 함께 나온 동창생이 경영하는 택시 회사의 운전기사이다. 그의 어머니는 그를 '다다오'라고 부른다. 일본인 동료들은 그를 '쥬상'이라고 부른다. 그는 전형적인 재일교포이다. 이 영화도 일본에서 사는 재일교포들의 생활의식을 그린 것이다.

유감스럽게도 영화를 직접 보지 못하고 그저 시나리오의 일부만을 보았지만, 이 영화 속에 나오는 한국인들은 얼굴에 분칠을 한 한국인들이 아니다. 거기에는 또 '재일교포'라는 떼어지지 않는 딱지를 붙이고 그 무게에 눌려지내는 이지러진 표정도 보이지 않는다. 물론 한국인이기에 어쩔 수 없이 겪는 현실감은 피할 길이 없다.

30년 전에 북한의 고향으로 돌아간 주인공의 형에게 어머니가 원조물자를 보내려 한다. 이때 돈 봉투를 함께 상자 속에 넣으려 한다. 그러자 주인공이 그 봉투를 상자 밑바닥 보이지 않는 곳에 몰래 테이프로 발라 붙인다. 그러나 민단계 신랑과 조총련계 신부의 결혼식이 상징하듯 그들에게 있어 남북 문제는 이미 정치 문제가 아니다. 영화 속에서 금융업을 하는 택시 회사 사장의 친구가 말한다.

"우리는 말이다, 새 타입의 재일 청년실업가란 말이야. 통일보다도 돈이 말을 하는 자본주의의 소산이다."

이처럼 등장 인물들은 모두가 현실주의자들이다. 그리고 조금도 구질구질하지가 않다. 주인공 충남의 어머니는 산전수전 다 겪은 듯한 싸구려 술집 여주인이다. 그녀는 속에 든 말을 아무에게나 거리낌없이 내뱉는다. 주인공은 유들유들한 솜씨로 어머니 술집에서 일하는 필리핀 여성을 농락하고 반강제적인 동거생활을 하다 버린다. 그러나 시골 술집에서 고생하고 있다는 소식을 듣고 다시 그녀를 데리러 간다.

어느 날, 그의 택시를 탄 젊은 일본인이 이것저것 아양을 떨다 요금을 안 내고 도망친다. 그를 끝내 잡아 실컷 때리려던 주인공이었지만 차마 때리지 못하고 그냥 풀어준다. 이 장면에 대해 한 일본인 작가는 신문에서 "그 사나이는 우리들이다.… 그러나 … 이 영화는 우리를 책하지 않는다" 라고 평했다. 혹 감독 자신은 이렇게까지 깊은 뜻을 담으려 하지 않았는지도 모른다.

그만큼 일본에서 사는 한국인의 2세~3세의 의식은 달라져 있다고 볼만도 하다. 이보다는 한 일본 영화인이 다음과 같이 말한 게 한국 영화계의 현실과 견주어서 많은 생각을 하게 만든다.

"자기 테마를 무르익게 한 최양일 군도 훌륭하지만, 어느 편인가 하면 엉거주춤한 액션물 감독으로 여겨지기 쉬웠던 그에게 자기 마음껏 영화를 찍게 하는 환경이 일본 영화계에는 아직 있다. 여유와 관용이."

그런 여유와 관용이 우리 문화 예술계에도 있는가 모르겠다.

책을 읽는 즐거움

'문학의 즐거움을 국민과 함께.' 시청 앞에 이렇게 크게 써 붙여 있는 플래카드를 보면서 문득 떠오르는 의문 하나가 있었다. 문장법상 '국민과 함께' 한다는 말에는 '누가?' 라는 주어가 생략되어 있다. 그렇다면 그 '누가'가 누구이겠는가 하는 의문이다. 지금까지 '문학의 즐거움'을 문학인들만이 알고 있었으며, 그런 즐거움에 대한 기득권을 문학인들이 국민과 함께 나눠 갖겠다는 것인가? 물론 그런 뜻은 아닐 것이다. 그렇다면 나라가 마치 큰 마음먹고 쌀을 나눠주듯 하겠다는 것인가.

공연히 말꼬리를 잡자는 것이 아니다. '국민'이란 국가의 통치권 아래 있는 인민, 다시 말해서 대한민국이라는 국적을 보유하며, 국권(國權)에 따르는 인민이란 뜻이다. 또한 지난 30년 동안 독재를 서슴지 않았던 통치자들이 '친애하는 국민 여러분' 해 가면서 국민을 통제했었다. 그 때에는 체제에 비판적인 문학은 '반국가적' '비국민적'이라고 지탄받기도 했다. '국민'이라는 말은 우리에게 이런 쓰라린 과거를 연상시켜 주고 있는 것이다. 그런 비문학적인 말을 가장 언어에 민감해야 할 문학인들 스스로가 아무 스스럼없이 '문학의 해'의 구호로 내건다는 데 의아스러움마저 느끼게 된다.

또 하나의 의문은 '문학의 즐거움을 국민과 함께'라는 말을 그대로 순박하게 받아들인다 해도 어떻게 하면 그럴 수 있는가를 몇 사람만이라도 진지하게 토의했느냐는 것이다. 문학의 해를 위해 책정된 예산은 정부가 내놓겠다는 10억 원이 전부라고 한다. 그런데도 집행부가 발표한 사업계획은 근대문학관 건립, 북한의 문인들까지 참가하는 한민족 문학인대회, 국제세미나, 종합예술제 등 스물 두 가지나 된다. 처음부터 안될 줄 빤히 알면서 그냥 세워 본 무분별한 탁상 계획에 지나지 않는다.

벌써 10여 년 전부터 런던의 지하철은 차안에 영시(英詩)의 명작들을 담은 포스터를 게시하고 있다. 그것을 심심풀이로 읽어 가던 승객들이 시를 알게 되고, 이들의 요청으로 내놓은 『지하철 시인』이란 시선집이 꾸준한 베스트 셀러가 되고 있다. 호주의 멜버른, 독일의 슈튜트가르트 지하철도 이 본을 따라 지하철에 시 포스터를 내걸고 있다.

돈을 많이 쓰고 호화로운 잔칫상을 벌인다고 해서 지금까지 '문학의 즐거움'을 모르고 있던 사람들을 문학으로 끌어오게 할 수 있는 것은 아니다. 요새 지하철 속에서 책을 읽는 것은 대부분이 젊은 여성들이다. 이른바 어른들은 거의 없다. 그나마 거의 전부가 교과서나 참고서가 아니면 베스트 셀러라는 소설들뿐이다. 그러나 그런 대중적인 소설들을 읽는 사람들을 늘린다고 해서 반가워할 수 있는 것일까?

앨빈 토플러의 말을 빌리지 않아도, 문화란 식빵에 바르는 잼처럼 넓게 바르면 바를수록 얇아질 수밖에 없다. 우리 나라 문학에서 절실한 것은 문학의 대중화가 아니라 문학의 질을 높이는 일이다. 문학이 아무리 즐거운 것일 수 있다 하더라도 재미만으로는 도저히 대중문화를 이겨내지 못한다. 또한 재미있던 문학이 재미없어졌기 때문에 대중이 문학을 등지고 있는 것도 아니다.

어제의 어린이들은 안데르센의 동화집을 읽으며 인간의 아름다움을 배우고 꿈을 키웠다. 오늘의 어린이들은 폭력적인 공상 만화를 즐기기 위해 텔레비전 앞에 매달린다.

시험 공부에 시달리는 오늘의 중·고등학생에 비해 나는 얼마나 행복했는지 모른다. 나는 시험 공부에 쫓기지 않고 밤을 새워가며 도스토예프스키의 『카라마조프의 형제』를 읽을 수 있었다. 내게 있어 문학은 인생의 거울이었다. 그 거울을 통해 나의 세대는 인간을 배우고 생각의 폭을 넓혀 나갈 수 있었다. 그때는 물론 텔레비전이 없었다.

오늘의 세대에게 있어 문학을 대신하는 거울은 텔레비전이다. 텔레비전은 그들을 대신해서 생각해 준다. 이런 텔레비전의 세대는 『카라마조프의 형제』이며 카프카의 『성(城)』을 읽을 필요를 느끼지 않는다.

10년 전만 해도 신문마다 문학 월평(月評)의 고정란이 있었다. 요새는 그 대신 텔레비전 드라마와 영화 평들이 판을 친다. 비평의 대상이 될 만한 문학작품이 그때보다 줄어든 때문이 아니다. 그것이 대중소비시대의 어쩔 수 없는 문화 풍토인 것이다.

'문학의 즐거움'에 앞서는 것은 '책을 읽는 즐거움'이다. 그러나 '책을 읽는 즐거움'을 아는 사람들은 해마다 줄어만 가고 있다. 그것은 어린이들의 본이 되는 부모들부터가 책을 읽지 않고 있기 때문이기도 하다. 사르트르는 50년대에 "굶주려 죽는 어린이 앞에서 나의 소설 『구토』는 너무나도 무력하다"면서 붓을 던졌다. 그 후 텔레비전의 보급과 컴퓨터의 등장 등 사르트르가 미처 예상하지 못한 상황들이 문학을 더 한층 무력하게 만들고 있다. 여기에 또 상업주의의 무서운 침식 작용이 있다. 이처럼 오늘의 문학 자체가 헤어나기 어려운 위기를 맞고 있는 것이다. '주부 백일장'이나 '문학의 밤'과 같은 일회용 주사 몇 대로 회복될 수 있는 상태가 아니다.

우리는 3등문화 국민인가

『올리버 트위스트』의 작가 찰스 디킨스가 소년 시절에 처음 배운 곳은 학교가 아니라 런던의 빈민가였다. 그의 두 번째 학교는 도서관이었다. 소년 시절의 헤르만 헷세는 대단히 조숙했다. 그는 11세때부터 담배를 피우기 시작했으며, 15세에 짝사랑을 하고, 16세에 술집을 출입하기도 했다. 결국 그는 학교를 쫓겨나고 철공소에서 일하게 되었다. 그러나 그는 틈만 나면 마을 도서관을 드나들었다. 그가 22세에 첫 시집을 써 낼 수 있었던 것은 도서관 덕분이었다.

구조주의 인류학자 레비스트로스는 청소년 시절에 너무나 가난해서 책을 사볼 여유도, 책을 읽을 만한 장소도 없었다. 그래서 그는 도서관 신세를 많이 졌다고 회상했다. 마르크스는 자본론을 쓰는 동안 대영박물관에서 살다시피 했다. 그것은 도서관이 풍부한 자료를 갖추고 있었을 뿐만 아니라, 그 열람실이 더없이 쾌적한 연구실 겸 집필실이 되어 준 때문이었다.

옛 희랍 사람들은 도서관을 마음의 병원이라 여겼다. 그것은 마음을 옛 사상, 또는 새 사상으로 바로잡는 곳이었다. "도서관은 책을 예찬하기 위한 전당이 아니다. 그것은 사상의 생산을 위한 분만실, 역사가 생명을 갖게 되는 장소가 되어야 한다." 이렇게 노만 커즌스가 말한 적이 있다.

서양의 도서관은 21세기에 맞춰 눈부시게 변모해 가고 있다. 지난해에 문을 연 프랑스의 새 국립도서관을 설계한 도미니크 페로에 의하면, 도서관은 '마술의 장소'라야 한다. 또 다른 건축가 헤르만츠버거에 의하면, 그것은 '승객들이 종착지에 가기 위해 이용하는 정류장'이라는 것이다. 그가 말한 '종착지'란 두말할 것 없이 새로운 사상, 새로운 문화를 뜻하는 것이었다. 대영박물관은 그 중요한 새 기능을 '정보를 신속하게 전달'하는데 두고 있으며, 프랑스가 새 국립도서관을 지을 때 목표로 삼은 것은 '24시간 개방되는 위대한 지식의 상점'이었다.

몇 년 전인가, 일본에서 제일 좋은 시립 도서관이라는 소문을 듣고 우라야스 도서관을 찾은 적이 있다. 건물 안에 들어서자 왼쪽에 널찍한 어린이 책방이 있었고, 오른쪽에는 신문, 잡지 열람실이 있었다. 대구나 대전보다 훨씬 작은 도시인데도 르 몽드며 프라우다 신문까지 비치하고 있었다. 그곳을 지나니까 신간 서적과 실용 서적들이 16만 권 개방된 서가에 꽂혀 있었다. 위층의 서고에는 40만 권이 넘는 책들이 꽂혀 있었다. 이 도서관의 연간 도서구입비가 8억 원이 넘는다는 말을 듣고, 우리 나라의 소위 '국립'하고도 '중앙'의 도서관의 도서 구입비가 얼마인지 궁금했었다.

도서관이 제 구실을 다하기 위해 써야 하는 돈은 해마다 늘어간다. 올해 완공되는 대영박물관의 새 건물은 건축비만도 4억 달러가 넘는다. 이 도서관은 해마다 정부로부터 8천4백만 달러의 보조금을 받고 있는데도 컴퓨터 시설비 등으로 4천7백만 달러의 추가 보조금을 따로 받았다. 새 프랑스 국립도서관의 건축비는 10억 달러가 넘는다. 미국 국회도서관은 직원이 5천 명이 넘고, 연간 예산이 2억 5천만 달러가 넘는다. 이상하게도(?) 그 어느 나라에서도 도서관의 경비에 대해 트집잡는 국회의원은 없다. 도서관에는 아무리 돈을 많이 써도 아깝지 않다고들 생각하기 때문이다.

새 프랑스 국립도서관은 3백 피트 높이의 서고 4동 안에 1천5백만 권의 장서와, 옆으로 진열해서 길이 15마일에 이르는 정기간행물들을 넣을 수 있게 되어 있다. 여기서는 자동 로봇이 움직여야 할 판이다. 그러나 해마다 10만 부씩 장서가 늘어나기 때문에 10년 후에는 증축해야 한다. 여기에 비긴다면, 알량한 도서구입비 때문에 그런 걱정을 하지 않아도 되는 우리 나라 도서관들은 얼마나 다행스러운지 모른다.

도서관은 건물에만 돈이 드는 게 아니다. 책들은 종이의 산화 작용으로 해마다 수명이 짧아진다. 미국의 국회도서관에는 1천3백만여 권의 장서 중에서 해마다 7만 7천 권씩 부식되어 가고 있으며 40퍼센트의 장서가 결국 못쓰게 될 것이라 계산하고 있다. 프랑스 국립도서관에서는 60만 권이 수리를 기다리고 있다. 대영박물관에서는 1백60만 권 이상이나 일반 열람이 불가능한 상태에 있다. 이래서 미국 국회도서관은 출판물의 영구 보존을 위해 마이크로 필름을 이용하려 하지만 그 비용이 3억 달러에 이른다. 그뿐이 아니다. 외국 도서관들에서는 비디오 카세트, 소프트웨어, 컴퓨터 등이 차지하는 비중이 해마다 늘어가고 있는 것이다.

우리는 OECD에 가입할 만한 일등국이라면서도 우리 도서관들의 자료 구입비는 40억 원도 안된다. 도서관에 대해서 관심을 갖고 있는 사람도 보이지 않는다. 그러면서도 이를 부끄러워하는 사람이 없다. 우리는 3등 문화국밖에 되지 않는다.

역사와 실록 드라마

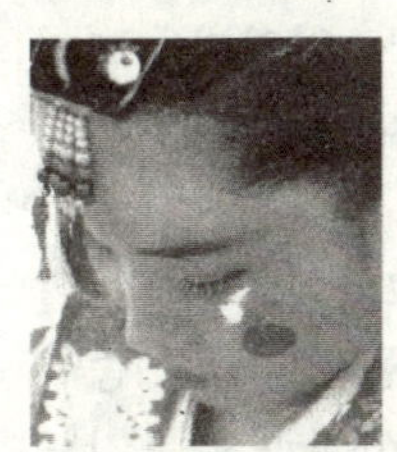

파란만장한 인생을 보내다가 결국 대역죄에 몰려 런던 탑에 갇혀 있는 동안, 월터 롤리는 『세계사』를 집필했다. 제1권을 끝내고 제2권 집필에 들어간 어느 날, 우연히 옥 창밖을 내다보고 있는데 큰 패싸움이 벌어지고 있는 것이었다. 그 패싸움을 그는 처음부터 끝까지 자세히 관찰했다. 그러나 다음 날 또 다른 목격자의 이야기를 들은즉 자기가 정확히 봤다고 생각한 것과 전혀 달랐다. 당장에 자기 눈으로 본 것도 분명치 않는데 어떻게 먼 옛날의 진실을 알아낼 수 있겠는가. 이렇게 생각한 그는 모든 원고를 불에 태워 버렸다. 이래서 그의 세계사는 미완성으로 끝났다.

내가 직접 듣고 본 것이라 해도 틀림없는 사실이라고 단정하기 어려울 때가 많다. 감정에 사로잡혀 있거나 이해가 얽혀서 내가 보고 싶은 것만 눈에 보였는지도 모른다. 또 자기가 직접 겪은 일을 회상할 때 사람들은 누구나 자기의 부끄러운 면은 덮어두고 싶어한다. 자기의 공(功)은 과대평가하고 과(過)는 과소평가하게도 된다. 또한 시간의 경과와 함께 사람들의 기억도 달라지게 마련이다.

여기 한가지 예가 있다. 5·16을 일으킨 군대는 제일 먼저 방송국을 점거하고 아나운서를 위협하며 군사혁명정부의 제1성을 방송하게 했다. 제3공화국의 전성시대 때에는 아나운서에게 방송하도록 한 것은 바로 자기였다고 자랑한 사람이 두세 사람이나 있었다. 그러나 3공이 무너진 다음에는 아무도 자인하지 않았다. 잔뜩 겁에 질려 있던 아나운서도 그 때 누가 자기에게 총부리를 겨누고 명령했는지를 전혀 기억하지 못하고 있다.

또 하나의 예가 있다. 장자크 루소의 『참회록』은 세상에서 가장 솔직한 자서전으로 여겨지고 있다. 그 자신, 책머리에서 이렇게 썼다. "이것은 있는 그대로의 나의 모습이다. 나는 내가 저지른 나쁜 짓을 하나도 숨기지 않았으며 사실을 조금도 보태지도 않았다." 그러나 실제로 그는 많은 진실을 숨겼으며 잘못을 뉘우치는 듯하면서 은근히 자기를 합리화하기도 했다.

그런데도 우리는 '관계자'들의 증언들을 단순히 그들이 역사의 현장에 있었다는 이유 하나만으로 무비판적으로 받아들인다. 그 증언들은 어쩌면 모두 맞는지도 모른다. 그러나 어쩌면 사실과 다를지도 모른다. 또 부분적으로 틀리는 데가 있을지도 모른다. 설사 모두 틀림이 없는 사실들이라 해도 그것들을 그냥 꿰 맞추기만 한다고 올바른 역사의 상(像)이 나타나지는 않는다.

"버터와 계란, 샐러드, 그리고 파슬리가 오믈렛은 아니다."

리턴 스트레이치의 말이다. 버터, 계란, 샐러드 등을 사실(史實)이라 한다면 오믈렛은 역사이다. 다시 말해서 아무리 많은 사실들을 섞어 넣기만 한다고 역사가 되는 것은 아니다. 사실들을 어떻게 요리하느냐에 따라서 역사는 달라진다.

예를 하나 들어보자. 세조는 자기 조카이자 임금인 단종을 죽였다. 그는 또 경국대전을 비롯하여 많은 업적을 남겼다. 이 두 가지는 틀림없는 사실들이다. 그러나 이 두 개의 사실을 어떻게 묶느냐에 따라 세조의 이미지는 엄청나게 달라진다. 가령 '세조는 단종을 죽였지만 경국대전을 만들었다'고 할 때와 '그는 경국대전을 만들기는 했지만 단종을 죽였다' 라고 할 때와는 엄청나게 다르다. 어쩌면 또 우리는 세조에 대하여 객관적인 평가를 할 수 있을 만큼 그를 잘 알지 못하고 있는지도 모른다.

"사실(事實)이란 광막한, 때로는 접근조차 하기 어려운 바닷속을 헤엄치고 있는 물고기와도 같다. 역사가가 무슨 고기를 잡느냐는 것은 우연에도 달려 있지만 흔히는 그가 바다 어느 쪽에서 낚시를 하고, 어떤 낚싯대를 쓰느냐에 달려 있다. 물론 이 두 가지 요소는 그가 잡으려 하는 고기의 종류에 의해 결정되기도 한다. 한마디로 역사가는 자기가 좋아하는 고기(사실)를 잡으려 하는 것이다."

E. H. 카는 『역사란 무엇인가』에서 이렇게 말했다.

가장 객관적이어야 할 역사가도 주관적인 판단을 피하기는 어렵다. 드라마 작가는 말할 나위도 없다. 때로는 흥미를 위해 사실을 불리기도 하고, 알기 쉽게 단순화시키기도 하고, 때로는 또 중요한 사실과 하찮은 사실과를 뒤바꿔 놓을 수도 있다.

지난 95년 말에 각 텔레비전 방송마다 시기에 맞추듯 이른바 실록드라마를 방영하고 신문들도 각종 다큐멘터리를 연재했다. 여기서 제작자들이 의도한 것은 새로운 사실(史實)들의 발굴이 아니라 이미 드러난 사실들의 정리다. 그리고 그 정리하는 솜씨가 지극히도 명쾌하고 현장감에 넘쳐 있으며, 마치 준엄한 검사의 기소문처럼 의심의 여지가 없어 보인다. 어쩌면 그게 모두 사실인지도 모르고, 또 사실이 아닐지도 모른다. 그런 의문이 남아 있는 한 역사일 수는 없다. 특히 등장 인물들이 기결수(旣決囚)가 아닌 이상 그들의 인권이며 명예는 최대한으로 존중되어야 한다. 그것이 역사적 사실을 캐내기 이전에 모든 매스미디어가 지켜야 할 최소한의 윤리규범이다.

옛 총독부 철거에 할 말 있다

옛 조선총독부 건물이 드디어 헐렸다. 그것은 분명 우리에게는 저주스러운 건물이었다. 그것은 36년 동안이나 우리의 숨통을 틀어막고 우리의 사지를 꽁꽁 묶어 왔으며, 우리의 살을 베고 피를 빨아 오던 일본 식민정책의 총지휘 탑이었다. 그것은 우리의 가장 치욕스러운 역사를 상징하는 것이었다. 그런 건물이 헐린다고 해서 아쉬워하고 서운해 할 사람은 없다. 만약에 그 저주스러웠던 건물을 헐어냄으로써 우리가 지난날의 어두운 역사를 송두리째 말살할 수만 있다면 그처럼 다행스러운 일도 없다. 그리고 구총독부 건물의 철거 '의식'으로 우리의 애국심이 마냥 하늘 높이 솟아오르게 되고 때묻지 않은 역사가 새롭게 펼쳐지게 되기만 한다면 여기에 따르는 어떤 손실도 우리는 감수할 수 있을 것이다. 그러나 만에 하나라도 '역대 어느 정권 때에도 감히 꿈도 꾸지 못했던 일을 해낸다'는 자부심에서 나온 발상이었다면 이처럼 허망한 자기만족도 없다.

우리는 툭하면 '역사의 교훈'이라는 말을 쓴다. 그러면서도 교훈이 되는 역사적 기념물에 대해서는 너무나도 무관심하다. 광복 50주년을 맞아 두고두고 기념할 만한 건축물들을 문화재로 지정한다더니 그것도 어디까지나 떠도는 얘기로 끝났다. 한때 김구(金九)가 기거

했던 경교장을 어떻게 하겠다는 뒷 이야기도 없다. 최남선(崔南善)의 옛집도 붕괴 위기에 놓여 있는데 아무 손도 쓰지 않고 있다. 만년에 친일(親日)을 했기 때문이라는 말도 있지만, 그는 독립선언서를 기초한 우리의 대표적인 문학자이기도 했다. 그런 그의 모든 것을 우리는 말살하려 든다. 그런다고 우리가 애국자가 되는 것도 아니다.

중국 사람이 하느님처럼 섬기는 역사적 인물에 악비(岳飛)가 있다. 남송(南宋)의 명장이었던 그는 북쪽으로부터 쳐들어온 금군(金軍)을 막아 끝까지 싸우기를 주장했다. 그러나 승산이 없으니 항복하자던 진회(秦檜)에 의해 암살 당했다.

중국인에게 있어 진회는 악의 상징적 인물이었다. 그러나 중국 항주의 서호 근처에는 악비의 무덤과 진회 부부의 석상이 나란히 세워져 있다. 이곳을 찾는 사람들은 먼저 악비의 석상 앞에서 절한 다음, 진회의 동상에서는 침을 뱉는다. 진회와 같은 못된 인물도 있을 수 있다는 사실을 되새기기 위해 진회의 동상을 세워두는 것이다.

영국의 식민 통치로 우리 못지 않게 시달려 왔던 인도 사람들도 영국인들이 남기고 간 건물들은 하나도 헐지 않았다. 영국인들에 의해 여러 차례 옥고를 치른 네루는 구 영국총독부 건물을 쓰면서 조금도 어색해 하지 않았다. 하기야 일본인은 국운의 맥을 끊기 위해 바로 지금 자리에 조선총독부 건물을 지은 것이니 만큼 인도나 대만의 경우와 다르다고 볼 수도 있다. 이게 사실이라면 그럴수록 더욱 얼마나 일본이 혹독했던가를 두고두고 우리의 후세에 알려주는 산 증거라는 뜻에서도 조선총독부 건물을 보존해야 할 것이다.

더욱이 구 총독부 건물은 일제 36년간의 역사만 담고 있는 것이 아니다. 그것은 동시에 대한민국 건국의 산실이었다. 그 속에서 이승만 초대 대통령이 첫 장관 회의를 주재했다. 6·25 동란 때 서울이 수복되자마자 제일 먼저 태극기가 게양된 곳도 중앙청 옥상이었다.

그후 반세기 가깝도록 대한민국의 역사를 꾸려 나간 것도 그 건물 속에서였다.

그것은 대한민국 현대사의 역사적 기념물이기도 한 것이다. 그런 건물을 정부는 기어이 허물고야 말았다. 그것은 한두 사람의 '용단'(?)에 맡길 일이 아니었다. 국민투표에 걸어서라도 온 국민의 의견을 물어야만 했었다. 국민투표도 단순히 헐 것이냐 말 것이냐가 아니라 구 총독부 건물을 완전히 헐어 없애도 좋은가, 아니면 없애 버리지 말고 다른 곳에 옮겨 놓는 것이 좋은가, 헐더라도 새 박물관이 완공될 때까지 기다리는 것이 좋은가, 이렇게 국민의 뜻을 물어야 할 문제들은 많았었다.

헐어 버린 다음, 그 자리에 경복궁을 복원한다는 것에 대해서도 단 한마디도 여론에 물어 본 적이 없었다. 그저 으레 국민들도 좋아하리라고 일방적으로 짐작했을 뿐이다. 그러나 복원이란 옛 건축 기술을 그대로 쓸 때에 의미가 있다. 못을 하나도 쓰지 않은 목재 건물의 복원에서는 못을 쓰면 안된다. 무엇보다도 옛 자재가 적어도 50퍼센트 이상 들어가야 한다. 정부가 앞으로 복원하겠다는 경복궁은 한낱 복제품에 지나지 않는다. 그래도 좋겠느냐고 국민에게 단 한번도 정부는 물어본 적이 없었다. 무엇보다도 새 박물관을 짓기도 전에 둘도 없는 보물을 파손의 위험을 무릅쓰고 보존 시설도 불비한 가건물에 옮겨 넣어야 할 만큼 그렇게 중앙청 철거가 시급하고도 대단한 일이었는지 다시 한번 묻고 싶다.

대한민국의 역사는 1948년부터 시작된 것이다. 1995년부터 시작된 게 아니다. 그 반세기에 걸친 대한민국 현대사의 둘도 없는 기념물을 뒷생각 없이 무너뜨렸다. 그것은 박정희 대통령이 살해된 '안가'를 허물어 버리는 것과는 다르다.

용의 발톱 3개의 진실

옛 사람들은 네 개의 영물을 섬겼다. 그 중의 첫째로 꼽은 것이 용이며, 두 번째가 봉황이고, 셋째가 기린이며 넷째가 거북이었다. 서양의 용과는 달리 힘과 선(善)과 변화와 생명을 상징하는 동양의 용은 옛 사람들의 상상 속에서만 존재했다. 그러면서도 옛사람들이 상상한 모습은 매우 정밀했다. 그 머리는 낙타를 닮았고, 뿔은 사슴을 닮았고, 눈은 토끼와 같고, 귀는 소와 같고, 목은 뱀을, 배는 개구리를, 비늘은 잉어를, 발톱은 매를, 발바닥은 호랑이를 닮았다.

등의 비늘은 전부 81개이며 목의 비늘만은 거꾸로 머리 쪽을 향하고 있다. 입의 양쪽에는 수염이 달려 있다. 따라서 듣지를 못한다. 용이 숨쉴 때에는 입에서 구름이 나오며, 그것은 때로는 물이 되기도 하고 불이 되기도 한다. 용 중에는 또 뿔이 있는가 하면 없는 것도 있고, 날개가 없는 것도 있다. 용은 또 마음대로 모습을 줄였다 키웠다 할 수도 있고, 자기가 죽고 싶을 때 죽는다.

용에는 또 계급이 있다. 한나라의 고조 때부터 발톱이 5개 달린 용무늬는 황제나 황태자만이 쓸 수 있게 되어 있다. 그리고 둘째 왕자 이하는 4개 짜리 용무늬를 쓸 수 있었다. 보통 사람은 아무리 권세가 있고 재산이 많아도 발톱 3개 짜리 용밖에 쓰지 못했다.

우리 나라에서는 적어도 세종대왕 이전까지는 왕이 쓰는 백자에 다섯 발톱 짜리 용이 가끔 그려져 있다. 그랬던 것이 어느 사이에 궁궐 안에서 쓰는 도자기의 모든 용의 발톱이 4개 짜리로 줄었다. 그것은 중국 황제를 의식하고 스스로를 낮춰 보이기 위해서였다. 아울러서 민간인들은 아무리 권세가 높아도 발톱 3개 짜리 용밖에 쓰지 못했다. 이 때문에 요새도 발톱 4개나 5개 짜리 용병은 무조건 값지고 발톱 3개 짜리는 아무리 좋은 것이라도 이보다 싸게 매매되는 게 보통이다.

얼마 전, 크리스티에서 64억 원에 낙찰되었다고 하여 화제를 모은 조선조 백자철화용문 항아리의 용은 발톱이 3개밖에 없다. 그 그림도 관요에서 나온 다른 발톱 네다섯 개 짜리 용병처럼 버젓한 화원(畵員)이 그린 것 같지가 않다. 실물을 보지 못했지만, 한쪽에 금도가 있다고 한다. 병 모양도 좌우의 균형이 완전무결한 것 같지 않아 보인다.

외국인의 심미안으로 볼 때에는 그 작은 항아리가 왜 그처럼 엄청나게 비싼지 납득하지 못할 것이다. 우리는 물론이지만, 일본인도 조선조 시대의 도자기에서 고졸(古拙)의 멋과 맛을 찾는다. 서양인은 그저 치졸하다고만 보기 쉽다. 우리는 또 어딘가 모르게 어설프게 보이는 기형을 꾸밈이 없는 아름다움이라 여긴다. 서양인은 그저 세련되지 못하다고 여긴다. 특히 이번에 낙찰된 항아리의 그리다 만듯한 용의 자못 회화적인 표정의 매력을 서양인은 모를 것이다.

크리스티 측의 당초의 예상 가격도 50만 달러에서 1백만 달러 사이였다고 한다. 그런 게 10배나 오른 것이다. 그렇다고 한국의 고미술품에 대한 외국의 평가가 그렇게 높아졌다고 좋아할 일은 아니다.

고미술품에는 절대 가치란 있을 수 없는 게 사실이다. 시대와 나라에 따라, 또는 개인의 기호에 따라 값은 달라질 수밖에 없다. 그렇다 하더라도 이번 낙찰가가 정당한 값이었다고 보기는 어렵다. 그것은 한국인끼리 경합하며 올린 값으로 알려지고 있다. 처음부터 외국인들은 경합에 끼지도 않았다고 한다.

하기는 우리 나라의 소중한 문화재를 되찾아 온다는 명분이 없는 것은 아니다. 현지에 나가 있는 우리 문화원장도 "귀중한 문화재를 국내로 회수하는 것은 오히려 장려해야 할 사항"이라고 말했다고 한다. 그러나 정말로 세계에 자랑할 만한 문화재라면 오히려 외국에 그대로 남겨두는 것이 더 바람직하지 않겠느냐는 생각도 든다. 외국인들은 자기네가 소장하고 있는 보물들을 자랑으로 삼고 버젓이 사람들이 감상할 수 있도록 공개한다.

또 그들은 죽을 때 박물관에 기증하는 경우가 많다. 우리 나라는 그렇지가 않다. 이번에 낙찰한 사람은 틀림없이 그 '보물'을 사람들 눈에 띄지 않게 숨겨둘 것이다. 그것은 어김없는 사장(死藏)이다. 외환관리법의 개정이 없는 한 그는 끝내 자기 신분을 숨기는 수밖에 없다. 따라서 아무리 같은 한국인이 사 왔다 해도 별로 반가워할 일은 못되는 것이다. 결국 그 낙찰자는 해외에 흩어져 있는 다른 한국의 문화재들의 값만 올리고 앞으로의 문화재 반입을 더욱 어렵게 만드는 결과만 만들었을 뿐이다. 그래도 그는 지금쯤 발톱 하나에 20억 원이 넘는 용병이라며 혼자 한껏 자기만족에 도취되어 있을 것이다.

청소년을 멍들게 하는 것

돈 몇 푼 때문에 한 여인을 생매장해 죽인 '막가파'의 두목은 체포된 다음에 "양은이파 조양은의 이야기를 다룬 영화 '보스'를 보면서 멋있다고 생각하게 됐다" 라고 말했다. 그렇다면 영화 '보스'에는 살인을 교사한 죄(?)가 있는 것이 아닐까.

가령, 한 젊은 여성이 강간을 당했다고 하자. 범인을 잡고보니 그는 선정적인 남성 잡지의 애독자였다. 피해자는 그 외설적인 잡지가 범인으로 하여금 범죄를 저지르게 만들었다고 믿는다. 그리하여 피해자는 그 잡지의 발행인과 편집자를 고소한다. 재판장은 잡지가 범죄를 유발했다는 원고측 주장에 근거 있다고 보고, 피고에게 피해 보상을 하라는 판결을 내린다.

지난 92년 봄에 미국 의회에 성범죄를 유발하는 간행물이나 흥행물을 처벌하는 법안이 상정된 적이 있었다. 이때 법안의 반대자들은 선정적인 간행물과 성폭행의 증가와 직접적 연관성이 없으며 또 언론 자유에 대한 침해라고 주장했다. 그러자 찬성자 측에서는 그것은 언론 자유가 아니라 공중 안전에 직결되는 문제라고 맞섰다. 결국 그 법안은 통과되지 않았다.

만약에 통과됐더라면 거의 모든 영화사며, TV, 방송국 그리고 플레이보이와 같은 남성 잡지들이 소송에 말려들었을 것이다. 만약에 또 이와 똑같은 법이 우리 나라에 있다면 영화 '보스'의 제작자는 살해된 여인의 유가족에게 엄청난 위자료를 지불해야 했었을 것이다. 물론 그 제작자는 이렇게 항변할 것이다. 이 영화가 아니었다 해도 막가파는 살인을 했을 것이라고. 그리고 또 언뜻 보면 범죄자들의 사회에 대한 증오심을 대변한 것 같지만 결국에 가서는 죄지은 사람은 파멸하고 만다는 교훈을 담은 것이라고.

그러나 청소년들의 관심을 끄는 것은 화면의 태반을 차지하고 있는 자극적인 폭력 장면들과 폭력자들의 '호사스러운' 생활, 손쉽게 벌 수 있는 돈이다. 그리고 영화가 표현하는 이미지가 강렬하면 할수록 청소년들의 마음속에는 '긍정적 폭력'의 이미지가 강력하게 찍힌다.

심리학자 반뒤라가 관찰한 바로는 어린이에게 폭력적인 장면을 보여주면 보지 않은 어린이들보다 두 배 가까이 공격적인 행동을 모방한다는 것이다. 이런 행동을 그는 '모방적 공격 행동'이라 불렀다.

청소년들이 배우는 것은 폭력만이 아니다. 그들은 저속한 코미디 프로의 선정적인 표현이며 비속어를 배우고, 야한 행위를 그대로 따라 한다. 그들은 텔레비전 드라마 속에서 등장 인물들이 상스레 음식 먹는 모습, 어머니에게 악쓰는 주인공을 그대로 본뜨기도 한다.

가치를 가르치고 또 윤리를 배우는 곳은 가정이다. 그러나 이제는 가족이 한자리에 모여 앉는 시간이 거의 없다. 자연 어린이들은 텔레비전을 통해 세상을 배우고 가치관을 형성하게 되는 것이다.

연초에 뉴욕 타임스가 대중문화의 영향에 대한 여론조사를 한 적이 있다. 텔레비전 프로에도 폭력과 섹스의 농도에 따라 등급제를 실시하는 문제에는 84퍼센트가 찬성했지만 그런 것이 어린이들에게 효과가 있겠느냐는 설문에는 30퍼센트만이 긍정적이었다. 영화의 등급제가 영화 속에 섹스와 폭력이 얼마나 들어있는가를 부모들에게 알려주는데 큰 도움이 됐다고 보는 견해는 52퍼센트였다. 그러나 등급제가 어린이들을 부적절한 영화로부터 멀리 하는데 성공했다고 본 회답은 20퍼센트밖에 되지 않았다. 도움이 안된다는 게 76퍼센트나 되었다.

등급제에 대하여 가장 부정적인 의견을 편 것은 위스콘신 대학의 존 캔터 교수였다. 그에 의하면, 청소년들의 호기심은 미성년자 관람 금지라는 딱지가 붙은 영화나 텔레비전 드라마에 오히려 더 쏠리게 된다는 것이었다. 또 등급제가 되면 그때부터 책임은 제작자나 업자들의 곁을 떠나게 되고 더 많은 섹스물과 더 심한 폭력물들이 제작, 방영되기 쉽다. 미국에서는 영화만이 아니라 비디오도 5단계로 등급화하고, 연령별로 판매 대출하도록 규제하고 있다. 그러나 실제로는 별 효과를 보지 못하고 있다.

미국에서 가장 건전한 어린이 인기 프로인 '캡틴 캥거루'의 제작자 봅 케샨은 이렇게 말했다. "텔레비전이 부모를 대신해 주지는 못한다. 따라서 부모가 텔레비전 대신 어린이와 함께 시간을 보내줘야 한다." 미국에서는 84퍼센트의 부모가 어린이들이 봐서는 안될 텔레비전 프로를 보지 못하게 한다는 것이 뉴욕 타임스의 설문 결과였다.

우리 나라에서는 어린이를 단속하는 부모가 그리 많을 것 같지 않다. 이른바 성인 클럽은 물론이요 노래방, 비디오방 등이 아무리 문란해져도 아예 못 본 체하고 있는 정부에 우리가 기대를 걸 단계는 지난 것 같다. 미성년자의 출입을 거부할 만큼 업자들의 의식이 깨어 있기를 바라는 것은 더욱더 어려운 일이다.

동방예의지국

30여 년 전의 일이다. 미국에서 꿈에도 생각지 못했던 네프 박사의 강의를 들을 수 있었다. 나에게는 엄청난 영광이었다. 그는 사회사상사의 세계적인 권위자였던 것이다.

어느 날 강의실 문 앞에서 그와 마주쳤다. 당연히 나는 그에게 먼저 들어가시라며 문을 열어 드렸다. 그러자 그는 오히려 나에게 먼저 들어가라며 미소지으면서 뒤로 물러서는 것이었다. 그것은 나에게 있어 여간 충격적인 경험이 아니었다. 미국에 건너가기 전에 내가 몸담고 있던 대학에서는 교수와 학생 사이의 신분 관계는 대단히 엄격했다. 그것을 우리는 예의바른 전통탓으로 좋게 보기만 했다. 실제로 우리를 지금까지 묶어 온 것은 권위주의적인 예법의 형식뿐이다. 우리는 예나 지금이나 무엇이 예절인지를 모르고 있는 것만 같다. 지금은 그런 예법의 틀마저 잃어버리고 있다.

최근 들어 대학가에서 교수와 제자들 사이의 성희롱 사건들이 연이어 터져 나오고 있다. 그것을 우리는 여성에 대한 차별대우 차원에서만 다루고 있다. 실제에 있어서 그것은 우리가 예절이나 에티켓이라 부르는 것의 결핍이 빚어낸 것이라고 보는 게 옳다.

에티켓의 권위자 중의 하나인 레티시아 발드릿지는 말한다. "어떻게 하면 돈을 벌 수가 있느냐, 또는 어떻게 하면 출세할 수 있느냐를 알려주는 책들은 많다. 그러나 돈을 벌거나 출세하기까지 어떻게 처신해야 하는가를 알려주는 책은 없다."

내가 보기에는 서양에는 에티켓에 관한 책들이 많다. 에티켓 상담센터도 있다. 에티켓 관계 신문 칼럼도 있다. 우리 나라에서는 에티켓을 가르쳐주는 책은 보이지 않는다. 권위자도 없다.

우리도 동방예의지국이라며 자랑한 때가 있었다. 그러나 옛적의 예절이란 종적인 인간관계를 다스리는 것일 뿐이지 횡적인 인간관계에 관한 예절은 아니었다. 요새도 가령 회사에서 아랫사람이 상사를 모시고 학생이 선생을 대할 때 지켜야 할 예절은 있다. 그러나 윗사람이 아랫사람을 대할 때라든가 동료가 이웃끼리 존중해야 할 예의는 모르고 산다.

예절이란 사람과 사람 사이를 부드럽게 만들어주고 또는 가깝게 만들어주는 것이다. 최소한으로 지켜야 하는 예절이란 남으로 하여금 불쾌감을 일으키지 않게 하는 것이다. 남을 의식하고 남의 눈으로 나와 남과의 사이를 바라보는 분별을 말한다.

최근에 성희롱 사건으로 문제가 된 교수는 그저 "아무런 의미 없이 너를 바라보고만 있어도 기분이 맑아진다" 라고 말하고 "친근감의 표현으로 어깨를 두드리거나 쓰다듬었을 뿐"이라고 변명했다.

혹 그 교수로 하여금 그런 행동이나 말을 해도 괜찮다고 여기게 만든 분위기가 있었는지도 모른다. 그러나 그런 농을 학생 쪽에서 어떻게 받아들이겠느냐 하는 예절의 기본을 교수가 망각했음에는 틀림이 없다. 예절은 어디까지나 쌍방 통행이어야 하는 것이다.

요새 헤아릴 수 없이 많은 한국인들이 외국에 나간다. 그들이 얼마나 국제적 망신을 하고 다니는지 모른다. 무엇이 옳은 에티켓인지를 모르기 때문이다.

홍사중의 '오늘을 사는 이야기'
밤새 안녕하셨습니까

제1쇄 인쇄 1997년 1월10일
제2쇄 발행 1997년 2월25일

지은이 • 홍사중
펴낸이 • 김성호
표지장정 • 차라
출력 • 한글터
인쇄 • 삼광인쇄
제본 • 민중문화사

펴낸곳 • 도서출판 사람과 사람
주소 • 서울시 마포구 대흥동 801-4(2층)
전화 • (02)702-1874~5
팩스 • (02)702-1876
등록 • 1991년 5월 29일 제1-1224호
통신 • 천리안 P91529/하이텔 KIMPAP/나우누리 P11224

값 6,800원

ISBN 89-85541-14-6 03810